The two boys kissing are Craig and Harry.
They're hoping to set the world's record for longest kiss.
They're not a couple, but they used to be.

두 소년 크레이그와 해리는 키스를 한다. 그들은 세계 최장 키스 기록에 도전한다.
이제는 아니지만 그들은 연인 사이였다.

Peter and Neil are a couple. Their kisses are different.

피터와 닐은 현재 연인이다. 그들의 키스는 다르다.

Avery and Ryan have only just met and are trying to figure out what happens next.
Both of them worry that something will go wrong.

에이버리와 라이언은 이제 막 만나 앞으로 무슨 일이 일어날지 궁금하다.
또한 무언가 잘못될까 걱정이다.

Cooper is alone.
It's getting to the point where he doesn't really feel things anymore.

쿠퍼는 외톨이다. 그는 만사가 다 귀찮다.

투 보이스 키싱
TWO BOYS KISSING

투 보이스 키싱

초판 1쇄 인쇄 · 2018년 7월 10일
초판 1쇄 발행 · 2018년 7월 17일

지은이 · 데이비드 리바이선
옮긴이 · 김태령
펴낸이 · 이춘원
펴낸곳 · 책이있는마을
기 획 · 강영길
편 집 · 이경미
디자인 · 강혜린
마케팅 · 강영길

주 소 · 경기도 고양시 일산동구 무궁화로120번길 40-14(정발산동)
전 화 · 031) 911-8017
팩 스 · 031) 911-8018
이메일 · bookvillagekr@hanmail.net
등록일 · 1997년 12월 26일
등록번호 · 제10-1532호

ISBN 978-89-5639-299-8 (03840)

이 도서의 국립중앙도서관 출판예정도서목록(CIP)은 서지정보유통지원시스템
홈페이지(http://seoji.nl.go.kr)와 국가자료공동목록시스템(http://www.nl.go.kr/
kolisnet)에서 이용하실 수 있습니다.(CIP제어번호: CIP2018018972)

NEW YORK TIMES bestselling author of EVERY DAY

David Levithan

《뉴욕타임스》 선정 베스트셀러 《Every Day》의 작가
─────데이비드 리바이선─────

투 보이스 키싱

TWO BOYS KISSING

| 김태령 옮김 |

책이있는마을

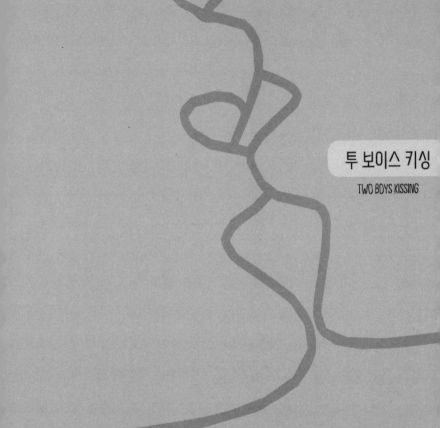

투 보이스 키싱

TWO BOYS KISSING

우리가 지금 어떤 심정인지 너희는 모른다. 너희는 늘 한 걸음 뒤에 있기 때문이다.

고마운 줄 알아라.

우리가 그때 어떤 심정이었는지 너희는 모른다. 너희는 늘 한 걸음 앞에 있기 때문이다.

고마운 줄 알아라.

그렇고말고. 과거와 현재 사이에는 균형을 맞추는 저울추가 있다. 우리가 먼 과거가 되면 너희는 우리가 상상한 미래가 된다.

너희는 꿈꾸고 사랑하고 섹스하느라 바빠서 그런 것까지는 생각할 겨를이 없을 것이다. 너희가 무엇을 하는가는 중요하지 않다. 너희 할아버지와 할머니 또는 지금은 헤어진 어린 시절의 친구들이 그렇듯이 우리는 너희가 짊어진 정신적 짐이다. 우리는 되도록 짐의 무게를 덜어주려고 한다. 하지만 너희를 보고 있노라면 우리 자신을 떠올리지 않을 수가 없다. 우리도 한때 너희처럼 꿈꾸고 사랑하고 섹스를 했다. 우리도 한때 살아 있던 사람이었고, 그렇게 살다가 죽어간 사람이었다. 우리가 날줄이 되어 너희의 역사를 지었다.

우리도 한때 너희와 다르지 않았지만 우리의 세상은 너희의 세상과 달랐다.

너희는 죽음이 얼마나 가까이 있는지 모른다. 한두 세대 전이라면 너희가 우리 곁에 있었을지도 모른다.

우리는 너희가 괘씸하다. 너희는 우리를 놀라게 한다.

현재시간 금요일 저녁 8시 7분, 닐 킴(Neil Kim)은 우리를 생각하고 있다. 열다섯 살, 닐은 남자친구 피터(Peter)의 집에 가는 중이다. 그들이 진지하게 만나기 시작한 지 1년이 되어가고, 닐은 이 시간의 의미를 되짚어보기 시작한다. 처음부터 사람들은 그들이 오래가지 못할 것이라고 말했다. 하지만 영원히 지속되지는 않더라도 중요해질 만큼은 오래된 것 같다. 피터의 어머니와 아버지는 닐을 작은아들처럼 대하지만, 닐의 어머니와 아버지는 여전히 혼란스러워하다가 괴로워하기를 반복하면서도 그들이 만나는 것을 막지는 않았다.

닐의 가방에는 DVD 두 장, 다이어트 콜라 두 병, 쿠키 반죽, 시집 한 권이 들어 있다. 이것과…… 피터만 있으면 자신이 행운아라고 느끼기에 충분하다. 하지만 우리가 알다시피 운은 아주 작은 영향을 미칠 뿐이다. 피터의 집에서 두 구역 떨어진 곳에서 닐이 어렴풋이 이해하며 마음속에서 우러나는 이름 모를 고마움을 느낀다. 그가 행운아인 까닭은 역사상 그가 차지하고 있는 자리 때문이라는 것을 깨달으며 잠시 우리 앞서간 이들을 떠올린다. 우리는 이름이나 얼굴이 아니다. 우리는 추상적 관념이자 집단이다. 닐처럼 고마워하는 마음은 보기 드문 것이다. 그 또래의 소년이 다이어트 콜라가 있어 고마워하기는 쉬워도, 건강하게 살아 있어 고마워하고 열다섯 살 남자친구의 집에 가면서 자기의 행동이 올바르다고 확신할 수 있어 고마워하기는 쉽지 않다.

저 길을 당당하게 걸어가 저렇게 초인종을 울리는 모습이 얼마나 아름다운지 그는 모른다. 평범한 것들이 사라지는 순간 얼마나 아름다워지는지 그는 모른다.

너희가 지금 10대라면 우리가 누군지 잘 모를 것이다. 우리는 너희의 그림자 삼촌이자 천사 대부이며, 어머니나 할머니의 절친한 대학 친구이고, 도서관 동성애 서가에 꽂힌 책의 저자이다. 우리는 토니 쿠슈너(Tony Kushner)의 연극에 나오는 등장인물이고,

좀체 꺼내지 않는 누비이불에 수놓인 이름이다. 우리는 살아 있는 기성세대의 환영이다. 너희는 우리의 노래도 얼마만큼은 안다.

우리는 너희를 쫓아다니며 울적하게 하고 싶지 않다. 그렇다고 우리의 유산이 칭송받길 원하지도 않는다. 너희는 그런 삶을 살고 싶지도 않을 것이고 기억되고 싶지도 않을 것이다. 우리가 죽어간 과정에서 우리의 공통점을 찾는다면 그건 너희의 잘못이다. 더 중요한 의미는 우리가 살아간 과정에 있기 때문이다.

너희에게 춤추는 법을 알려준 것도 우리였다.

정말이다. 저 댄스파티장의 타리크 존슨(Tariq Johnson)을 좀 봐라. 진지하게 그를 봐봐라. 키 192센티미터에 몸무게 82킬로그램도 적당한 옷과 적당한 노래만 있으면 남을 의식하지 않고 즐길 수 있다. (어울리는 머리 모양도 도움이 되겠다.) 그는 마치 몸이 폭죽이라도 되는 양 리듬에 맞추어 폭죽을 하나씩 터트리고 있다. 그는 춤을 혼자 추고 있을까? 아니면 댄스파티장의 다른 사람들과 어울려 추고 있을까? 중요한 것은 아니지만 비밀이 있다. 그는 2시간을 걸려 이 도시에 왔고, 춤을 다 추고 나면 다시 2시간 동안 집에 돌아갈 것이다. 하지만 그건 그만한 가치가 있다. 자유는 투표를 하고, 결혼을 하고, 거리에서 키스를 하는 데만 있는 것이 아니다. 물론 이것도 모두 중요하지만. 자유는 자신이 하고 싶은 것을 하는 데도 있다. 스페인어 수업시간에 앉아 있는 타리크를 보면, 공책에 상상 속의 지도를 그리고 있다. 카페테리아에 앉아 있는 타리크를 보면, 연상의 남자아이를 몰래 훔쳐보고 있다. 우리가 타리크를 지켜보고 있자면, 침대에 옷들을 펼쳐놓고는 오늘 밤되고 싶은 사람을 머릿속에 그리고 있다. 우리도 오랫동안 이렇게 했다. 우리가 고대한 것, 타리크가 고대하고 있는 것은 자유다.

우리가 댄스파티장을 누비던 때나 지금이나 음악은 별로 다르지 않다. 이것이 중요하다. 우리에겐 보편적인 뭔가가 있는 것이다. 그래서 저 갈망을 병에 채우고 나서 전파를 통해 쏘아 올렸다. 그 소리가 너희 몸을 건드리면 너희가 움직인다.

너희를 매혹시킨 저 파편들에 우리가 있다. 저 음악에 우리가 있다.

타리크, 우리를 위해 춤을 추어라.

네 자유로움에서 우리를 느껴라.

역설적이게도, 우리 자신을 죽이고픈 마음이 사라지자마자 우리는 죽어가기 시작했다. 용기가 생기자마자 우리는 용기를 빼앗겼다.

너희는 이래선 안 된다.

어른들은 젊은데 무서울 것이 무엇이냐고 말하고 싶은 대로 말한다. 물론 우리 중에도 그런 허세를 부린 이들이 있었다. 하지만 그늘진 내면의 음성은 우리가 저주받은 운명이라고 말했다. 그러자 우리는 저주받은 운명이 되었다. 그러자 우리는 저주받지 않은 운명이 되었다.

너희가 저주받은 운명이라고 생각하지 않으면 좋겠다.

금요일 저녁 8시 43분, 쿠퍼 릭스(Cooper Riggs)는 매사에 시큰 둥하다. 방에 혼자 있는데도 시큰둥해 보인다. 방을 나가 사람들에 둘러싸여 있어도 여전히 그래 보일 것이다. 그의 눈에는 세상이 김빠진 듯이 밍밍하고 심심하게 보인다. 모든 감각이 세상에서 새어나간 대신에 그 기운은 분주한 마음속 통로를 휘젓고 다니며 분노와 좌절의 소음을 일으킨다. 침대에 기대앉아 자기 안에서 허우적대던 그가 하는 일이라곤 결국 인터넷 접속밖에 없고, 현실에 대한 기대가 없으니 현실의 삶이나 가상의 삶이나 밍밍하기는 어차피 마찬가지다. 그는 지금 열일곱 살이지만, 가상세계에서는 스물두 살도, 열다섯 살도, 스물일곱 살도 될 수 있다. 상대가 원하면 몇 살이고 가능하다. 프로필과 사진과 신체 사이즈와 이력도 있다. 모두 다 가짜라서 문제지만. 대화도 거짓말과, 불길로 타오르지 못하고 꺼져버릴 불씨처럼 실행에 옮기도 못할 추파로 가득하다. 그는 인정하지 않을 테지만 천장의 문을 여니 별나라더라는 식의 진실한 뭔가를 깜짝 발견하기를 갈구하고 있다. 그런 이유로 사이트 열 개를 한꺼번에 열어놓고 별안간 바쁜 일이 있는 듯이 자신을 속이고 있지만, 여전히 시큰둥해 보인다. 세상에 아무것도 중요하지 않다는 듯이 검색에 몰두해서, 시간이 하찮은 듯이 하찮은 일을 하며 보낸다.

너희 중에 더러는 아직도 두려움에 떤다는 것을 우리는 안다. 너희 중에 더러는 아직도 침묵하고 있다는 것을 우리는 안다. 지금이 더 좋다고 해서 늘 좋으리란 법은 없다.

꿈꾸고 사랑하고 섹스하는 것, 이 중 어느 것도 우리의 정체성을 말해주지 않는다. 남들이 우리를 볼 때는 그럴지 몰라도 우리가 우리 자신을 볼 때는 그렇지 않다. 우리는 저보다 한층 더 복잡하다.

우리가 너희의 창조 신화를 말해줄 수 있으면, 현재의 너희가 그런 연유를 정확히 말해줄 수 있으면, 이 구절을 읽으면 그 구절에 너희에 대한 이유가 들어 있다고 말해줄 수 있으면 좋으련만. 하지만 우리도 연유를 모른다. 우리가 우리의 정체성을 알았을 때도 이유를 몰랐다. 우리가 배운 것들을 모아도 삶의 빈자리를 채우기엔 턱없이 모자랐다.

너희는 시리얼 프룻 룹스(Froot Loops)의 맛을 그리워할 것이다.

너희는 도로의 소음이 그리울 것이다.

너희는 등을 기댄 그의 등이 그리울 것이다.

너희는 이불을 빼앗은 그마저 그리울 것이다.

이런 것을 하찮게 여기지 마라.

우리에겐 인터넷은 없었지만 네트워크가 있었다. 우리는 웹 사이트는 없었지만 웹을 엮는 사이트가 있었다. 너희는 그곳을 도시에서 쉽게 찾아볼 수 있다. 쿠퍼 또래의 아이도, 타리크 또래의 아이도 얼마든지 찾을 수 있는 곳이다. 교각 아래나 커피숍, 오스카 와일드와 휘트먼과 볼드윈이 후레자식의 왕으로 군림한 서점과 공원 이곳저곳. 우리를 숨김없이 드러내는 것은 우리를 공격의 대상으로 공개하는 것과 같아서 두려움에 떨던 그때도 이곳은 안전한 항구가 되었다. 우리에게 행복은 저항이었다. 우리에게 행복은 두려움이었다. 어떤 때는 익명의 사람들에게 둘러싸였지만 어떤 때는 친구나 친구의 친구들에게 둘러싸였다. 어느 쪽이든 우리는 욕망 때문에, 저항 때문에, 우리가 누구인가라는 단순하고 복잡한 사실 때문에 만났다.

도시를 벗어나면 웹은 점차 가늘어지고, 사이트는 점차 찾기 어려워지고, 만남은 점점 어려워졌다. 하지만 우리는 있었다. 설령 우리가 유일한 사람인 듯이 생각돼도 우리는 있었다.

게이 댄스파티만큼 우리를 행복하게 하는 것도 없다.

현재시간 금요일 저녁 9시 3분, 우리는 불쏘시개라는 별난 별명의 작은 도시 킨들링(Kidling)에 있다. 분명 개척자들이 삶을 불태우고 싶었던 모양이지만 그냥 정착민들의 삶에 유용한 불쏘시개에 바친 찬사로서 이름을 그렇게 지었을지도 모른다. 하여튼 그런

가운데 누군가 동화 <아기돼지 삼형제>에 등장하는 셋째 돼지에게서 교훈을 얻었는지 지역문화센터 건물을 온통 붉은 벽돌로 지었다. 밋밋하고 심심해 보이는 작은 도시에 걸맞은 밋밋하고 심심해 보이는 건물이다. '시립'이라는 단어에 어울릴 만큼만 아름다움을 갖춘 건축물이다. 파란 머리 소년과 분홍 머리 소년이 만날 법한 곳은 아니다.

킨들링에는 독자적으로 댄스파티를 열만큼 게이 아이가 많지 않다. 그래선지 오늘 밤에는 멀리 사방에서 자동차가 몰려든다. 쌍쌍이 차를 타고 오면서 웃고 떠들고 장난치기도 하고, 각자 조용히 앉아 있기도 한다. 혼자서 차를 몰고 오는 소년도 있다. 개중에는 몰래 집을 빠져나온 아이도 있고, 지역문화센터에서 친구와 만나기로 약속한 아이도 있고, 온라인에서 참가자의 명단을 확인하고 마지막에 참가를 결심한 아이도 있다. 턱시도를 차려입은 소년도 있고, 꽃으로 치장한 소년도 있고, 낡은 후드티를 입은 소년도 있고, 몸에 착 붙는 타이즈를 신은 소년도 있고, 태피터 드레스가 묘하게 어울리는 소년이 있는가 하면 태피터 드레스가 묘하게 어울리지 않는 소년도 있고, 브이넥 티셔츠를 입은 소년도 있고, 정장구두를 신고 거북해하는 소년도 있다. 물론 소녀들 모두 이런 차림으로 차를 타고 온다.

우리는 댄스파티에 여자와 함께 갔다. 우리들 중에는 즐거운 시간을 보낸 이들이 있었다. 물론 세월이 흘러 당시를 회상하면서 어떻게 정체성을 감쪽같이 잊고 즐길 수 있었는지 놀라워했다. 우리 중에는 아주 적은 수지만 데이트 상대라고 둘러대던 절친한 여자친구와 사귄 이들이 있었다. 우리가 댄스파티에 초대받으려면 개최자의 요구사항을 준수해야 했다. 닐 암스트롱이 달나라에서 개최하는 댄스파티에 가는 것보다 오늘 밤 킨들링에서 개최되는 댄스파티에 가는 것이 더 어려웠을 것이다.

우리가 고등학교에 다닐 때만 해도 머리카락 색은 단색의 검정과 갈색과 오렌지색과 노란색과 회색과 흰색이었다. 하지만 오늘 밤 킨들링 지역문화센터로 들어가는 라이언(Ryan)의 머리카락은 녹색 빛이 도는 청색이다. 10분 후에 안으로 걸어가는 에이버리의 머리카락은 자동차 메리 케이 캐딜락(Mary Kay Cadillac, 화장품 회사 메리케이 사의 뷰티컨설턴트들이 타는 핑크색 캐딜락 차량-옮긴이) 색이다. 라이언의 머리는 요동치는 대양의 수면처럼 삐죽삐죽한 반면, 에이버리의 머리는 눈 위로 얌전히 흘러내린다. 라이언은 킨들링에 살고 에어버리는 거기서 64킬로미터 떨어진 작은 도시 메리골드(Marigold)에 산다. 둘이 만난 적은 없지만 앞으로 만나게 되리라는 것을 우리는 척 보면 안다.

우리는 머리카락 색을 놓고 의견이 분분하다. 우리 중에서 더러는 파란 머리와 분홍 머리가 우스꽝스럽다고 말한다. 더러는 다시 태어난다면 어머니가 오후 간식으로 주시던 젤로(Jell-O) 모양으로 하고 싶다고 말한다.

우리는 무엇이든 웬만해서는 의견 일치를 보지 못한다. 우리들 중에는 사랑을 해본 이가 있는가 하면 여건상 사랑을 하지 못한 이도 있다. 사랑을 받아본 이가 있는가 하면 사랑을 받아보지 못한 이도 있다. 왜 이리 난리냐며 도무지 이해하지 못하는 이도 있다. 하다가 죽어도 좋으니 한번 해보고 싶다는 이도 있다. 우리가 에이즈 때문이 아니라 비련의 슬픔 때문에 죽었다고 우기는 이도 있다.

라이언이 댄스파티장에 들어가고 나서 10분 후에 에이버리가 들어간다. 어떻게 될지 우리는 안다. 이런 장면을 전에도 수없이 많이 보았다. 다만 그것이 잘 될지, 그것이 얼마나 오래갈지 모를 뿐이다.

우리와 키스한 남자가, 우리와 섹스한 남자가, 우리가 사랑한 남자가, 우리의 사랑을 받아주지 않은 남자가, 죽을 때까지 우리와 함께한 남자가, 죽음을 넘어서 우리와 함께한 남자가 떠오른다. 사랑이 그토록 고통스러울진대 누군가를 사랑하는 마음을 어떻게 품을 수 있을까? 사랑이 그토록 간절할진대 그 사랑을 어떻게 말릴 수 있을까?

라이언과 에이버리는 우리를 보지 못한다. 우리를 알아보지도 필요로 하지도 느끼지도 못한다. 그들은 댄스파티장에 들어오고 20분이 지나고 나서야 서로를 알아본다. 라이언이 무지갯빛 멜빵을 두른 열세 살 게이 소년의 머리 너머로 에이버리를 본다. 먼저 에이버리의 머리카락을 보고 나선 에이버리를 본다. 그때 에이버리가 고개를 들어 자신을 흘끔거리는 파란 머리 소년을 본다.

우리 중에는 박수를 치는 이도 있지만 마음이 아린지 고개를 돌리는 이도 있다.

우리는 늘 마법에 대한 우리의 기여도를 저평가했다. 다시 말해, 마법은 우리와 상관있기도 하고 우리와 상관없기도 하다고 생각했다. 하지만 사실은 그렇지 않다. 마법이 일어나는 것은 어떤 외부적인 힘이 우리를 위해 마법을 부렸기 때문이 아니다. 마법이 일어나는 것은 우리가 마법을 부리고 나서 그것이 마법이라고 생각하기 때문이다. 라이언과 에이버리는 그들이 말을 나눈 첫 순간에, 그들이 춤을 춘 첫 순간에 마법에 걸렸다고 말할 것이다. 하지만 그 순간에 마법을 부린 것은 다른 누구도 다른 무엇도 아닌 그들이었다. 우리는 안다. 우리도 그랬다. 라이언이 마음의 문을 연 순간이었다. 에이버리가 마음의 문을 연 순간이다. 그 순간에 마법이 일어났다. 그들은 마음을 열기만 하면 된다. '그런 것이 마법이다.'

어떡하는지 자세히 보자. 파란 머리 소년이 먼저 나선다. 싱긋 웃으며 분홍 머리 소년의 손을 잡는다. 그도 우리가 아는 것을 안다. 뭐냐면, 초자연적 현상도 자연적인 것이라서 경이로움도 심장 박동이나 눈길 등의 아주 흔하디흔한 몸짓에서 시작된다는 것을 말이다. 분홍 머리 소년이 두려움에 심하게 몸을 떤다. 간절히 소망하는 것이 있는 사람만이 저렇게 두려워 떨 수 있는 것이다. 저 심장 뛰는 소리 좀 들어봐라. 귀를 바싹 대고 들어봐라.

이제 뒤로 물러나서 댄스파티장의 다른 아이들도 만나보자. 유별난 끼가 충만해 삐딱한 아이가 있는가 하면 괴로워서 어깃장을 놓는 아이도 있다. 겁먹은 아이도 있고 용감한 아이도 있다. 춤을 추는 아이가 있는가 하면 춤은 추지 않고 구경만 하는 아이가 있다. 수다를 떠는 아이가 있는가 하면 잠자코 듣는 아이가 있다. 모두 다 한자리에, 모두 다 한곳에 이렇게 모이는 것이 전에는 허용되지 않았다.

뒤로 더 물러나보자. 우리는 이제 처마 밑에 있다.

우리가 보이거든 안녕, 하고 인사해라.

'침묵은 곧 죽음이다.' 우리는 주장했다. 저 말에는 죽음은 곧 침묵이라는 전제가…… 두려움이 깔려 있었다.

가까운 누군가가 아프거나 가까운 누군가가 전쟁에 나갔거나 가까운 누군가가 스스로 목숨을 끊었을 때 저런 두려움에 사로잡히기도 한다.

매일이 장례식이었다. 장례식은 우리 생활의 중요한 부분을 차지했다. 매일 학생이 죽는 학교에 다니고 있다고 가정해보자. 그들 중에는 절친한 친구도 있고, 우연히 수업을 같이 들은 친구도 있다. 그래도 장례식에 참석해야 할 것 같아 매일같이 장례식에 참석한다. 그런 기억을, 슬픔을 전달하고 난 뒤 차례가 돼서 죽고 애도받게 된다.

세상이 얼마나 빨리 변하는지 너희는 모른다. 세월이 얼마나 금세 가버리고 삶이 얼마나 금세 끝나는지 너희는 모른다.

모르는 것이 축복이 아니다. 주어진 의미를 온전히 아는 것이 축복이다.

10시 45분. 크레이그 콜(Craig cole)과 해리 라미레스(Harry Ramirez)는 빅 키스(Big Kiss)를 앞두고 있다. 지난 몇 달 동안 그들은 빅 키스를 준비했다. 내일이 그날이다. 키스를 하는 데는 두 사람만 있으면 되지만 이 키스를 하는 데는 적어도 12명은 있어야 한다. 지금 이 방에 다른 사람은 아무도 없고 크레이그와 해리만 있다.

"정말 하는 거야?" 크레이그가 묻는다.

"물론이지." 해리가 대답한다.

내일을 위해 잠을 자야 한다. 내일은 빅 키스의 날이다. 물러날 곳도 없고 성공하리라는 보장도 없다는 것을, 그들은 안다.

잠을 자야 하지만 좋은 벗이 있으면 잠들기 어려운 법이다. 이 마음을…… 다른 사람과 뭉그적대고 싶은 마음, 수다를 떨고 손을 잡고 영화를 보고 싶은 마음을 우리는 또렷이 기억한다. 이럴 때는 시간을 다른 기준, 더 개인적인 기준으로 이해하기 때문에 시간은 임의적인 듯이 보인다.

그들이 해리의 집에 있다. 해리의 부모님은 외출하시고 개도 잠든 지 오래다. 집이 그들의 것같이 느껴져 세상도 그들의 것같이 느껴진다. 어째서 모른 척해주고 싶은가?

그들이 해리의 집에 있다. 왜냐면 크레이그의 부모님이 키스에 대해 모르기 때문이다. 적당한 때에 그들에게도 알려야 하겠지만 지금은 아니다. 일이 성사되기 전까지는 아니다.

필경 해리가 크레이그를 긴 소파에 남겨둘 것이다. 크레이그에게 이불을 덮어주고 나선 살금살금 자기 방으로 돌아갈 것이다. 그들은 따로 잠을 자겠지만 비슷한 꿈을 꿀 것이다.

우리는 어깨 위로 이불을 덮어주고 나서 달콤한 꿈을 꾸기를 바라며 저 허공을 맴도는 천사가 되는 기분도 그립지만, 누군가 우리의 어깨 위로 이불을 덮어주는 느낌도 그립다. 우리는 그런 잠자리를 기억하고 싶다.

내일의 키스를 생각하니 우리의 마음이 설렌다. 그들이 과연 해낼 수 있을지 아직은 모르지만 성공하기를 바란다.

분홍 머리 에이버리는 세상 사람들이 여자라고 여기는 남자로 태어났다. 자신이 아닌 다른 존재로 여겨지는 것이 어떤 심정인지 우리는 안다. 우리로선 숨기기가 더 쉬웠지만 에이버리로선 극복해야 할 생물학적 고리가 더 견고했다. 에이버리가 어릴 적부터 그의 부모는 뭔가 잘못되었다는 것을 알아차렸다. 어머니는 줄곧 알고 있었다고 생각했다. 그도 그럴 것이 그녀는 아들이든 딸이든 아기의 이름을 그녀의 아버지 이름 에이버리라고 짓기로 했기 때문이다. 부모의 보살핌과 축복 덕분에, 부모님이 항상 이해한 것은 아니지만, 에이버리는 새로운 삶을 계획하고 춤을 추거나 술을 마시기 위해서가 아니라 신체적 상태를 바꾸어줄 호르몬을 투여받기 위해 수십 킬로미터를 이동했고, 그것은 효과가 있었다. 지금 에이버리를 보고 있으면 효과가 있다는 것을 우리는 알 수 있고 그 경이로운 효과를 인정하지 않을 수 없다. 우리가 살던 시대였으면 그는 완고한 세상에서 극복하기 어려운 신체적 곤경에 처했을 것이다.

에이버리가 춤을 추면서 라이언이 눈치를 챘는지 궁금하고, 라이언이 신경 쓰지 않을지 걱정한다. 파란 머리 소년이 보는 것으로 봐선 아무래도 눈치를 챈 모양이다. 그렇다면 그가 전부 다 본 것일까 아니면 보고 싶은 것만 본 것일까? 언제나 이것이 사랑의 난제 중의 하나이다.

정작 라이언은 시간이, 때가 되어가는데 무엇을 할지 걱정한다. 킨들링 문화센터에서 누군가를 만났다는 것이 믿기지 않는다. 이곳에서 그는 수영을 배웠다. 아홉 살 때는 이곳에서 레크리에이션 농구 시합을 했다. 이곳에서 빵 바자를 열고 헌혈 캠페인을 했다. 앞으로 투표할 나이가 되면 이곳에서 투표를 할 것이다. 물론 이곳에 숨어 처음 담배를 피웠고, 그로부터 2년 후에 처음 마리화나를 피웠지만 분홍 머리 소년을 만나 춤을 출 것이라고는 상상하지 못했다. 옆에서 구경하는 친구들이 다음에 어떻게 될지를 두고 소곤거린다. 그런 탓에 그에 대해 알고 싶다는 욕구가 강해진다. 이 시간이 다 가고 나면 다음은 어떻게 되는 것일까? 디제이가 마지막 곡을 틀고 불이 켜지기 전에 춤을 멈추고 대화를 하는 것이 좋을까? 아니면 음악과 짝을 맞춰 노래에 숨어 이대로 있는 것이 좋을까?

'어서 말해.'라고 우리가 말한다. 왜냐면 아무 말 없이 흘러가는 시간을 기분 좋게 즐겨도 좋지만 시간은 말에 묶어놓는 것이 낫기 때문이다.

그들에게 절호의 기회가 기다리고 있다는 것을, 이번에도 디제이가 기대를 저버리지 않을 것을 우리는 안다. 적지 않은 디제이들이 저녁 무렵 어느 때가 되면 참석자에게는 아무런 의미가 없지만 자신에게 큰 의미를 주는 곡을 틀기 때문이다. 금세 플로어가 말끔해지고, 웅성대던 말소리가 왁자지껄한 말소리로 변하고, 남자 화장실에 줄이 길게 늘어선다.

에이버리와 라이언이 춤을 멈춘다. 그들은 서로 상대가 원하면 자리를 뜨고 싶지 않다.

마침내 에이버리가 말한다. "이 곡에 맞춰서는 어떤 춤을 춰야 할지 모르겠어."

라이언이 대답한다. "물 마실래?"

둘이 자리를 빠져나간다.

눈을 뜬 디제이가 자신이 무슨 짓을 했는지 본다. 마땅히 모두를 위해 곡을 바꾸어야 한다. 하지만 그 곡은 멀리 텍사스에 있는 사랑하는 남자친구에게 띄우는 헌정곡이다. 그가 곧장 남자친구에게 전화를 걸어 전화기를 허공으로 들어 올린다.

모든 곡이 춤곡일 필요는 없다. 언제나 다음 곡이 있기 마련이고 댄서들은 어김없이 돌아온다.

몸이 몹시 아플 때는 이럴 수 있다. 가령 춤이 현실이 아니라 은유가 되는 거다. 그것은 불친절할 때가 많다. '나는 되도록 빨리 춤을 추려고 한다.' 병은 점점 빠르게 연주하는 바이올린 연주자와 같고, 스텝을 놓치는 것은 죽음과 같다. 그래서 열심히 따라가려고 하지만 결국은 지쳐 쓰러지고 만다.

이런 춤은 기억하고 싶지 않을 것이다. 에이버리와 라이언이 마지막에 춘 춤처럼 느린 곡을 기억하고 싶을 것이다. 타리크가 늦은 밤 클럽에서 집으로 돌아가며 떠올리는 그런 춤을 기억하고 싶을 것이다. 밤 11시밖에 되지 않았지만……, 파티가 한창 진행 중일 때나 다름없지만 그는 잠을 자두어 내일 있을 빅 키스 시간에 졸지 않고 함께하기로 해리와 크레이그에게 약속했다. 음악을 두고서, 음악이 이끄는 떨림을 두고서 돌아서는 것이 쉽지 않았다.

이제 그는 야간 교외전철에 앉아 다른 소리들은 무시한 채로 귓가에서 작렬하는 음악소리를 되살리려고 한다. 그러나 옆에서 봐주는 사람이 없어서, 지켜볼 사람이 없어서, 늦은 통근자들과 브로드웨이 쇼를 관람하고 돌아가는 여자아이들밖에 없어서 비슷하지 않다. 한 여자아이가 먼저 타리크의 눈길을 끌어보려고 하지만 '멋진 시도지만 미안하다.'는 미소를 보내 그녀의 눈길을 손에 든 연극 안내문으로 돌려보낸다.

눈을 감으면 세상이 마법처럼 펼쳐진다. 타리크는 눈을 감고 나비를 본다. 나비의 날갯짓, 마음의 눈에 음악소리에 맞추어 허공을 빙글빙글 도는 나비들이 보인다. 삶에서, 댄스플로어에서 그가 되고 싶은 것. 다채롭게 비상하는 나비.

춤을 젊은이에게 주기 아깝다는 말은 제법 솔깃하게 들린다. 하기야 우리 중에도 그런 말을 하는 이들이 있다. 하지만 나비의 꿈에 순수한 뭔가가 있듯이 너희의 젊은 시절에 춤이 열어주는 세계에도 뭔가가 있다. 그렇게 얻는 자유는 마지막 곡이 끝난 뒤에도 사라지지 않는다. 너희는 그것을 무덤까지 지고 간다. 너희는 더 큰 무언가를 위해 그것을 이용할 수 있다.

너희는 그것을 언제 빼앗겼는지 알아차린다.

라이언과 에이버리는 대화를 통해 서로를 탐색하며 같은 리듬으로 시작하는 소박한 즐거움을 느끼고 다정하다고 생각한다. 라이언을 집까지 태워다주기로 약속한 친구 얼리샤(Alicia)가 주위를 맴돌며 이따금 그에게 눈짓을 한다. 라이언이 에이버리와 고독의 요새에 갇혀 있지 않은 터라 그녀의 눈짓을 무시하고, 그들이 사는 도시가 얼마나 좁은데 그런 곳에서 게이 댄스파티라니 참 야릇한 일이라고 말한다. 라이언은 에이버리의 곧게 흘러내린 머리 모양과 수줍은 듯 묘한 눈빛이 마음에 든다. 반면, 에이버리는 라이언의 브이넥 셔츠와 바지와 손을 연신 훔쳐본다. 흠잡을 데 없는 손이다.

새로운 사람을 만나는 기분이 어떤지 우리는 안다. 누군가에게 여지를 주는 기분이 어떤지도 우리는 안다. 그것은 자신의 세계에서 나와 상대의 세계로 들어가는 것이며, 그곳에 무엇이 있는지 궁금해서가 아니라 뭔가 좋은 일이 있을 것이라고 기대하는 것이다. 지금 라이언과 에이버리가 그러고 있다. 그의 세계로 들어가면서, 외로움을 두고 와서 외로움이 사라진 것을 모른다. 그에게서 눈을 떼지 못해 무엇을 두고 왔는지 돌아보고 싶지 않은 것도 모른다.

다이어트 콜라를 마신 탓인지 피터와 닐은 늦은 시간까지 깨어 있다. 데이트는 만족스러웠다. 데이트라고 생각되지 않을 만큼 오랜 시간을 함께 있었지만. 그들은 닐이 좋아하는 공포영화를 보고 나서 피터가 좋아하는 로맨틱 코미디 영화를 연달아 보았다. 닐은 공포영화를 보는 동안 자지러지게 놀라는 피터를 보며, 로맨틱 코미디 영화 특유의 뻔한 결말에 눈물을 흘리는 피터를 보며 웃지 않으려고 했다. 피터가 아직 남의 시선을 신경 쓰는 편이라면 닐은 이런 신경에 민감한 편이다. 그렇다고 해서 닐이 '언제나' 웃음을 참을 수 있는 것은 아니다. 오늘만 해도 로맨틱 코미디 영화를 보는 동안 피터가 유독 긴장하는 듯이 보여 "괜찮아?" 하고 물었더니 피터가 "에마 톰슨은 괜찮을까?" 하고 대답해 짐짓 공감하는 체하며 피터의 팔을 움켜잡고 웃음을 참아야 했다.

양쪽 부모님들이 아직 외박을 허락하지 않는지라 피터는 자정이 되기 전에 닐의 집을 나왔고, 이제는 각자의 방에서 잠자리에 들 준비를 하며 인터넷으로 이야기를 하고 있다. 이따금 스카이프(Skype)에 한국에 사는 닐의 친척들이 불쑥 나타나기도 하지만 아무도 아는 척하지 않아 닐은 안도한다. 피터의 연락처 목록에는 적어도 이 시간에 닐 말고 아무도 접속하지 않는다.

피터에게 우주를 통틀어 잠옷을 입은 닐의 모습보다 사랑스런 것은 없다. 닐의 잠옷은 단추가 죽 달린 줄무늬 셔츠와 짝을 맞춘 고무줄 허리의 바지라서 잠옷으로 제격이다. 하지만 어찌나 큰지 마치 메리 포핀스(Mary Poppins)가 고개를 쏙 내밀며 그만 자야 할 시간이라고 말하기를 기다리는 듯이 보인다. 피터는 '동성애를 합법화하라(LEGALIZE GAY)'라고 적힌 티셔츠에 사각팬티를 입고 잔다. 그들은 온종일 수다를 떨고도, 때론 컴퓨터 앞에서 서로를 보면서, 때론 캠(cam)을 켜놓고선 방안을 돌아다니고 이를 닦고 내일 입을 옷을 고르면서 또다시 수다를 떨고 있다. 우리로서는 이런 다성한 분위기가 한없이 부럽기만 하다.

피터와 닐의 대화에도 계속하기에는 구름이 끼는 때가 온다. 이윽고 다이어트 콜라의 효과도 사라진다. 하지만 그들의 구름도 어린아이들이 하얀 솜털 구름에 실려 꿈나라로 간다고 상상하는 구름과 같은 종류이다. 피터가 닐에게 달콤한 꿈을 꾸라고 말하고 피터 역시 닐에게 달콤한 꿈을 꾸라고 말한다. 그러고는 잠시 웃으며 서로에게 손을 흔든다. 마지막으로 다시 한 번 잠옷을 힐끗 보고 나서는 작별인사를 한다.

결국 우리는 모두 잠을 자러 가야 한다. 그건 몸이 언제나 우리를 이긴다는 첫 번째 암시이다. 우리가 행복하다고 해도, 밤이 영원히 계속되기를 원한다고 해도 잠은 어찌해볼 도리가 없다. 어쩌다 한번 변덕스런 주기를 벗어날 순 있어도 언제까지나 우리의 육체는 잠이 필요할 것이다.

우리는 잠과 싸우곤 했다. 어둠 속에서 소곤거리느라 여념이 없건, 번쩍이는 불빛 아래서 춤을 추느라 여념이 없건 이 밤이 영원히 끝나지 않기를 바랐다. 그러면 대화를 계속할 수 있다. 그러면 춤을 계속 출 수 있다. 우리는 우리의 육체를 커피로, 설탕으로, 더욱 강력하고 더욱 해로운 물질로 채우고는 했다. 하지만 졸음은 항상 밀물처럼 밀려와서 결국은 흐름을 돌려놓았다.

우리는 잠이 물리친 적군인 양, 무슨 골칫거리인 양 장난삼아 말하고는 했다. 밖에는 재미난 것들이 많고도 많은데 어째서 잠의 집에 머물러야 하는가? 그러면서 한사코 잠과 싸우려고 했다. 삶이 몇 달이나 며칠밖에 남지 않은 것을 알게 된다면 누가 잠을 자고 싶어할까? 고통이 너무 극심하지 않으면, 반대로 잠이 절실히 필요한 때가 아니라면 잠은 잃어버려 되찾지 못하는 시간이 될 터이다.

하지만 반대로 잠을 자는 것도 큰 즐거움을 준다. 잠들어 꿈꾸는 세상 위로 돌아다니다 보면, 불면증에 시달리는 이들이 애원하고 꿈꾸는 이들이 솔선하는 이유를 우리는 안다. 해리네 거실의 라임 색 소파에 크레이그가 증조할머니의 코바늘 숄을 덮고 잠들어 있다. 해리는 침대에서 양팔을 말아 올려 양손을 머리 밑에 두고 소문자 큐(q)자 모양으로 누워 자고 있다. 같은 동네의 다른 집에서 타리크는 머리에 헤드폰을 쓰고 잠들어 밤새 반복해서 재생되는 아이슬란드 곡을 들을 것이다. 다른 도시에서 잠옷을 입은 닐이 피터와 삼목두기를 하는 꿈을 꾸는 반면에, 사각팬티에 티셔츠를 입은 피터는 쇼핑몰을 인수한 황제펭귄들이 에마 스톤에게 선글라스를 파는 꿈을 꾼다. 메리골드라 불리는 마을에서는 손바닥에 전화번호를 적은 에이버리가 잠들어 있는 한편, 킨들링이라고 불리는 마을에선 별빛 아래 침낭 안에 잠이 든 라이언이 내일 있을 분홍 머리 소년과의 데이트를 떠올리며 빙긋이 웃는다.

쿠퍼는 아직 잠들지 않았지만 그도 오래가지 못할 것이다. 막 잠에서 깨어난 남자들, 또 근무시간에 몰래 숨어든 남자들과 채팅을 하느라 다른 시차에 자신을 적응시키고 있다. 그는 그들 모두를 속이지만 자신은 속이지 못한다. 그는 여전히 아무 데도 없다. 열심히 둘러보지만 (특히 그의 내면을) 어디에서도 찾을 수가 없다. 세상이 못나고 무모한 사람들 천지라서 그들과 시간을 많이 보내면 보낼수록 자신도 똑같이 못나고 무모해진다고 믿는다. 우리는 이런 식의 믿음이 몹시 걱정된다. 우리가 그만 자라고, 자고 나면 다 좋아진다고 말해도 그는 우리의 말을 들을 수가 없다. 채팅을 계속한다. 눈이 스르륵 감긴다. '그만 자렴, 쿠퍼. 침대에 가서 자야지.' 우리가 속삭인다.

결국은 컴퓨터 앞에서 잠이 든다. 다른 시차의 남자는 그에게 아직 있느냐고, 아니면 갔냐고 묻는다. 그러고는 다른 대화창으로 가버려 쿠퍼의 창은 이만 텅 빈다. 그는 사람들이 가버린 줄도 모른다.

밤의 풍경은 이것이 다가 아니다. 자신을 혐오해서 잠들지 못하는 소년이 있다. 정당한 이유로 섹스를 하는 소년이 있는가 하면 그릇된 이유로 섹스를 하는 소년도 있다. 벤치나 다리 밑에서 잠든 소년이 있는가 하면 집보다는 못하지만 그래도 안전할 듯싶어

쉼터에서 잠이 든 불운하지만 운 좋은 소년도 있다. 사랑에 취해 뛰노는 가슴을 진정시킬 수 없어 쉬지 못하는 소년이 있는가 하면 사랑의 상처를 쑤시며 고통을 찔러대고 있는 소년도 있다. 낮에는 자기부정에 사로잡히고 밤에는 비밀을 부여잡고 있는 소년이 있다. 꿈을 꾸면서 제 생각은 조금도 안 하는 소년도 있다. 밤에 도무지 잠을 자려고 하지 않는 소년이 있다. 귀에 전화기를 대고 잠든 소년도 있다.

성인 남자들도 전부 마찬가지다. 점점 줄어들고 있지만 잠이 들어서 우리를 생각하는 남자가 있다. 그들의 꿈에서 우리가 아직 그들 곁에 있다. 그들의 악몽에서 우리가 아직 죽어가고 있다. 잠결에 그들이 우리에게 손을 내민다. 그들이 우리 이름을 부르면서 잠꼬대를 한다. 이제껏 우리가 받았고 알려진 은혜와 불행에서 이보다 더 뜻깊고 애달픈 소리가 없다. 우리가 그들의 이름을 불러준다. 어쩌면 꿈속에서 그들이 들을지도 모른다.

너희도 잠이 든 세상을 볼 수 있으면 얼마나 좋을까. 그러면 우리가 모두 닮았다는 것을, 순수하다는 것을, 놀라우면서 연약하다는 것을 결코 의심하지 않을 터인데.

우리는 더 이상 잠을 자지 않는다. 잠을 자지 않기 때문에 꿈을 꾸지 않는다. 대신 우리는 지켜본다. 어느 하나도 놓치려고 하지 않는다.

이제 너희는 우리의 꿈이 됐다.

한밤중에 해리 어머니는 방문을 열고 들어와 해리가 잠이 들었는지 살핀다. 그러고는 거실로 나가 크레이그에게도 똑같이 한다. 웃으며 숄을 덮은 크레이그를 바라본다. 내일이 결전의 날이라는 것을 알기에 그녀는 그들을 염려한다. 하지만 그들이 잠들었을 때만 근심스러운 표정을 지을 것이다. 그녀는 자랑스러워할 때가 더 많다. 그러나 긍지란, 특히 어머니들에게 있어서 근심의 요소 또한 안고 있는 것이다.

해리 어머니는 크레이그의 숄을 당겨주고 이마에 살며시 입을 맞춘 뒤 발끝으로 살금살금 걸어 방으로 향한다.

어머니가 그립구나. 이제야 우리는 어머니를 이해한다.

우리 중에서 자식을 둔 이들은 자식을 그리워한다. 애처롭고 놀랍고 두려운 마음으로 자식이 커가는 모습을 지켜본다. 우리는 뒤로 물러나 있을 뿐이지 다른 곳으로 떠난 것이 아니다. 그들도 안다. 그들도 느낀다. 우리는 그 자리에 없을 뿐이지 사라진 것이 아니다. 우리는 그들이 살아가는 동안 줄곧 그렇게 존재할 것이다.

우리가 보고 있노라면 그들은 우리를 놀라게 한다. 우리가 보고 있으면 그들은 우리를 능가한다.

배터리가 부족해 타리크의 귀에 울리는 음악소리가 점점 작아진다. 그는 알아채지 못한다. 음악소리가 사라지고 나서도 오랫동안 음악소리를 듣는 능력이야말로 육체가 지닌 놀라운 능력 중 하나이다.

뒷마당에서 잠든 라이언은 밤이 아침에게 데워지며 주위에 이슬방울이 맺히는 것을 모른다. 그는 눈을 뜨고 반짝이는 풀밭을 보게 될 것이다.

잠에서 깨어나는 세상. 우리 중에서 냉소적이라고 손꼽히는 사람일지라도 이 세상만큼은 희망차게 맞이할 것이다. 아마도 화학반응처럼 우리의 이성이 일출과 교감하여 새로움에 대한 짧고 강렬한 믿음을 주는 것일 터이다.

태양이 지평선 위로 덩굴손을 뻗어가는 광경을 보고 있으면 우리는 숙연해진다. 어디에 있든지, 누구를 보고 있든지 우리는 하던 일을 잠시 멈춘다. 어떨 때는 동이 트는지를 보려고 먼 하늘을 바라보기도 한다. 또 어떨 때는 우리가 새로 관심을 갖게 된 이들에 대해 곰곰이 생각하다가 잠든 모습 위로 빛이 퍼지는 것을 보며 동이 트는 것을 목격하기도 한다. 세상이 한순간에 황금빛으로 달아오르는 것을 보며 어찌 희망을 품지 않을 수 있을까? 더는 아무것도 느끼지 못하는 우리도 아직 희망을 느낀다. 기억이란 그토록 강한 것이다.

잠을 깨기가 힘든 만큼 잠에서 깨면 눈부신 것이다. 너희가 꿈틀꿈틀 기지개를 켜고 나서 비척비척 침대에서 나오는 것을 우리는 본다. 감사하고 싶은 마음이 추호도 없는 것은 안다만, 그래도 고마운 줄 알아라.

너희는 또 하루를 해냈다.

해리가 들뜬 채로 잠을 깬다. 그날이다. 모든 계획이 끝나는 날, 모든 연습이 끝나는 날. 이 특별한 토요일은 달력의 네모 상자에 적힌 하루가 아니다. 미래시제로 일컬어지던 날이 아니다. 평소와 다름없이 오는 날이지만 이전의 여느 날과는 다른 날이다.

침대에서 일어난 해리는 헝클어진 머리와 비뚜름한 옷매무새로 곧장 부엌으로 달려가, 부엌에서 그들 나름대로 그날을 준비하는 부모를 본다. 아버지는 아침식사를 준비하고 어머니는 식탁에 앉아 십자말풀이의 풀이열쇠를 큰 소리로 읽으며 아버지와 풀이판을 채우고 있다.

"깨우러 가려던 참이었다." 어머니가 말한다.

해리가 부엌을 지나 거실로 간다. 긴 소파에 꼿꼿한 자세로 앉은 크레이그에게 아침은 잠을 깨기 전에 풀어야 하는 수학문제인 모양이다.

"아빠가 프렌치토스트 굽고 계셔." 해리는 방정식에 음식을 대입하면 문제를 푸는 데 도움이 될 것이라고 생각한다.

크레이그가 "으응." 비슷한 소리로 대꾸한다.

해리는 크레이그의 발을 툭툭 치곤 다시 부엌으로 간다.

타리크는 자명종이 울려도 놀라지 않는다. 헤드폰이 외부의 소음을 무디게 해준 덕분에 자명종 소리가 옆방에서 나는 음악소리 같아서 그는 느릿느릿 초대에 응한다.

닐이 샤워를 마치자마자 피터에게 문자를 보낸다.

'일어났니?' 그가 묻는다.

재깍 답장이 온다.

'분부만 내리셔.'

우리는 흐뭇해 웃다가 쿠퍼의 집을 넘겨다보고는 멈칫한다. 그는 아직도 키보드에 고꾸라져 자고 있다. 밤새도록 컴퓨터가 켜져 있다. 방으로 들어오는 아버지의 기색이 심상치 않다. 쿠퍼의 대화창이 전부 다 화면에 열려 있다.

곧 무슨 일이 벌어질지 알기에 우리는 온몸이 떨린다. 아버지의 표정을 보면 안다. 우리들 중에 방금 쿠퍼가 한 일을 안 해본 이가 누가 있는가? 저건 하나의 실수에 불과하다. 저것은 무심코 저지른 가벼운 실수에 불과하다. 방바닥에 활짝 펼쳐놓은 잡지. 누가 봐도 뻔한 매트리스 밑에 숨겨놓은 연애편지. 사전 갈피에 고이 접어 넣어두었지만 사전을 펼치자마자 툭 떨어지는 나달나달해진 속옷 광고지. 불태우지 않은 것이 못내 한스러운 낙서. 수없이 되풀이해서 적은 남자아이의 이름. 옷장 뒤에 쑤셔 박아놓은 옷. 표지갈이를 해서 책꽂이에 꽂아둔 제임스 볼드윈(James Baldwin)의 책. 베개 밑에 찔러둔 월트 휘트먼(Walt Whitman)의 책. 하얀 이를 드러내고 웃는 눈에 우리의 은밀한 음모를 보여주는 사랑하는 남자친구의 사진. 우리가 사랑하는 줄도 모르고, 카메라가 있는 줄도 모르고 멍하니 찍힌 사랑하는 남자아이의 사진. 책상 첫 번째 서랍에 넣어둔 사진, 지갑에 꽂아둔 사진, 셔츠의 가슴 주머니에 찔러둔 사진. 빨래바구니에 셔츠를 던지기 전에 사진을 꺼내야 한다는 것을 잊지 말았어야 한다. 어머니가 볼펜을 찾으려고 서랍을 열면 어떻게 되는지 알았어야 한다. '그냥 친구야!' 우리가 우겨댔다. 그냥 친구라면서 왜 숨겨놓았는데? 왜 그렇게 안절부절못하는데?

우리가 쿠퍼를 흔들어 깨울 수만 있다면 좋겠다. 문이 요란한 소리를 내며 열렸으면 좋겠다. 아버지의 발자국 소리가 천둥소리 같으면 좋겠지만 아무 소리도 나지 않는다. 이런 상황에서 어떻게 해야 하는지 아버지는 안다. 노여움이 가만가만 차곡차곡 쌓인다.

아버지는 아들의 어깨 너머로 몸을 숙이고는 어젯밤에 나눈 대화의 찌꺼기를 읽는다. 주로 시답잖은 대화, 흔해빠진 말들이다. '잘 지내? 그냥저냥. 넌? 그냥 그래.' 하지만 성적으로 노골적이고 음란한 대화도 있다. '이렇게 해줄 수 있는데. 그런 거 좋아하니?' 우리는 유심히 아버지의 얼굴을 바라보면서 근심스런 기색을 보이기를 간절히 바란다. 근심스런 기색은 괜찮다. 근심스런 것은 당연하다. 하지만 아주 오랫동안 타인의 얼굴에서 근심스런 기색을 보아온 우리로서는 혐오감과 반감만이 보인다.

"일어나!" 아버지가 고함을 지른다.

노여움과 분노.

쿠퍼가 꿈쩍도 하지 않자 아버지는 다시 고함을 지르면서 쿠퍼의 의자를 걷어찬다.

그것으로 충분하다.

놀라서 잠이 깬 쿠퍼는 키보드에 눌린 얼굴을 들면서 입에 담기 어려운 말을 한다. 눈가에 콘택트렌즈가 성찬용 제병처럼 말라붙어 있다. 입에서 아침 벌레의 맛이 난다.

아버지가 다시 의자를 걷어찬다.

"네 짓이야?" 질책하는 목소리에 노기가 등등하다. "우리가 잠든 동안 이러고 있었던 거야?"

쿠퍼는 아버지가 무슨 말을 하는지 이해하지 못한다. 고개를 들고선 입안의 마른침을 삼키며 화면을 본다. 후다닥 노트북을 덮지만 너무 늦었다.

"내 집에서 이런 짓을 해? 이게 네 엄마와 나한테 할 짓이야?"

냉정하게 따져보면 이런 혐오감의 한가운데 혼란스러움이 자리한다. 그리고 증오와 무지가 한가운데로 꾸준히 흘러들고 있다.

쿠퍼에게 기회가 없다는 것을 우리는 안다.

아버지가 셔츠를 움켜잡고는 그를 일으켜 세운다. 그래야 눈으로 그에게 비명을 지를 수 있다.

'너 정체가 뭐야? 어떻게 이래?'

쿠퍼가 어찌할 바를 모른다. 무슨 말을 해야 할지, 무얼 해야 할지 모른다. 심지어 대답도 못한다.

아버지의 얼굴이 벌겋게 달아오른다. "저놈들 만나서 놀아났어? 그래? 우리가 자고 있는 동안 저놈들 만나서 놀아났어?"

"아냐." 드디어 쿠퍼가 말한다. "아냐!"

"그럼 이건 다 뭐야?" 닫힌 컴퓨터를 향한 역겨운 몸짓. "너 남창 뭐 그런 거야?"

놀아나다. 남창. 어떤 아들이라도 아버지에게 이런 말을 들어서는 안 된다. 하지만 아버지의 분노에는 고유한 언어가 있다. 분노가 아버지인 양 말하게 해서는 안 된다.

"그만." 쿠퍼가 눈물이 그렁그렁해서 중얼거린다. "그만해."

하지만 그만하는 것은 불가능하다. 아버지가 그를 벽에 밀친다. 쿵, 하는 울림이 들리고 벽이 흔들리며 물건이 떨어진다. 이제 쿠퍼는 시큰둥하지 않다. 더는 시큰둥할 수가 없다. 이것은 최악의 상황이다. 그가 결코 일어나지 않기를 간절히 바라던 일이 눈앞에서 벌어지고 있다.

어머니가 방으로 달려 들어온다. 잠시 우리가 안도한다. 상황이 진정될 것이다. 하지만 아버지가 아랑곳하지 않고 고함을 질러댄다. 호모새끼. 망신살. 남창. 구역질.

"왜 그래?" 어머니가 고함친다. "무슨 일이야?"

쿠퍼는 울음을 참지 못하고, 그것이 아버지의 부아를 더욱 돋운다. 아버지가 어머니에게 말한다. "저 자식이 인터넷에서 남자들한테 몸을 팔고 있더라고."

"아냐." 쿠퍼가 말한다. "그런 거 아니야."

"읽어봐." 아버지가 어머니에게 말한다.

쿠퍼가 노트북을 뺏으러 달려들지만 아버지가 막아 옴짝달싹 못하게 한다. 어머니가 컴퓨터를 연다. 화면에 불이 들어오고, 그녀가 읽기 시작한다.

"그냥 채팅한 거야." 쿠퍼가 그녀에게 말한다. "아무것도 안 했어."

하지만 읽어 내려가는 어머니의 표정이……. 우리 중에는 고개를 돌려야만 한 이들이 있다. 우리는 저 표정이 낯설지 않다. 그녀의 안에서 뭔가가 무너져 내리고 있다. 그 무너져 내리는 것에 우리에 대한 체념이 있다.

누군가 체념하는 모습을 지켜보는 것만큼 고통스러운 것은 없다. 그 사람이 어머니라면 그보다 더 고통스러울 순 없다.

이때 정신을 차리는 어머니가 있는 한편 그러지 못하는 어머니도 있다. 이 순간의 불편한 진실은, 상황이 어떤 방향으로 갈지 도무지 알 수가 없다는 것이다.

"거봐." 아버지가 말한다.

쿠퍼의 도화선이 임계점에 도달해 결국은 폭발한다. 이건 막아야 한다. 뭔가 해야 한다. 반항하려는 것은 아니지만, 나중에 반항한 듯이 보여도 어쩔 수 없다. 어머니가 읽는 것만은 막아야 한다. 그래서 그가 달려들어 그녀의 손에서 노트북을 낚아챈다. 아버지가 붙잡을 겨를이 없었다. 어머니는 놀라서 움찔한다. 하지만 그녀의 손에서 노트북을 빼앗은들 계속 가지고 있지 못할 것이다. 그는 우물쭈물하다가 노트북을 바닥에 집어 던진다. 꽝음이 울린다. 다시 팔을 뻗어 노트북을 집는 순간, 아버지가 그의 등덜미를 끌어올려 돌려세운다. 주먹이 날아올 것을 알고 쿠퍼가 막으려고 노트북을 들어 올린다. 하지만 아버지의 손이 빨라 노트북을 올리기 전에 뺨을 때린다. "안 돼!" 어머니가 비명을 지른다. 어머니가 그들 사이로 비집고 들어가고…… 그렇게 많은 것을 한다. 쿠퍼는 주저하지 않는다. 어젯밤부터 자동차 열쇠와 전화기가 주머니에 그대로 있다. 그래서 냅다 뛴다. 방에서 뛰쳐나가는 등에 대고 아버지가 분노를 참지 못해 고래고래 소리친다. 그에게, 그의 어머니에게. 그가 현관을 뛰쳐나가 차로 달린다. 부모님이 쫓아오는 것이 보인다. 무어라 말하는지 이해되지 않는 아버지의 고함이 들린다. 차에 시동을 걸자마자 음악소리가 터져 나온다. 진입로를 빠져나오며 다른 차가 오는지도 확인하지 않는다. 하지만 이런 짓이 아버지의 화를 돋우어 더욱더 열 받게 하리라는 것은 안다.

부모님에게서 도망치는 데 고작 10초밖에 걸리지 않았다.

낯선 사내들을 제외하면 이제 그가 게이라는 사실을 아는 사람은 세상에 그들밖에 없다.

우리는 징조를 안다. 예전에 우리에게도 징조가 나타났다. 내적으로나 외적으로나.

너희는 평정심을 잃지 않으려고 무진 애를 쓰고 수많은 노력을 하지만 결국은 수포로 돌아간다.

이 모든 일이 벌어지는 동안, 타리크는 샤워를 하고 있다. 이 모든 일이 벌어지는 동안, 천천히 먹기로 소문난 크레이그는 프렌치토스트 한 조각을 먹는다. 이 모든 일이 벌어지는 동안, 피터는 비디오 게임을 업로드하고 게임을 시작한다. 이 모든 일이 벌어지는 동안, 에이버리는 잠에서 깨어 손바닥에 적혀 있는 전화번호를 보며 어떡할지를 고민한다. 하지만 그는 고민하지 않아도 된다. 이미 라이언이 마음을 정했기 때문이다. 전화기에 에이버리의 전화번호를 입력해두고는 전화를 걸려고 시계가 10시를 치기만을 기다린다. 10시 전에 남에게 전화를 하는 것은 실례라고 생각하기 때문이다. 그래서 시간이 되기를 기다리고 있다. 이제나저제나 기다린다.

너희가 그리워할 만한 재미난 이야기가 있다. 전화선도 그 하나이다.

지금 이 책을 읽으면서 전화선이 뭐지, 사무실에 있는 골동품인가, 교무실에 연락할 때 사용하던 교실 구석의 구식 전화기를 말하나 할지도 모르겠다.

하지만 옛날 옛적에 (우리가 살던 시대쯤에) 전화선은 그야말로 생명선과 같았다. 그것은 외부세계와 이어주는 끈이었고, 무엇보다도 사랑하는 이와 사랑하고 싶은 이와 사랑하려고 작업 중인 이와 이어주는 끈이었다. 그것과 어울리지 않는 것은 하나도 없었다. 뭐냐면 저절로 돌돌 말리는 것이나, 쉽게 헝클어지는 것이나, 당기면 길게 늘어나는 것이나. 비틀고 꼬고 묶이는 것은 기본이었다. 그것은 우리를 서로서로 묶어주었고, 우리를 모든 질문과 얼마큼의 대답에 묶어주었고, 우리의 방이나 집이나 지역을 벗어나 다른 어딘가로 갈 수 있다는 생각과 묶어주었다. 우리는 벗어나지 못했으나 우리의 목소리는 벗어날 수 있었다.

전화기가 울리지 않으면 우리를 비웃는 것 같았고.

전화기가 울리면 우리는 그것을 움켜잡고 고마워했다.

정각 10시에 에이버리의 전화기가 울린다. 등록되지 않은 번호라서 에이버리는 손바닥에 대고 우선 번호를 확인한다.

"여보세요?" 그가 말한다.

"안녕." 라이언이 반갑게 대답한다.

그들은 약속을 정하고 계획을 짠다. 약속은 특정한 시간에 할 것이라면, 계획은 함께하게 될 것을 아우르는 더 일반적인 개념이다. 약속이 좌표라면 계획은 전체 지도이다. 약속은 저 긴장된 첫 통화에서 의논할 수 있는 것이다. 계획은 말해지진 않았지만 목소리에 기대를 담는 것이다. 에이버리와 라이언이 오늘 무엇을 할지를 놓고 의논하는 동안 말하는 '함께'라는 단어가 약속을 받쳐주는 계획이다.

에이버리는 부모님이 다시 자동차 열쇠를 줄 것을 안다. 그래서 자신이 킨들링으로 가겠다고 말하며 킨들링의 볼거리를 구경하고 싶다고 말한다. 라이언이 볼거리가 별로 많지 않다고 대답하지만 에이버리는 라이언이 있으면 그것으로 충분하다고 농담할 만큼 노련하다.

에이버리는 전화를 끊으며 방긋 웃는다. 라이언은 전화를 끊으며 허둥지둥한다. 부력이 있는 물체가 압력을 가하기 마련이다. 라이언은 한꺼번에 방을 치우고 머리를 감고 삶을 정리하고 마을을 청소하고 싶어 한다.

한편 에이버리는 연신 방긋거리며 샤워를 하러 간다. 물론 그에게도 걱정거리가 있다. 하지만 저 야수는 예의바르게도 그가 준비를 마칠 때까지 대문 앞에서 기다린다.

기대감만큼 설레게 하는 것도 없다.

저런 기분은, 저런 기대감은 결코 잊지 못할 것이다. 우리는 잘못된 첫 만남에 대해 며칠이고 말해줄 수 있다. 그것은 한편의 이야기다. 재밌고 쑥스러운 이야기다. 말하지 않고는 못 배기는 이야기이다. 이야기를 해주어야 잘못된 만남으로 허비한 한두 시간에서 너희가 뭔가를 배울 테니까 말이다. 하지만 잘못된 첫 만남의 이야기는 모두 짧다. 좋은 첫 만남의 이야기는 짧지 않다. 그것은 이야기의 첫 장이다. 좋은 첫 만남의 날은 뭐든지 봄날 같다.

좋은 첫 만남이 좋은 관계로 이어지면 봄날은 오래오래 계속된다. 관계가 끝난 뒤에도 봄날일 수 있다.

크레이그와 해리의 키스 장소를 두고 의견이 분분했다.

편의성을 중점으로 둔다면 해리의 집이나 뒷마당만큼 키스하기에 제격인 장소가 없을 것이다. 라미레스 부부에게도 그보다 좋은 곳이 없을 터이고 그들은 필요한 준비를 다 했을 것이다. 하지만 크레이그와 해리는 숨어서 키스하고 싶지 않았다. 이 키스는 나른 사람과 함께하는 데 의미가 있었다.

그들이 다니는 고등학교 정문 앞의 잔디밭을 장소로 제안한 것은 크레이그였다. 공공장소인 데다 친숙한 장소였다. 학교는 이런저런…… 축구시합이나 연극연습이나 토론회 등의 이유로 주말에도 개방했다. 하지만 잔디밭에서 하면 다른 사람들에게도 방해가 되지 않을 것이다. 물과 전기를 이용하기 편리하고, 어디 있는지 친구들 모두가 잘 알았다.

그들은 학교의 허락을 받을 것인지를 놓고 논쟁했다. 해리의 부모님은 허락을 받길 주장했다. 해리와 크레이그는 교장 선생님을 만나서 그들의 키스에 대해 설명했다.

그녀는 공감해주었다. 놀랄 일지만 아무튼 그랬다. 그녀는 허락은 해주었지만 위험이 사라진 것은 아니라며 주의를 당부한다.

그들은 그 말을 수긍한다.

그렇게 해서 그들은 지금 고등학교의 빈 주차장에 있다. 축구시합은 내일 있고 연극연습은 모레나 시작된다. 오늘, 토요일 아침에 건물은 무관심 속에 놓여 있다. 이제까지 그것은 두 소년의 키스보다 더한 것도 많이 보았다.

크레이그의 절친한 친구 스미타(Smita)가 먼저 와서 기다린다. 그녀는 이런 일을 하는 크레이그와 해리가 미쳤다고, 그 둘 중에서 크레이그가 더 미쳤다고 생각한다. 심하게 과장하지 않아도 크레이그의 부모가 그를 죽일 것이기 때문이다. 만약 그들이 그를 죽이지 않으면 키스하는 해리를 죽일 것이다. 따져보면, 이별은 크레이그보다 해리에게 훨씬 더 쉬웠다. 스미타가 지켜본 바로는, 해리가 가벼운 감기 정도로 끝내고 이별이 상호적이라는 것을 깨닫게 돼서 자기 생활을 계속해나간 반면, 크레이그는 이듬해까지도 그를 사랑했다.

물론 꼬박 1년은 아닐 것이다. 스미타는 관계수학에 약하다. 그걸 잘하는 사람이 누가 있을까만, 요지는 기간이 어지간히 길었다는 것이다. 길어도 너무 길었다. 크레이그가 해리를 완전히 정리해서 이젠 그냥 친구일 뿐이라고 오락가락 말하지만, 그가 틀렸다는 것을 깨닫고 난 후에 그녀에게 오게 하기 위해서는 그의 말을 대놓고 반박해서는 안 된다는 것을 알지만, 스미타가 크레이그의 마음을 헤아려보면 이 계획은 전체적으로 굉장히 감 떨어지는 짓이라고 생각된다. 그녀가 언니에게 고백하는 말을 우리가 들었고, 언니도 공감했다.

해리와 크레이그가 하는 주장에는 더 큰 쟁점이 있다는 것을 스미타는 안다. 혹시라도 누군가 그녀에게 어떤 상황이라야 크레이그가 해리에게 다시 키스를 해도 괜찮은 것이냐고 묻는다면, 그녀는 아마도 이것이 소수의 괜찮은 상황들 중의 하나라고 대답할 것이다. 그들이 그녀에게 처음 키스 이야기를 했을 때 그녀는 미친 짓이라고 말했다. (그녀는 그들이 자기에게 제일 먼저 말한 줄 알지만 사실은 그녀가 두 번째였다.) 그들이 미친 짓이라고 해도 상관없나고 말하는데 그녀가 달리 뭐라 말하겠는가? 그녀는 언제나 무엇이든 크레이그의 편에 설 것이며, 그것이 정치적 선언과 잠재적 심장마비의 위험이라는 이 어처구니없는 위업을 계획하고 연구해서 문서를 작성하도록 도와주는 것이라고 해도 마찬가지다. 그녀는 언젠가 반드시 의사가 될 것이라서 의사처럼 정밀하게 그들과 함께 지구력을 최고로 끌어올릴 수 있는 최선의 방안을 연구했다. 그래서 키스를 오래한 사람들의 유튜브(YouTube) 동영상을 헤아릴 수 없이 보고 또 봤다. 그것은 그녀가 이제껏 한 숙제 중에서 제일 이상한 숙제였다. 하지만 그녀는 꼬박꼬박 숙제를 했다. 그런 것 말고 달리 무엇을 도와주겠는가?

그렇게 해서 지금 그녀가 여기에 있고, 그들이 여기에 있고, 시작할 시간이 시시각각 다가오고 있다. 일단 키스를 시작하면 32시간 12분 10초 동안은 키스를 해야 한다. 그것은 현재 보유하고 있는 가장 긴 키스 세계기록보다 1초 더 긴 시간이다.

그들은 저 기록에 도전하려고 여기 있다.

그들이 저 기록에 도전하려는 것은 타리크 때문이다.

타리크는 주차장에 차를 대고는 모이는 사람들을 가만히 지켜본다. 해리와 크레이그와 라미레스 부부, 스미타, 집이 가까워 학교에 걸어서 다니는 레이철(Rachel). 그들이 오는 것을 보고도 차에서 내리지 않는다. 우리 정신의 미묘한 특질 중 하나는 동시에 두 곳에 존재할 수 있다는 것이다. 타리크는 차에 앉아 인생 최악의 밤으로 돌아간다. 실제로는 석 달 전이지만 심리적으론 어제나 오늘, 석 달 전 그날 이후의 어느 날 같다.

입 속의 피. 아직도 입안에 피가 고여 있는 것 같다.

술에 취한 남자들은 전부 다섯 명이었다. 타리크가 인근의 다른 마을에 있을 때 일이었다. 그는 운전면허도 없고 자동차도 없어서, 영화가 끝나면 태우러 오기로 약속한 아버지를 기다리고 있었다. 친구들이 피자를 먹으러 가자고 했지만 다시 집으로 돌아가야 했기 때문에 거절했다. 아버지는 약속보다 늦었다. 거리에는 인적이 없었다. 영화관 매표소에 사람이 있기는 했지만 없는 것이나 같았다. 타리크는 가만히 서 있을 수 없어서 천천히 걸어가며 쇼윈도를 구경했다. 그때 맞은편에서 오는 남자들이 소리를 지르기 시작했다. 그는 그들이 자기에게 소리치는 것인 줄도 몰랐다. 그래서 무시해버린 것이 도리어 그들을 자극했다. 그가 느지막이 뭔가를 이해했을 때는 이미 상황이 급박하게 돌아가고 있었다.

타리크는 처음엔 그들이 자신에게 소리치는 이유가 자신이 흑인이기 때문인 줄 알았지만, 그에게 던지는 '호모새끼'라는 말뜻의 다양한 단어들로 미루어 그런 이유가 아니라는 것을 알아차렸다. 그런 데다 남자들 중에는 흑인도 있었다. 타리크는 그들을 지나쳐 극장이나 친구들이 있는 피자집으로 가려고 했지만 비켜주지 않았다. 그들이 타리크를 에워쌌고, 그는 내부의 비상단추가

눌리는 것을 느꼈다. 그들이 팬티 색을 갖고 비웃고, 팬티에 대해 더 많은 조롱을 퍼붓기 시작할 때 그는 빠져나오려고 했다. 온몸으로 뚫고 나가려고 했지만 사람이 너무 많아 잘 뚫리지 않았다. 그들이 안으로 밀치면 타리크는 다시 밀쳐 뚫고 나가려고 했다. 이때 한 남자가 주먹으로 명치를 때렸다. 충격에 허리를 구부리자 다른 남자들이 가세했다. 누군가 시작하기만 하면 폭력은 놀이가 된다. 타리크는 바닥에 고꾸라졌고, 언젠가 누군가가 말해준 대로 몸을 동그랗게 말아 스스로를 방어했다. 그들은 재밌어 죽겠다는 듯 신이 나서 웃었다. 타리크는 도와달라는 고함조차 지를 수 없었다. 주먹에 맞고 발로 걷어차일 때의 강렬한 통증 때문에 흐느끼듯 거친 숨소리밖에 새어나오지 않았고, 그들은 갈비뼈를 부러뜨리며 '호모새끼'라고 비웃었다.

도로 건너편에서 누군가가 보았다. 태국 음식점의 계산대에서 어떤 여자가 뛰어나와 고함을 지르며 빗자루를 흔들었다. 그들은 여자를, 여자의 빗자루를, 여자의 서툰 영어를 놀려댔다. 그때 그녀의 뒤로 웨이터 둘이 나타났고, 여자는 "경찰 불러?"라고 외쳤다. 타리크는 아무것도 보이지 않고 아무 소리도 들리지 않았다. 정신을 잃지 않으려고, 몸을 더 바싹 웅크리려고, 피를 뱉으려고 애를 썼다. 그는 그들이 거기에 있다가 마지막으로 한 번 그를 걷어차고 가버렸다는 사실만 어렴풋이 알았다.

잠시 후 아버지가 도착했고, 경찰보다 먼저 그를 발견해서 응급

실로 데려갔다.

보도에, 자갈에, 모래에 갈린 상처에서 피가 흐를 때 우리의 상처에서 피가 흐르는 것을 느낄 수 있었다. 그의 갈비뼈가 부러질 때 우리의 갈비뼈가 부러지는 것을 느낄 수 있었다. 그의 마음에 기억이 되살아났을 때 우리의 마음에도 기억이 되살아났다. 저 비인간적인 무방비 상태. 그것은 우리 모두가 두려워하고 우리 대부분이 겪어봐서 아는 것이다. 우리는 다음에 타리크에게 무슨 일이 있을지 훤히 안다. 길고 긴 치유의 과정을 거쳐야 할 것이며, 부모 등의 일부 사람들이 놀라운 관심을 보여줄 것이며, 다는 아니지만 경찰 등의 일부 사람들이 놀랍지 않은 무관심을 보여줄 것이다.

가해자들은 종적을 감춰 잡히지 않았다. 물론 우리는 그들이 누군지 안다. 그들 중 둘은 자신이 한 짓 때문에 괴로워한다. 나머지 셋은 그렇지 않지만.

센 척하긴 하지만, 타리크 역시 괴로워한다. "나를 죽도록 패서 똥이 다 나왔어." 사건 직후 타리크는 사람들에게 말했다. "그런데 있잖아? 그런 똥은 없어도 괜찮아. 그래서 기분 좋아."

그 사건 때문에 도시에 가서 춤추는 일을 그만두지는 않을 것이다. 하지만 두려움과 상처는 여전하다. 우리도 그렇지만 그의 마음 한쪽에 가장 은밀한 의문이 자리한다.

'나를 어떻게 찾았을까? 어떻게 알았을까?'

'내가 뭘 잘못했을까?'

세이는 피부색 같은 신체적 특징이 아니라고 흔히들 말한다. 마음만 먹으면 얼마든지 감출 수 있다고.

하지만 그것이 사실이라면 왜 항상 우리를 찾아내는 것인가?

쿠퍼가 느끼는 자기혐오는 타인에게…… 부모나 마을 사람이나 그와 채팅한 남자들에게 느끼는 혐오감을 능가한다. 혐오 받아도 싸다고 느끼는 감정만큼 절망적인 것도 없다. 쿠퍼는 무얼 해야 할지, 어디로 가야 할지를 몰라 무작정 차를 몰고 다닌다. 기름이 거의 떨어진 것도 모른다. 그러다가 불쑥 경고등이 켜진다. 차라리 고마울 지경이다. 적어도 다음에 할 일이 생겼으니까.

쿠퍼가 원래 이랬던 것은 아니다. 늘 이런 사람은 없다. 그에게도 행복했던 시절이, 세상에 관심이 많았던 시절이 있었다. 자벌레를 잡아 제각각 이름을 지어주기도 했다. 5학년 때는 친구 스무 명에게 둘러싸여 엄마가 만든 케이크의 촛불을 불기도 했다. 어린이 야구 리그의 결승전에서 홈런을 쳐서 몇 주 동안이나 승리감에 도취되기도 했다. 그림에 흥미를 보인 적도 있었다. 점심시간에는 다른 사람과 어울려 농구 골대에 골을 넣기도 했다.

하지만 고등학교 생활은 뒤죽박죽이었다. 운동에 대한 흥미를 잃었다. 친구들이 떠났다. 마을을 떠나거나 그의 점심 식탁쯤을 떠났다. 무기력감이 삶의 외면으로 퍼져나가기 시작하면서 내면의 소음이 커지기 시작했다. 컴퓨터 앞에서 보내는 시간이 차츰 늘어났다. 그것은 선택이 아니었다. 컴퓨터만이 변함없이 있는 유일한 것이었기 때문이다.

지금 뒷자리에 완전히 맛이 간 노트북이 놓여 있다. 아무래도 상관없다.

다른 자동차엔 킨들링으로 향하는 에이버리가 타고 있다. 평평한 대지 위의 지평선이 길다. 그는 연기하는 것처럼 보일까봐 되도록 라이언에게 할 말을 미리 연습하지 않으려고 한다. 이제껏 데이트는 오래전부터 알고 지낸 남자친구와 한 미적지근한 데이트가 전부였다. 둘 중 어느 쪽도 그들이 무엇을 원하는지 몰라 단지 서로의 빈자리를 채워주기만 했다. 그건 오래가지 못했고, 어쩌다가 에이버리가 제이슨(Jason)보다 5분 먼저 그것을 깨닫게 되었다. "다친 사람도 없고 잘못한 사람도 없잖아." 제이슨이 말했고, 이 말은 그 자체로 어째서 에이버리가 흥미가 없었는지를 말해주었다. 그는 잘못하는 것보다 다치는 것이 훨씬 더 아프다는 것을 아는 사람과 함께하고 싶다.

머리카락을 파란색으로 물들인 남자라면 그것을 알 것이라고, 하다못해 그것을 알 가망이라도 있을 것이라고 에이버리가 생각한다.

에이버리는 머잖아 알게 될 것이다.

1년이 넘자 피터와 닐은 서로에 대해 알 만큼 안다고 생각한다. 하지만 장담하건대 그렇지 않다는 것을 그들은 두고두고 알게 될 것이다. 사랑하는 사람에 대해 알아야 할 새로운 사실은 결코 다함이 없다.

피터의 집에 도착한 닐은 사각팬티 차림의 피터가 바닥에 게임기를 들고 앉아 판타지 세계를 항해하고 있는 것을 보고도 놀라지 않는다.

"미안해. 이제 마법사 길드 차례야. 조약만 맺으면 돼. 딱 10분만." 피터가 말한다.

닐은 바보같이 숙제를 잊었고, 그래서 피터의 방에 가서 피터의 숙제를 가져온다. 피터의 게임이 무수한 대량의 전투와 검투로 이루어져 있으면 숙제를 하지 않기는 피장파장일 것이다. 하지만 닐이 봤을 때, 그것은 동맹을 맺고 깨는 문제가 아니다. 이를테면 수염을 기른 지식인과 예복을 입은 성직자의 정치 같은 것이다. 그의 취향은 아니다. 어제 그가 가져온 게임, 블러드배스(Bloodbath) 12가 방바닥에 놓여 있다.

피터는 닐이 흥미가 없다는 것을 알지만 그래도 어쩔 수가 없다. 이 조약이 체결되어야 님프의 수중세계를 여행할 수 있기 때문이다. 지난 몇 주 동안 손꼽아 기다리던 순간이다.

피터는 통과할 때까지 닐이 무엇을 하는지 신경도 쓰지 않는다. 조약을 맺고 나서야 닐이 영어숙제를 반나마 끝낸 것을 알아차린다.

"내가 해도 되는데." 피터가 말한다. 닐이 숙제를 대신해주면 마음이 편해야 할 터인데 그렇지가 않다. 숙제를 해야 닐의 마음이 더 편하기 때문이라는 것을 알기에…… 바로 그런 탓으로 피터는 마음이 불편하다.

"더 중요한 일을 해야 하잖아. 이를테면 존 스타인벡과 마법사 길드의 운명적 비교랄까?" 닐이 말한다.

"스타인벡 좋아하는데."

"시원하지 않을까?"

"뭐가?"

"수중게임 말이야."

피터는 닐의 말에 숨은 의도가 담겨 있다는 것을 안다. 농담일 텐데 의도가 파악되지 않는다.

그는 단념하며 의도를 묻는다.

"물속이라서 마법사들이 물고기일 거 아냐. 그러니까 물고기 마법사 길드가 되겠지."

피터가 능청스럽게 웃는다. "방금 길드로 걸어 들어갔잖아?"

"헤엄쳐 들어갔다고 하는 게 맞지."

피터는 이런 식의 조롱 섞인 농담이 불편하지 않다. 오히려 좋아한다. 다만 늘 그럴 기분이 아니라는 것이 문제다. 때론 조금 어리석은 사람과 만났으면 좋겠고, 하다못해 그의 말을 단어 하나까지 조목조목 따지고 들지 않는 사람을 만났으면 좋겠다.

닐은 자신이 너무 똑똑하게 굴었다는 것을 눈치채지 못한다. 뭔가 잘못되었다는 것을 눈치로 알아서 화제를 바꾸지는 않지만 대화의 흐름을 파악하는 타고난 판단력을 통해 다음으로 넘어가야 할 때를 안다.

"팬케이크, 팬케이크가 있어야 해." 닐이 말한다.

피터는 이번엔 닐이 그런 말을 하는 의도를 파악한다. 둘이 한쪽 다리로 깡충깡충 뛰면서 소리친다. "아이-홉 (IHOP, International House Of Pancakes. 미국의 프랜차이즈 식당으로 팬케이크 외에 자질구레한 먹을거리를 저렴하게 판매한다-옮긴이)! 아이-홉!"

'죽이 잘 맞는 바보들이야.' 피터가 생각한다.

관계를 재는 진정한 척도는 우리 자신을 솔직하게 드러내는 능력이라고 우리는 믿는다. 하지만 사소한 깃털을 자랑하는 데도 그만한 이유가 있듯이 진지한 것 못지않게 어리석은 것에도 진실이 담겨 있다.

너희에게 유머는 나침판이자 방패이다. 너희는 유머를 갈고 닦아 무기로 삼을 수도 있고 가닥가닥 뽑아 솜사탕 이불을 만들 수도 있다. 유머만 먹고 살 수도 없지만 유머 없이 살 수도 없다.

세상에 널리고 널린 재담도 오스카 와일드가 상사병에 걸린 바보가 되는 것을 막지 못했다. 하지만 그는 결국 극복했다. 우리는 먼 산을 바라보며 그의 마지막 말을 인용하기를 좋아했다. "저 벽지를 치우든 내가 사라지든 해야지." 심지어 변주까지 있었다. "시장이 죽든 내가 죽든 해야지." "엄마, 저 신발을 버리든 저를 버리든 해주세요." "자기야, 콧수염을 포기하든지 나를 포기하든지 골라." 우리의 마지막 말이 아닐 수도 있고, 오스카 와일드의 마지막 말이 아닐지도 모른다. 하지만 너희는 이런 것에서 요령을 배운다. 끝이 다가오면 뭔가 하고픈 중요한 말이 있을 것이다. 아니면 마지막으로 웃는 것일 수도 있고, 그것도 괜찮을 것이다.

몇 초 이상 소리 내서 웃기란 쉽지 않다. 하지만 그 몇 초가 큰 즐거움을 준다.

키스를 시작하기에 앞서 해리와 크레이그는 우스꽝스런 선물을 받는다.

해리의 부모님이 두 소년에게 비나카(Binaca) 한 통을 선물한다. 그것이 무언지 몰라 어리둥절해하는 표정을 보면서 우리가 웃는다. 저것을 어떻게 설명해야 좋을까? 오래전에 입 냄새를 박하향으로 없애고 싶으면 비나카 통에서 길쭉한 금속관을 하나 꺼내어 입속에 조금 칙칙 뿌렸다. 술 냄새를 가리고 싶거나 흔하게 나는 시큼한 냄새를 가리고 싶으면 이것을 입에 뿌려 가릴 수 있었다. 자연 그대로의 맛은 아니지만 키스를 하기 전에 사용하면 언제나 효과가 만점이었고, 둘이 하나씩 뿌리면 화학물질의 맛을 함께 맛볼 수 있었다. 우리의 속임수 무기들 중에서 이것은 무해한 축에 속했다. 이 자리에서 그것을 다시 보고는 재밌어 죽는 우리만큼이나 라미레스 부부도 재밌어 죽는다. 설명을 들은 뒤 해리와 크레이그가 그들에게 고맙다고 말하지만 스프레이는 뿌리지 않는다. 차라리 껌을 씹는다.

친구 레이철은 환자용 변기를 건네며 저질 라디오 토크쇼 진행자의 얼굴을 직접 그렸다고 말한다. 스미타는 비수기에 구하기 쉽지 않은 밸런타인데이 하트 초콜릿 한 봉지를 주면서 봉지에 하트를 채워 넣은 뒤에 그 안에 'KISS ME'라 적었다고 말한다.

다른 친구 마이컬(Mykal)이 다른 휴일에 제격인 겨우살이 나뭇가지 하나를(이것도 비수기에 구하기 쉽지 않은 품목이다) 낚싯줄 끝에 붙여 그들이 키스할 때 머리 위에 매달아놓을 것이라고 말한다.

마지막은 타리크 차례다. 그는 잔디밭에 카메라를 설치하고 밤이 되면 해리와 크레이그를 비출 전등을 확인하면서 모든 준비가 제대로 되었는지 점검하고 있다. 키스가 성공한다고 해도 아무도 그대로 믿지 않을 것이다. 하나도 빠짐없이 세세히 기록해둘 필요가 있고, 그래서 타리크는 한 부대의 카메라를 대기 상태에 두고 한 군단의 보조 배터리를 준비해두었다. 키스를 기록하고 생방송으로 중계하여 키스가 조작되었다거나 휴식시간을 편집해서 잘

라냈다는 어떤 의심도 못하게 할 것이다. 학교의 교사 셋이 번갈아 증인이 되어주기로 했다. 수학과 부장교사인 루나(Luna) 선생님이 첫 번째 증인이 되어줄 것이다.

하지만 타리크가 준비한 선물이 있다.

선물을 주려면 우선 더플백을 잔디밭으로 끌고 와야 한다.

"몸통이니?" 해리가 묻는다.

"머리 아니고?" 궁금한지 크레이그도 묻는다.

그들이 짐작한 대로다. 타리크는 씩 웃으며 행사를 주재할 월트 휘트먼의 흉상을 들어 올린다. 그러고는 행사를 기념하여 휘트먼의 시 한 편을 낭송한다.

우리 두 남자 서로를 의지하여,

서로를 절대 놓지 않고,

이 길로 저 길로 북으로 남으로 여행을 떠나,

힘은 만끽하고, 팔꿈치는 쭉 펴고, 손가락은 꼭 쥐고,

팔짱은 꽉 끼고 당당하게 먹고 마시고 잠자고 사랑하고,

우리 자신 외에는 어떤 법도 없이, 소유하고 항해하고 복무하고 훔치고 위협하고,

구두쇠, 머슴, 사제를 놀래주고, 공기를 들이쉬고, 물을 마시고, 잔디밭에서 바닷가에서 춤을 추고,

도시를 비틀고, 안락을 비웃고, 법령을 조롱하고,

허약을 내쫓고,

우리의 여행을 마치리라.

박수소리.

타리크가 두 번째 선물…… 32시간 12분 10초 분량의 디제이로서 엄선하고 배열한 노래가 수록된 아이팟(iPod)을 꺼낸다. 해리와 크레이그가 좋아하는 노래는 물론이고, 친구들이 '헌정한' 수백 곡의 노래가 담겨 있다.

"재생을 누르라고 말만 해." 타리크가 말한다.

준비가 끝났다.

같은 주의 다른 도시에서 자동차의 가스통을 가득 채운 쿠퍼는 문제 하나, 그것도 사소한 문제 하나가 해결되었을 뿐이라는 것을 깨닫는다.

그가 월마트 주차장에 차를 댄다. 그러고는 전화기를 꺼내 연락처의 이름을 확인한다. 그것은 그의 심리 상태를 말해준다. 연락처. 연락하는 사람. 함께 수업을 듣는 사람. 점심시간이나 복도에서 마주친 사람. 친구는 없다. 하나도 없다. 친구라면 속이지 말아야 한다. 지금껏 그는 그들 모두를 속여왔다. 와달라고 부탁하면 와줄 사람이 있을까? 아무렴 있다. 무슨 일인지 들어주고 그를 걱정해줄 사람이 있을까? 아마도 있다. 하지만 그가 그들 누구에게

든 그간의 사정을 설명하려고 해도 공감해주지 않을 것이다. 아무런 소용이 없다. 그가 혼자 감당해야 할 짐에 구경꾼만 더할 뿐이다. 결국은 혼자다.

그래서 쿠퍼는 연락처를 닫고 앱(app)을 연다. 친구 대신 낯선 사람들과 대화하기로 마음먹는다.

전화기에 메시지 10개가 있다. 그는 확인하지 않는다.

에이버리가 킨들링에 도착한다. 긴장감이 고조된다. 그는 라이언에 대한 모든 것을 기억하고 있지만 따져보면 아는 것이 별로 없다. 어젯밤이 일탈이었으면 어떡하지? 평범한 햇살처럼 평범한 날에 찾아온 뜻밖의 감정이 사라지면 어떡하지?

우리는 이런 마음을 '희망 고글(hope goggle, 콩깍지)'이라고 불렀다. 밤에 장밋빛으로 보이던 세상이 아침에 깨어나보니 일어나기를 바라서 마음이 앞서간 한낱 희망사항이었다는 두려운 마음이다. 솔직히 이런 때가 많았다. 외로움에 압도되어 우리가 흔들렸던 거다. 헬륨에 취한 시간의 희열은 우리를 불가능한 세상으로 들어 올릴 만큼 강력했다. 이튿날에는 흥분이 온데간데없이 사라졌고, 이튿날에는 서로에게 할 말조차 남아 있지 않았다.

하지만 이따금은 그것이 남아 있었다. 우리가 건 마법이 사라지지 않았다. 어쩌면 그것은 햇빛에서도 자랄 수 있었다. 만약 그것이 우리 하루의 일부가 될 수도 있다면 우리 삶의 일부가 될 수도 있을 터이고, 만약 우리 삶의 일부가 될 수 있으면 아무리 위험하다고 할지라도 도전해볼 가치가 있는 마법이었다.

우리는 수도 없이 여러 번 경험해보았지만 에이버리는 아직 경험해본 적이 없다. 그는 벌이 꽃의 주위를 맴돌듯이 기대감의 주위에 의심이 맴돈다는 것을 아직은 모른다. 비결이 있다면 의심의 위협에 물러나지 않는 것이다. 의심은 행복을 위해 감수해볼 만한 위험이다.

우리는 에이버리의 차가 라이언의 집 진입로에 들어서기까지 몇 분이나 걸리는지 숫자를 센다. 라이언이 문을 열고 나오기까지 몇 초가 걸리는지 숫자를 센다. 의심을 풀어줄 최고의 해독제로 존재만 한 것이 없다. 마법은 당연히 멀어질수록 효력이 약해진다. 하지만 마법의 효력은 가까워질수록 그만큼 강해지는 법이다.

파란 머리의 소년이 웃으면서 분홍 머리 소년에게 다가간다. 차에서 내린 분홍 머리 소년이 기다리고 있는 파란 머리 소년과 마주한다. 서로 인사말을 나눈다. 쑥스러운지 잠시 머뭇거린다. 그러고는 머뭇머뭇 환영의 포옹을, 재회의 포옹을, 무언지 큰 의미가 담긴 포옹을 한다.

그야말로 순식간에 의심이 존재의 영역에서 사라진다. 더는 기대하지 않아도 된다. 지금 이 바로 기대하던 순간이다.

해리와 크레이그가 32시간 12분 10초를 위한 마지막 화장실을 다녀온다. 카메라에 불이 들어온다. 루나 선생님이 스톱워치를 든다. 친구들이 모인다. 해리의 부모님이 두 소년을 향해 엄지손가락을 들어 올린다.

시작이다.

해리가 몸을 숙여 크레이그의 귀에 속삭인다.

"사랑해."

크레이그가 몸을 숙여 해리의 귀에 속삭인다.

"사랑해."

우리들 말고는 아무에게도 들리지 않는다.

이 순간, 몇 달에 걸친 준비와 몇 주에 걸친 연습과 몇 년에 걸친 삶이 수렴한다.

그들이 키스를 한다.

해리는 크레이그와 수도 없이 많은 키스를 했지만 이 키스는 이제까지의 키스와 다르다. 무엇보다도 이제까지의 키스는 열띤 데이트용 키스였고, 서로의 애정을 확인하는 키스였고, 갈망의 엔진이고 증거로서의 키스였다. 게다가 키스가 갈수록 진지해지면서 관계를 위한 키스, 때론 격정적이고 때론 온정적이고 때론 장난스럽고 때론 혼란스러운 키스의 버라이어티 팩이 되었다. 애무로 이어진 키스, 작별인사를 위한 키스, 영역표시를 위한 키스, 내밀한 의미를 지닌 키스, 오래오래 계속된 키스, 오기 전에 가버린 키스, 널 안다고 말한 키스, 돌아오라고 애원한 키스, 사랑이 식었다고 알려준 키스. 적어도 해리의 키스는 사랑이 식었다고 알려주었다. 크레이그의 키스는 사랑을 믿었다. 그래서 해리는 키스를 그만해야 한다고 크레이그에게 말해야 했다.

상황은 심각했지만 두려울 정도로 심각하지는 않았다. 그들의 우정은 키스를 하지 않아도 견딜 만큼 굳건했다. 물론 처음에는 균형을 잃었다. 몸이 어쩔 줄 몰라 하면서 자석처럼 키스를 갈망했다. 마음은 식었는데 몸이 그 메시지를 받기까지 약간의 시간차가 있기 때문에. 하지만 그들은 키스를 하지 않아도 포옹을 하고 꾸준히 만나서 그것을 극복했다.

그런 가운데 크레이그가 이 키스를 제안했고, 해리도 하고 싶었다. 이미 충분한 시간이 지난 뒤라서 다시 키스를 하기 시작했을 즈음엔 전기가 흐르지 않는 구조물에 가까웠다. 그들이 키스를 하는 데는 목적이 있었지만 그것은 그들이 목적이 아니라 키스 자체가 목적이었다. 그들은 키스를 이용해 사랑을 살려내는 것이 아니라 우정을 이용해 키스를 살려냈다. 처음에는 몇 분밖에 키스하지 못했지만 나중에는 몇 시간씩 키스를 했다. 몇 시간씩 키스를 하면서 가장 힘든 것은 졸지 않는 것이었다. 집중하는 것. 타인과 연결되어 있으면서 철저히 자기 안으로 물러나 있는 상태. 키스를 할 때는 상대가 잘 보이지 않는다. 그들의 형체가 흐릿하게 보인다. 그래서 촉각을 시금석으로, 숨결을 대화수단으로 이용해야 한다. 그들은 적잖은 노력 끝에 리듬을 되찾았고, 어느 일요일에는

10시간이나 키스를 했다. 그것이 그들이 기록한 가장 긴 시간이었다. 이제 그들은 그 기록의 세 배보다 더 긴 시간에 도전하고 있다. 정당성을 증명하려고. 그것은 시간이 증명해줄 것이기에 이 키스는 해리의 짐작보다 한층 더 강렬할 것이다.

입술이 닿자 해리는 흥분을 느낀다. 그것은 과거에는 없었던 것이다. 계획하지도 않았는데 어쩌다 보니 크레이그의 허리를 팔로 감싸 안고서 바싹 당기고 있었고, 연습할 때보다 조금 더 깊게 키스를 하고 있었다. 그곳에 모인 친구들이 환호성을 지르고 크레이그가 웃는다. 해리는 크레이그의 숨결을 통해, 입술을 통해, 몸을 통해 웃는 것을 느낀다. 그는 웃음으로 화답하고 싶지만 웃음보다 더 큰 무언가, 말로는 명료하게 표현하기 어려운 엄청난 무언가가 그의 가슴에서 벅차올라 머리를 채우는 것을 느낀다. 그는 왜 흥분했는지도 모르고 이것이 어떤 의미인지도 모른다. 그는 안다고 생각했었다. 수없이 여러 번 생각했었다. 하지만 키스를 하는데 추상적 관념이 무슨 소용이겠는가? 계획한들 무슨 소용이겠는가?

해리는 크레이그와 키스를 하면서 키스의 이면에 그들 두 사람보다 중요한 무언가가 있다고 느낀다. 하지만 그는 그것에 팔을 뻗지 않는다. 아직은 아니다. 하지만 그런 것이 있다는 것을 알아차린다. 그래서 이 키스는 이제까지 그들이 함께한 키스와 다르다. 금방 그것을 알아차린다.

크레이그는 여전히 해리가 속삭인 '사랑해.'라는 말을 생각한다. 그것은 키스를 시작할 때 그가 고민한 말이다.

타리크는 카메라와 컴퓨터가 제대로 작동하고 있는지, 실시간 전송이 제대로 되고 있는지 확인한다.

아직 온라인상의 시청자는 타리크뿐이다.

우리도 자리를 잡고 앉아 지켜본다.

라이언은 에이버리를 집에 데리고 들어가지 않지만, 에이버리는 이유를 묻지 않는다.

"어디로 모실까?" 에이버리가 안전벨트를 매고 나서 묻는다. "킨들링에서 가볼 만한 곳은 어디야?"

라이언이 머뭇거린다. 킨들링에서 가볼 만한 장소라면 킨들링 카페가 떠오른다. 비슷한 이유로 오늘 같은 토요일엔 학교 친구 대부분이 그곳에 죽치고 앉아 와이파이를 쓰고 있을 것이다. 그곳에 에이버리를 데리고 가면 단체행사가 될 터다. 아직은 그러고 싶지 않다.

그렇다면 갈 만한 곳은 한 군데밖에 없다.

"강." 그가 에이버리에게 묻는다. "강에 가는 건 어때?"

"강 좋지." 에이버리가 대답한다.

라이언이 바라던 대답이다.

우리처럼 죽어가는 과정에는 수많은 고통이 따른다. 그중 하나
는 외부세계와 단절되어 내부에 격리되어 있어야 한다는 것이다.
우리는 모두 테라스의 갑판의자에 담요를 덮고 누워 머리카락을
휘젓는 바람과 얼굴을 비추는 따뜻한 햇살을 받으며 평화롭게 죽
음을 맞이해도 되었는데, 우리들 수백 명은 마지막 순간 하얀 벽
과 금속 기계장치와 조롱하는 창문과 꽃병의 변변치 않은 꽃송이
와 우리의 잃어버린 황야에서 뽑아서 보낸 대리인을 보았다. 우리
가 들이쉰 마지막 숨은 온도가 조절된 공기였다. 우리는 천장 아
래서 죽었다.

'벽지가 사라진 건지 내가 사라진 건지.'

그래서 우리는 이제 전보다 더욱더 강물에 고맙고 하늘에 감사
한다.

에이버리는 그들이 강가에 앉아 이야기를 할 것이라고 짐작한
다. 하지만 라이언에게는 그것보다 더 큰 계획이 있다. 그는 고모
에게 전화해서 앞마당에 주차를 해도 되는지 카누를 써도 되는지
묻는다. 그녀가 흔쾌히 대답한다. 그래서 그들은 강가로 가지 않
고 곧장 카누로 간다. 카누는 두 사람이 타기에는…… 앞에 한 사
람 뒤에 한 사람 타기에는 충분히 크다. 넓지 않은 강폭에 물살도

세지 않다. 그들은 물살을 거슬러 오르며 많은 말을 하지 않지만 연달아 지나친 집들이나 머리 위의 구름 모양에 대해 이야기한다. 이윽고 물살이 잔잔하고 깊이가 얕은 수로에 당도한다.

"여기야." 라이언이 말한다.

그들이 노를 내려놓는다. 라이언이 돌아앉아 마주본다.

"안녕." 그가 말한다.

"안녕." 에이버리가 대답한다.

"낚싯대를 가져올걸 그랬어. 뭐 물고기에겐 미안한 일이지만 말야."

"난 채식주의자야."

"나도."

웃는다. "그래야지."

에이버리는 몸을 약간 기울여 물속에서 손가락을 펼친다. 작지만 물살이 일으키는 기분이 좋다. 대기는 가볍고 강물은 잔잔하다. 나무가 몸을 숙여 잔물결 소리를 듣는다. 배가 살살 기우뚱거린다.

"네 얘기 좀 해봐." 라이언이 말한다.

에이버리가 강물에 손을 담근 채 고개를 든다. "내 얘기?"

"그래, 누구에게나 이야기 하나쯤은 있잖아."

잠시 꺼림칙한 표정. 에이버리는 솔직하게 털어놓고 싶지만 라이언이 그를 별종으로 여길까봐, 농담하는 줄로 알까봐 걱정한다.

하지만 라이언의 표정에서 그렇지 않다는 것을 본다. 라이언은 의미 있는 대화를 원해서 정성껏 대화를 이끌려고 한다. 한 개인의 사연보다 의미 있는 것도 없기 때문이다.

"그럼 내가 먼저 할까?" 라이언이 자청해 말한다.

"그래, 너부터 해봐" 에이버리가 대답한다. 그것이 좀 더 안심이 되기 때문이다. 에이버리는 '그' 이야기를 하지 않고서는 '어떤' 이야기도 할 수 없을뿐더러 라이언이 질문을 통해 기대하는 것이 무엇인지 알고 싶다.

"그래, 내가 먼저 할게." 라이언이 말한다. 긴장되는지 숨을 들이마셨다가 내쉬며, 어떤 과정을 거쳐 그의 가족이 이곳에서 태어나고 살게 되었는지를 밝힌다. 아버지는 얘기에서 빠졌다. 라이언이 세 살 때 아버지는 여기를 떠났다. 그때부터 5년 동안 엄마와 단둘이 살다가 엄마가 새아버지 돈(Don)을 만났다. 돈은 새아버지치고 나쁜 편은 아니지만 라이언이라면 그를 선택하지 않았을 것이다. 그는 남녀가 할 일이 다르다고 생각하는 고루한 사람이다. 라이언의 엄마는 상관하지 않았다. 사실 그녀는 그가 사장이라서 좋아했다. 하지만 라이언은 돈이 좋아지지가 않는다. 그들은 디나(Dina)와 샤론(Sharon)이라는 두 자녀를 새로 두었다. 라이언의 이부동생들이다.

"디나는 상냥한데 샤론은 클수록 괴물이 돼가." 라이언이 말한다. "이제 겨우 여덟 살짜리 애가 받은 대로 돌려줘야 직성이 풀린다니까. 알지?"

에이버리가 고개를 끄덕인다. 라이언은 이야기를 계속한다. "그래, 지금까지가 우리 가족에 대한 이야기야. 난 여기서 자랐어. 가끔은 부모님과 다투기도 해. 매일 고모 케이틀린(Caitlin)이 날 구해주지만 말이야. 물론 매일은 아니고 매주 날 구해줘. 고모는 내가 게이라는 사실을 단번에 알아차렸어. 엄마는 자기 일에 몰두해 있어 알지도 못했고, 새아빠 돈은 관심도 없어 무시해버렸지. 고모는 내가 이해할 때까지 기다려주었어. 난 고려해야 할 것들이 많았거든. 우선 새아빠도 그렇고, 동생들이나 킨들링 사람들, 리틀 리그, 그런 것들 말이야. 하지만 결국은 내가 누굴 보는지를 알게 되었어. 그건 여자가 아니었어. 솔직히 말하면…… 그게 나를 엄청나게 흥분시켰어. 그래도 여자애들을 좋아하려고 노력했어. 정말이야."

"그래서 노력한 보람은 있었어?" 에이버리가 장난기 섞인 목소리로 묻는다.

라이언이 한숨을 내쉬는 시늉을 한다. "글쎄……, 4학년 때 1년쯤 태미 굿윈(Tammy Goodwin)하고 사귀었어. 진짜로 심각했어. 밸런타인데이에 서로서로 동물 인형을 선물했는데, 그건 4학년 아이들에게는 결혼하는 거나 같잖아. 고등학교 때 내가 누군지 알게 되었지. 그래서 케이틀린 고모한테 말했는데 놀라는 기색도 없는 거야. 그때 고모가 나를 이 강에 데리고 왔어. 이 카누에 앉아 우리는 그 이야기를 했어. 고모는 나보다 나이가 아주 많지는 않아. 이제 막 서른 살이 되었거든. 고모가 감추기만 해서는 안 되겠구나 하는 확신을 심어주었어. 고모가 감추는 것이 능사는 아니라고 말했거든. 우리 아버지는 여기선 결코 행복해질 수 없는데도 그걸 아주 오랫동안 숨기고 사셨대. 우리 아버지가 게이인 것처럼 들렸겠지만 우리 아버지는 게이가 아니셔. 그런데도 이곳에서 살고 싶지 않으셨어. 줄곧 이곳을 떠나고 싶어 하셨대. 다만 엄마에게 말할 용기가 없으셔서 너무 늦어버렸던 거지."

뒤이어, 아버지와 자주 연락하지는 않는다고, 이따금씩 전화통화만 하고 지낸다고, 라이언이 말한다. 라이언은 전에 캘리포니아로 아버지를 만나러 간 적이 있었다. 그건 엉망진창이었다. 그때 라이언이 열두 살이었는데 아버지는 일곱 살 아이에 걸맞은 계획을 세웠다.

"정성을 다하셨지만 방법이 잘못되었던 거야. 아버지는 디즈니랜드면 다 된다고 생각하셨던 거지. 우린 이야깃거리가 금방 바닥났어. 한번은 내가 게이라는 사실을 밝힐 생각이라고 아버지에게 이메일을 보냈거든, 그야말로 아주 흔쾌히 네가 하고 싶은 대로 하라고 하시는 거야. 오래전에 날 버려서 아무래도 상관없다는 것 같이 느껴졌어."

라이언이 하던 말을 멈춘다. 이제 자기 이야기는 그만해야 한다고 생각한 듯싶다.

"미안해. 내 이야기만 해서."

"아니야." 에이버리가 말한다. "말해봐. 다른 사람들 반응은 어땠어?"

"아, 그거. 엄마는 울기만 하셨어. 울고 또 우셨지. 돈은 막 화를 냈어. 내게 화를 낸 게 아니라 불량품 의붓아들을 준 조물주에게 화를 내셨지. 하지만 누이동생들은 흔쾌히 받아들였어. 친구들도 마찬가지였고. 하지만 친구 두엇은 처음에 좀 놀라는 눈치였어. 걔들 중에는 내가 자기를 몰래 좋아한 건 아닌지 궁금해하는 애도 있었지. 물론 그중 한 애를 좋아하기는 했지만 그랬다 말았어. 여자애들 반응도 대체로 쿨했어. 심지어 교회밖에 모르는 애들도 그랬으니까. 하지만 짐작대로 소문이 돌기 시작했어. 그렇다면 소문을 확인시켜주는 수밖에. 그래서 내 머리를 염색하고 가방에 레즈비언과 게이와 양성애자와 트랜스젠더를 칭하는 'LGBT' 배지를 달고 다니고 학교에 '동성애자와 이성애자연합(GSA, Gay Straight Allies)' 지부를 요청했어. 학교에서 얼간이는 얼간이다운 반응을 보이더군. 하지만 우리 학교에 게이 친구 둘이 있어 우리끼리 뭉쳐 다녀. 그중에 노리스(Norris)와 데이트를 했는데 2초 만에 우리 둘의 공통점은 게이라는 사실밖에 없다는 걸 깨달았어. 우리 학교 GSA 지부 지도교사인 쿨리지(Coolidge) 선생님이 엄청나게 쿨하시거든. 우리를 위해 많은 일을 하셨어. 어젯밤 게이 댄스파티도 그분 아이디어야. 이 지역 GSA 지부 전체가 만나는 자리도 마련했고. GSA는 어떻게 알게 됐어?"

"친구가 페이스북을 통해 연결해줬어. 우리 GSA는 활동이 저조한 편이야." 에이버리가 말한다.

"뭐, 어떻게 가입했건 상관없어. 너도 회원이라니 반갑다. 내 이야기의 최신 소식인걸?"

에이버리는 누군가의 이야기의 일부가 된다는 것이 조금 부담스럽다. 라이언이 심각하지 않게 쾌활하게 말하는 이유를 안다. 그것은 라이언의 이야기가 끝났으니 이제 에이버리가 이야기할 차례라는 것을 알려주기 위해서다. 에이버리는 라이언이 자기 이야기의 일부라는 확신이 서지 않는다. 하지만 그것은 그나 그녀가 자신의 이야기를 듣고 인정해야 상대방 이야기의 진정한 일부가 될 수 있다고 에이버리가 생각하기 때문이다.

그들은 물 위를 둥실둥실 떠내려간다. 에이버리는 마음이 라이언 이야기의 일부가 되려고 둥둥 떠내려가고 있는 것처럼 느낀다. 에이버리는 잠시 생각에 잠겼다가 라이언을 쳐다보고, 라이언은 다음 이야기에 대한 기대감에 한껏 부풀어 그를 보고 있다.

"이 카누에 앉은 너와 고모의 모습을 그려봤어." 에이버리가 말한다. "여기서 이야기를 하면 정말 멋질 거야. 우린 언제나 식탁에 둘러앉아 작전회의를 해. 세상을 상대로 작전을 짜지."

"스트레스가 많겠구나."

"그래. 하지만 우리 식구들은 다 한편이야. 그런 점에서 난 참

운이 좋아. 다른 점에서는 운이 나쁘지만 말이야."

"어떤 점에서 운이 나쁜데?" 라이언이 묻는다.

어떤 점인가 하면, 에이버리가 라이언에게 어디까지 말할 것인지 마음의 문을 얼마큼 열 것인지 결정해야 한다는 점에서 그렇다. 다른 사람도 그렇지만 에이버리는 자신의 내면세계가 두렵고 난해해서 이해하기 어려운 곳이라고 생각한다. 그런 이유는 우선 남에게 단정하고 좋은 모습만 보여야 한다고 생각하기 때문이다. 또 다른 이유는 남에게 더 깊은 내면의 기복이 심한 자신을 보여주어야 한다고 생각하기 때문이다.

햇살 아래, 라이언이 벌써 눈치챈 것일까? 이미 알고 있는 것일까? 알더라도 상관하지 않을 듯해 보인다. 자신의 희망사항일지도 모른다.

'됐어. 라이언에게 말해.' 에이버리가 자신에게 말한다.

진실을 말할 때는 늘 첫 문장이 가장 어렵다. 우리에게는 첫 문장이 있었고, 마땅히 진실을 들어야 할 사람에게 큰 소리로 말하는 것이 지닌 힘을 알게 되었다. 우리가 간절히 원했고 알게 된 것은 언제나 두 번째 문장이 첫 번째 문장보다 말하기 더 쉽고, 세 번째 문장은 두 번째 문장보다 말하기 더더욱 쉽다는 것이다. 그러다가 어느 순간 한 단락의 진실을 말하게 되고 한 페이지의 진실을 말하게 된다. 두렵고 긴장되기는 마찬가지지만 새로운 자신감이 생긴다. 이제까지 줄곧 너희는 첫 문장을 자물쇠로 써왔지만 이제 첫 문장은 자물쇠가 아니라 열쇠라는 것을 알게 될 것이다.

"난 남자인데 여자의 몸으로 태어났어." 에이버리가 첫 문장을 시작한다. 그러고는 잠시 라이언의 반응을 살핀다. 아무래도 놀란 눈치다. 두 눈이 살짝 커졌다가 다시 작아지면서 뭔가를 알아내려는 듯이 에이버리를 찬찬히 바라본다. 에이버리는 온몸이 전시되는 기분을 느낀다.

어쩌면 라이언은 두 번째 문장을 기다리고 있는 것인지도 모른다. "그래서?" 라이언이 용기를 돋우려는 어조로 말한다.

"태어날 때부터 누가 봐도 여자였던 모양이야. 우리 부모님은 굉장히…… 진보적인 분들이셔. 사실 히피시거든. 그래서 나를 정상으로 돌려놓으려고 애를 쓰셨어. 하다못해 정상적인 경험이라도 하게 하려고 말이지. 이제는 압박감이 얼마나 크셨을지 알 것 같아. 내가 여자로 태어나지만 않았으면 우리는 모두 편안했을 거야. 하지만 부모님 덕분에 난 놀라지 않았어. 다른 사람들은 다 놀라더라고. 뭐, 다는 아니지만. 쿨한 사람도 있었지만 쿨하지 않은 사람이 대부분이었어. 난 학교에 안 다니고 주로 홈스쿨링을 했어. 우리는 날 고쳐줄 의사를 찾아서 도시에서 도시로 이사를 다녀야 했거든. 결국엔 의사도 찾아내고 나와 같은 부류의 사람들도 만났어. 주로 인터넷으로 만나지만 말이야. 우리는 학회도 참석해. 조기에 호르몬 치료를 받은 덕분에 난 잘못된 사춘기를 겪지 않아도 되었어. 쓸데없는 이야기를 너무 많이 하지? 이런 시시콜콜한 것까지는 알고 싶지 않잖아.”

라이언이 에이버리에게 몸을 숙인다. 움직임을 따라 배가 앞뒤로 흔들린다. 에이버리가 뱃전을 움켜잡고, 라이언이 에이버리의 손등에 손을 올려놓는다.

“무슨 말이든 다 해도 돼.” 그가 말한다.

에이버리는 몸을 떤다. 배로 강물로 전해지는 떨림을 느낀다. 강물이 다시 잔잔해지고 긴장감이 누그러들자 말을 이어간다. 이야기가 너무 장황하고 너무 빨랐지만 한번 말을 시작하니 멈춰지지 않는다. 호르몬에 대해, 이제까지 받은 수술에 대해, 앞으로 남은 수술에 대해 말한다. 말하는 동안 줄곧 에이버리의 머릿속은 한 가지 의문으로 가득하다. 라이언은 그를 여자로 여길까, 남자로 여길까? 사실을 알게 된 지금도 라이언의 눈에 그가 남자로 보일까?

라이언이 에이버리의 말을 들으며 조심스럽게 다음 말을 가늠해본다. 사실 에이버리가 말하고 있는 대로 머릿속으로 그것을 시험해보면서 다음 말을 곰곰이 따지고 있었다. 우리는 그를 탓하고 싶지 않다. 남의 진실을 받아들이기 어려울 때가 있기 마련이다. 말하는 쪽만큼 어렵지는 않지만 듣는 쪽도 어떤 반응을 보여야 할지 마음이 쓰여 어려운 법이다.

드디어 라이언이 말한다. "네 정체성이 무엇이든 상관없어." 그것은 과거로 돌아가 그가 상황을 이해하려고 할 때 케이틀린 고모가 해주었을 법한 말이다. 그러고는 그것이 에이버리 이야기의 전부가 아니라는 것을 알려주려는 듯이 묻는다. "남자나 여자 형제는 없어?"

대화가 계속되고, 우리는 그들이 대화를 계속할 수 있도록 자리를 비켜준다. 멀리서 보니 배가 1.6킬로미터나 떠내려갔지만, 둘다 그것을 알아차리지 못한다.

말은 줄 수 있어도 돌려받을 수는 없다. 말을 주거나 받을 때가 말을 공유하는 때이다. 우리는 그 기분을 한시도 잊은 적이 없다. 너무 생생해서 손으로 만져질 지경이다. 분명 너희에게도 기억나는 대화가 있을 것이다. 하지만 대화가 기억나기보다는 대화의 느낌이 기억날 것이다. 구체적인 말은 흐릿해져도 느낌은 기억할 것이다. 무슨 말을 했는지, 무슨 말을 들었는지, 그 말을 들을 때 상대가 얼마나 친근하게 느껴졌는지, 그 친근한 느낌이 어느 정도였는지. 말을 공유하는 것이 말 그 자체 못지않게 중요하다. 느낌은 사라지지 않고 남아서 너희와 세상을 이어줄 것이다.

이 키스를 생각해낸 것은 크레이그였다. 키스를 시작한 지 30분, 크레이그가 왜 그런 생각을 했는지 이유를 찾는다.

이유는 많고도 많다. 멀게는 유년 시절과 잇닿아 있었다. 그 시절에 그는 《기네스북The Guinness World Records》 잡지를 즐겨 읽었고 언젠가 잡지에 실리는 꿈을 꾸었다. 기록은 기묘하면 기묘할수록 좋았다⋯⋯. 세상에서 가장 큰 체리파이 만들기라든가 입에 가장 많은 못 집어넣기라든가. 십중팔구, 어린 시절에 키스 지면은 '우웩!' 하는 구역질 시늉을 하며 건너뛰었을 것이다.

가깝게는 고등학교 건물에서 전선을 끌어다가 카메라에 연결하고 컴퓨터 모니터 앞에 앉아 있는 타리크와 잇닿아 있다. 타리크의 폭행 사건이 있기 전까지만 해도 크레이그와 해리는 타리크와 친하지 않았다. 그들은 다 아웃사이더이기는 하지만 어울려 다니는 사이가 아니었다. 하지만 타리크가 폭행을 당해 병원에 입원했다는 소식을 들었을 때 크레이그와 해리는 거리감이 증발하는 것을 느꼈다.

크레이그는 타리크의 집에 갔던 날 보았던 멍자국과 통증에 일그러지던 미소를 떠올린다. 크레이그는 엉엉 울었다. 타리크네 거실에서 너무 울어 미안할 지경이었다. 타리크가 말했다. 괜찮다고, 아무렇지 않다고, 다행히도 그를 죽이지는 않았다고. 갈비뼈는 아문다고, 멍자국도 흐려진다고. 하지만 크레이그는 타리크가 다쳐서가 아니라 무의미한 폭력이 너무 부당해서 눈물을 참을 수가 없었다. 해리가 그를 진정시키려고, 타리크가 달래보려고 이런저런 말을 했지만 크레이그는 '분노하고' 싶었다. 나오는 대로 분노하고 싶었지만 분노 대신에 주체하기 어려운 슬픔만 차올랐다. 이윽고 기운을 차려 울음을 삼키며 타리크의 말을 들었다. 하지만 다음 몇 주 동안은 슬픔에서 벗어나지 못했다. 학교에서는 해리와 타리크 덕분에 마음을 달래고 슬픔을 감출 수 있었다. 하지만 집에서는 슬픔을 감당하기 어려웠다. 가족은 알지도 못했고 알 수도 없었다. 그들은 그를 때리지도 갈비뼈를 부러뜨리지도 않을 것이다. 그는 안다. 하지만 다른 식으로…… 침묵으로, 실망감으로, 반감으로 그를 부러뜨릴 것이다. 아버지는 그의 정체성을 인정하지 않을 것이다. 절대로. 어머니는 아버지의 뜻에 순종할 것이다. 그들에게는 신념이 있었고, 그 신념은 그에 대한 믿음보다 강했다. 아마도 이것이 슬픔의 원천일 것이다.

  슬픔이 목까지, 입까지, 눈까지 차올라 허우적대다 죽는 느낌이 어떤지 그는 알게 되었다. 악마가 오랫동안 어깨에 올라앉아 빨리 죽으라고 짓누르는 것 같았다. 그 악마는 남자를 좋아했고 남자에게 키스하는 것만 원했다. 신에게 아무리 애원하고 어떤 맹세를 해도 악마를 떼어낼 수 없었다. 그런 때 해리를 만났고 느닷없이 악마가 친구로 변했다. 그가 손을 내밀어 크레이그를 건져주었다. 크레이그는 간절히 바라던 대로 슬픔의 우물에서 빠져나왔고…… 댐을 지어 슬픔을 가두었다. 그런 사실을 해리에게도 말하지 않았고 부모님에게도 말하지 않았다. 슬픔은 자기 안에 가두어놓아야 했다. 해리가 헤어지자고 했을 때 댐이 무너졌다. 그는 또

다시 슬픔에 빠져 허우적거렸지만 해리나 친구들에게는 짐짓 헤엄치는 척했다. 스미타가 그를 주의 깊게 살폈고 해리도 그 나름대로 그렇게 했다. 그들의 우정 덕분에 그는 댐을 다시 지을 수 있었다. 여전히 집안에서 생활과 집밖에서 생활이 다르기는 했지만 그것도 제법 익숙해졌다. 모든 것이 순조로워 보였다. 하지만 폭행당한 타리크를 만나고부터 그는 그것이 자신의 미래라는 것을 깨달았고, 이번에는 염려한 그대로 악마가 사악한 모습으로 변해 결국 그들이 이길 것이라고 느꼈다.

그는 이런 무기력한 감정이 싫었다. 그래서 무엇을 해야 할지 고민했다. 어떻게 해야 자립할 수 있을까? 복수는 선택지가 아니었다. 타리크를 폭행한 남자들을 찾아내는 것도 아니었다. 그들을 처벌하는 것도 아니었다. 하지만 무슨 수를 쓰든 자신이 인간이며 평등한 인간존재라는 것을 세상에 보여주어야 했다.

그래서 어떤 주장을 하고, 어떤 몸짓을 하고, 세상 사람의 이목을 끌 방법을 고민했다. 그때 세계기록이 생각나면서 키스라는 방법이 떠올랐다.

키스를 금지하는 예외규정 따위는 없었다. 《기네스북》에서 키스는 키스이고, 누구나 키스를 할 수 있었다. 기록자들은 두 사람이 도전시간 내내 입술과 입술을 맞대고 입술을 뗀 적이 있는지 없는지만 중요하게 여겼다.

한 가지 문제라면 크레이그 혼자서는 키스를 하지 못하고, 그것을 해줄 수 있는 사람은 해리밖에 없다는 점이었다.

해리는 조금도 망설이지 않았다. 그것은 더없이 좋은 생각이었다. 그래서 크레이그와 해리는 타리크에게 키스에 대한 이야기를 했고, 그것이 그가 슬픔에서 빠져나오는 데 조금은 도움이 되는 듯이 보였다. 해리는 이상주의자지 구체적인 실행가가 아니라서 크레이그와 스미타와 타리크가 세부 실행계획을 맡았다. 크레이그는 그들이 잊은 것이 있다고 생각하지만 해결되지 않은 상태에서 여기까지 왔다. 그것은 해리에게 키스를 한다는 것이었다. 스미타는 노골적으로 비아냥댔다. "이렇게까지 안 해도 전 애인이 다시 키스하게 만들 더 간단한 방법이 있잖아." 하지만 그런 이유가 아니었다. 적어도 크레이그는 그랬다. 상대가 해리여야 하는 이유는 그들이 키가 같아 목의 피로감이 덜하기 때문이고, 해리의 부모님이 찬성하기 때문이고, 해리가 진지하게 받아들이기 때문이고, 키스는 지극히 친밀한 두 사람이 하는 것이라는 점에서 그들의 몸과 마음은 키스에 익숙하기 때문이었다.

크레이그에게는 해리의 입술이 무척이나 익숙했다. 지금 이 입술을 외우고 있었다. 하지만 그들이 함께할 때마다 매번 조금씩 달랐고 매번 조금씩 조마조마했다. 이 입술은 물론이고 감싸고 있는 해리의 팔. 그들이 이루는 균형감. 32시간 동안 키스를 안 해도 된다면, 지켜보는 사람이 없다면, 자신과 해리와 세상 사람을 위해서가 아니라 자신과 해리를 위한 키스라면 크레이그는 키스에 몰두했을 것이다. 스미타가 그랬다. "해리와 키스한다고 생각하지 말고. 둘이 입술을 맞대고 32시간을 버틴다고 생각해." 하지만 어떻게 키스가 아니라고 생각할 수 있겠는가? 그는 첫 키스의 순간을……, 영화관에서 크레디트가 올라갈 때 해리가 몸을 기울여 키스하던 순간을 기억했다. 그 놀란 순간을, 그 뜻하지 않은 기쁨을, 온 세상이 입술과 숨결이 엇갈려 마주치는 한 점으로 줄어들었다가 팽창하면서 전보다 훨씬 더 커지던 것을, 숨이 멎는 듯했던 키스를. 몸이 그것을 기억했다. 지금까지도 변함없이.

그들은 물이나 전화기가 필요하다든지, 더 꽉 조여야 한다든지, 모든 것을 중지한다든지 할 때 보낼 신호가 있다. 하지만 크레이그의 마음을 전할 방법은 없다. 손으로는 물음표를 만들 수 없다. 그는 해리가 무슨 생각을 하는지 궁금해서 해리의 눈을 들여다본다. 해리가 그를 보면서 웃는다. 하지만 웃는다는 사실 말고는 왜 웃는지 모른다.

100명도 안 되는 사람이…… 주로 집이 멀거나 게을러서 오지 못한 해리와 크레이그의 친구들이 인터넷으로 그들을 지켜본다. 친구 몇이 다른 친구에게 링크를 전송한다. '이거 좀 봐봐.' 시청자 수가 조금 더 늘어난다.

두 남자의 키스. 이것이 어떤 의미인지 너희는 안다.

우리에게 그것은 아주 은밀한 몸짓이었다. 두려워서, 부끄러워서, 아무도 몰라야 하는 소문이라서 은밀해야 했다.

하지만 그것에는 어떤 힘이 있었다. 너는 남자고 나는 여자로 위장하여 숨어서 하든, 당차게 있는 그대로 드러내든 우리가 하는 키스는 큰 파란을 일으켰다. 우리의 키스는 지진과 같았다. 나쁜 사람에게 들키면 우리는 죽음을 각오해야 했다. 좋은 사람과 비밀을 나누면 그들은 증언할 권한과 운명을 가를 힘을 지녔다.

옷장을 충분히 모으면 방 하나로 넉넉한 공간이 된다. 방을 충분히 모으면 집 한 채로 넉넉한 공간이 된다. 집을 충분히 모으면 작은 도시가 되고, 작은 도시는 큰 도시가 되고, 큰 도시는 국가가 되고, 국가는 세계가 된다.

우리의 키스는 개인에게도 어떤 영향을 끼쳤다. 우리가 처음 목격자가 되었을 때, 우리가 처음 공개적인 장소에서 키스하는 것을 보았을 때가 있었다. 우리 중에는 아직 키스해본 적이 없는 이도 있었다. 우리의 좁은 도시에서 도망쳐 큰 도시에 도착해서 우리는 난생처음 거리에서 키스하는 두 남자를 보았다. 그리고 그 힘은 가능성으로 변했다. 세월이 지나면서 그것은 거리에, 클럽에, 우리가 여는 파티에만 있지 않았다. 그것은 신문에도 있었다. 텔레비전에도 있고 영화에도 있었다. 우리가 키스하는 두 남자를 목격할 때마다 힘은 점점 커졌다. 그리고 이제는…… 아, 지금 말이다. 많고 많은 키스가 목격되고 클릭 한 번이면 수백만 건의 키스 동영상을 보게 되었다. 우리는 섹스에 대해 말하는 것이 아니다. 서로 사랑하는 두 남자가 서로 키스하는 모습을 보는 것에 대해 말하고 있다. 키스에는 섹스와 비교하기 어려운 큰 힘이 있다. 그것이 흔해져도 힘은 줄어들지 않는다. 두 남자가 키스할 때마다 세상이 조금 조금씩 열린다. 너희의 세상이, 우리가 떠나온 세상이, 우리가 너희에게 남긴 세상이 말이다.

그래서 키스에는 힘이 있다.

키스에는 너희를 죽이는 힘이 아니라 너희를 살리는 힘이 있다.

피터와 닐이 하는 키스는 아무도 지켜보지 않는다. 그것은 팬케이크 식당 아이홉을 나와 집으로 가기 전에 나눈 가벼운 키스이다. 시럽 맛이 나고 버터 맛이 나는 키스이다. 증명할 것이 아무것도 없는 키스이다. 그들은 보는 눈이나 지나가는 사람을 걱정하지 않는다. 자신들 말고는 아무도 걱정하지 않고 깜빡한 것을 하듯이 키스를 한다. 그것은 그저 함께하는 사람의 일부이고 함께하는 일의 일부일 뿐이다.

쿠퍼는 월마트 진열대 사이를 걸어가면서 키스를 생각하지 않는다. 앱의 페이지를 위로 아래로 움직이며 낯선 사람과 채팅은 하면서 키스는 안중에도 없다. 그는 차 안에만 있기 지겨워서, 엄마들과 노인들이 쇼핑카트를 밀고 보란 듯이 지나가는데 주차장에 맥없이 앉아 있는 자신이 못나 보여서 매장 안으로 들어왔다. 매장을 돌아다니는 동안 마음은 풀어져서 화면과 창, 상반신의 유혹하는 몸짓, 신체 사이즈와 간청들 속으로 흩어진다. 화면 속의 남자들은 대개 그보다 나이가 많고, 개중에는 상당히 나이가 많은 남자도 있다. 나이 든 남자를 제쳐버려도 고를 남자는 많다.

"야! 쿠퍼!"

쿠퍼는 그게 자기 이름인 줄도 모른다. 화면 속의 남자가 입으로 하는 무언가를 묘사하는 동안 쿠퍼는 남자가 계속하도록 '와우, 오예, 아—' 따위의 추임새를 입력한다.

"쿠퍼?"

다시 부르는 소리가 들리고 쿠퍼는 고개를 들어 그를 수상쩍은 눈으로 쳐다보는 학교 친구 슬론(Sloan)을 본다. 후다닥 전화기를 주머니에 쑤셔 넣으며 생각한다. '이런 젠장!'

슬론이 웃는다. "아까부터 굉장히 긴장해 있더라? 방해한 건 아니지?"

쿠퍼는 그녀가 무엇을 보았을지 생각한다. 화면에는 채팅하는 글줄만 있었다. 사진은 없었다. 너무 멀어 내용은 읽지 못했겠지?

"아니 뭐." 그가 우물쭈물 대답한다.

"네 비밀이 뭔지 다 알아, 쿠퍼."

뭔가를 떨어뜨린 것 같지만 손에는 아무것도 없다. 슬론은 수업 몇 과목을 같이 듣는다. 이따금 같은 식탁에 앉아 점심을 먹은 적이 있기는 하지만 학교 밖에선 만난 적이 없다. 그런데 무얼 안다는 것일까?

"너 월마트 위장직원이구나? 나 같은 비행 청소년을 감시하는. 아이라이너 때문에 좀도둑처럼 보이긴 하지. 여기서 프로파일 작성하고 있는 거 알아."

쿠퍼는 무슨 말을 해야 할지 모른다.

"네 침묵을 인정하는 것으로 간주할게." 슬론이 양손을 높이 올린다. "필요하면 주머니도 뒤져봐."

왜 그냥 지나가지 않는 것일까? 주머니 속에서 전화기가 미친 듯이 떨어대고, 전화기가 떨어댈 때마다 들릴까봐 조마조마하다.

그녀가 양손을 내린다. 쿠퍼가 장단을 맞출 의사가 없다는 것을 눈치챈다.

"그런데 여기는 웬일이야?" 그녀가 묻는다.

그녀가 그냥 가주었으면 좋겠다. 그래서 되도록 짧게 대답한다.

"쇼핑!"

"뭘 사려고?"

"가스."

"가스?"

그는 바보가 된 기분이다. 어쩌자고 그런 말을 했을까?

"고기 구우려고."

"내일 날씨가 따뜻하대?"

"응."

문제는 너희와 다른 사람 사이에 벽이……, 너희에게는 보이지만 그들에게는 안 보이는 벽이 있다는 것이다. 그들은 너희에게 말하지만 너희는 그들에게 말하지 못한다. 그들은 날씨와 쇼핑품목 등에 관심이 있지만 너희는 어떤 것에도 관심이 없다. 너희는 뻔히 아는데 그들은 이해가 안 돼서 속이 터진다. 너희가 불량품이고 정상이 아니라서 고통받아 마땅하다는 생각만 붙잡고 있는 동안, 그들은 자신의 잘못된 인상을 사실로 믿게 된다. 우리는 안다. 우리도 그랬다.

만약 슬론이 친구였으면 무언가 이상하다는 눈치를 챘을 것이다. 만약 슬론이 친구였으면 무슨 문제가 있냐고 대수롭잖게 물었을 것이다. 하지만 슬론은 친구가 아니다. 그저 얼굴을 아는 여자아이일 뿐이다. 오다가다 마주치는! 주머니에서 전화기가 미친 듯이 떨어댄다. 슬론이 야릇한 눈으로 쳐다보다가 결국 말한다. "알았어. 갈게, 공사다망 씨(Mr. Social). 월요일에 보자. 고기 잘 굽고."

"월요일에 보자." 쿠퍼가 기다렸다는 듯이 들리지 않게 조심해서 말한다. 그래야 그녀를 더 빨리 보낼 수 있을 테니까.

벽은 건재하다. 슬론이 지나가고 쿠퍼는 주머니에서 전화기를 꺼낸다. 남자들은 그가 나갔다는 것도 모르고 있었다. 쿠퍼는 화면을 휙휙 넘기면서 만날 남자를 물색한다.

이 모든 남자와 소년은, 컴퓨터가 있는 이 모든 남자와 소년은, 전화기가 있는 이 모든 남자와 소년은 다른 무엇보다 흥미진진하고 다른 무엇보다 최첨단이라고 여겨지는 일이 주는 중독성의 흥분을 좇아, 자신을 해체하고 그 파편들이 반대편 끝에서 한데 모이기를 간절히 바라며 새로운 희열을 맛보려고 하지만, 흥분이 가시고 장치가 꺼지면 다시 외로운 자신과 단둘이 남게 된다.

여기에 어울리는 말이 있다.

림보(limbo)……. 천당과 지옥 사이.

카누를 타고 둥둥 떠내려가서 좋다. 눈을 찌르는 머리카락을 쓸어 넘겨서 좋다. 말은 하는 것이라고 알게 돼서 좋다. 말은 듣는 것이라고 알게 돼서 좋다.

라이언은 에이버리의 분홍색 머리카락에 대해 묻는다.

"그래, 좀 드문 색이지? 여자로 태어난 남자라서 남자로 보이고 싶어서. 생각해봐, 여자다운 것과 남자다운 것이 얼마나 제멋대로인지. 분홍색은 여자색이래. 어째서 그런데? 여자가 남자에 비해 조금이라도 더 분홍빛이니? 남자가 여자에 비해 조금이라도 더 파라니? 그건 우리에게 주입된 거야. 그래야 다른 것도 주입할 수 있을 테니까. 남자라도 분홍색 머리를 해도 되고 여자라도 파란색 머리를 해도 돼. 사회가 우리를 길들이려 만든 말도 안 되는 헛소리지. 이 헛소리에서 벗어나야 더 자유로워지고, 자유로워져야 더 행복해질 수 있어.”

"난 파란색이 좋아서 파란 머리를 한 거야.” 라이언이 말한다.

"난 분홍색이 좋아서 분홍 머리를 한 거야. 널 가르칠 생각은 조금도 없었어. 그냥 화가 나서 말이야. 바보들이 제멋대로 하는 헛소리 때문에.”

"그래서 세상과 반대로 하고 싶은 거고.”

"매일 그래.”

'바보들이 제멋대로 하는 헛소리.' 에이버리의 말이 어떤 뜻인지 우리는 알지만, 그것이 불러올 절망이나 피해의 무게를 그는 모른다. 인간존재의 고유한 사실로 말미암아 그와 같은 수천 명의 사람을 죽이는 질병에 대해 말하려는 사람이 없어서, 그들의 죽음을 막으려고 돈을 쓰려는 사람이 없어서 죽을 수도 있다는 것을 말이다. '바보들이 제멋대로 하는 헛소리'로 말미암아 미국 대통령이 병명을 언급하는 데만 6년 세월이 걸릴 수도 있다는 것을 말이다. '바보들이 제멋대로 하는 헛소리'로 말미암아 영화배우와 10대 혈우병 소년이 죽고 나서야 병의 확산을 막기 위해 보통사람들이 앞장설 수도 있다는 것을 말이다. 약물이 개발되어 승인을 받기까지 수만 명이 죽을 수도 있다는 것을 말이다. 학부모회 회장이나 목회자나 10대 백인 소녀가 먼저 병에 걸렸다면 병의 급속한 확산을 몇 년 더 일찍 막았을 것이며, 수십만 명의 목숨까진 아닐지언정 수만 명의 목숨은 구했을 것이다. 우리의 정체성은 우리가 고른 것이 아닌데 우리는 그런 이유로 죽게 되었다. 우리는 황금률이 있다고 믿지만 사람들이 그것을 지키며 살려고 노력해도 번번이 실패한다는 것도 안다. 그들이 편견에 사로잡혀 있어서, 아주 교묘하게 그런 임의성을 이용하여 권력을 지키려는 사람들 때문에 말이다.

우리는 에이버리에게 이런 짐을 지우지 않는다. 어째서 우리가 그러겠는가? 희망이라면 시간이 지날수록 세상이 덜 어리석고 덜 임의적이 되어간다는 점이다. 인간사회 발전의 장점이라면 그것이 한 방향으로 나아가는 경향이 있다는 것이다. 바보라도 100년 전과 지금이 다르다는 것을 안다. 인간사회의 발전은 화살표처럼 나아가고 등호처럼 느껴진다.

그러는 동안 우리는 깨어 있어야 한다. 우리와 같은 죽음을 통해 너희는 깨어 있는 법을 배울 것이다.

에이버리는 강물을 보다가 맞은편에 앉은 라이언을 본다.

"하지만 여기서 보는 세상은 나쁘지 않아. 이런 세상이라면 살아갈 수 있을 것 같아." 그가 말한다.

좋은 사람을 만나는 일은 이런 것이다. 그 사람 덕분에 저렇게 더 좋은 세상을 보게 된다.

물론 그들이 말하지 않은 것도 있다. 라이언은 열세 살 때 커밍아웃을 준비할 즈음 중증의 섭식장애에 시달렸고 양호교사가 도

움을 구하라고 조언했다. 그런 사실은 그의 부모도 모른다. 양호
교사와 상담교사에게 비밀을 지켜달라고 신신당부했기 때문이
다. 에이버리는 2루까지 진출해본 적이 없으며 섹스 생각만 해도
온몸이 돌덩이로 변하는 것을 말하지 않을 생각이다. 라이언은 킨
들링에서 가능한 한 멀리 떨어진 대학에 진학할 것이고 결혼식이
든 장례식이든 다시는 킨들링에 돌아오지 않겠다는 결심을……
아직은 털어놓지 않을 생각이다. 에이버리는 프레디 딕슨(Freddy
Dickson)의 마음을 얻으려고 벌인 어리석은 짓과 그런데도 보기
좋게 차여 한 번 자해를 했다는 사실을 말하지 않을 생각이다. 한
꺼번에 모든 것을 말할 필요는 없다. 진실을 공유하는 일은 포장
지에 싸인 선물과 같아서…… 한꺼번에 포장지를 찢어서 한자리
에서 공개하는 선물이 아니다. 그것은 그런 선물이 아니다. 그것
은 펼쳐야 하는 선물이다. 이야기를 시작한 것만으로 충분하다.
이야기를 시작하고 그것이 시작인 것처럼 느껴지면 충분하다.

47분째 해리는 크레이그에게 키스를 하고 있다. 너무 편해서 놀
랄 지경이다. 크레이그에게 다시 키스를 하고 있지만 연인관계라
는 극적인 설정은 없다. 그래선지 지금이 한결 더 편안하고 한결
덜 긴장된다. 그들이 이렇게 될 것이라고, 이런 관계가 될 것이라
고 처음부터 알고 있었다.

헤어질 때…… 연인이라는 관계를 끝낼 때 그는 매우 신중하게

단어를 골랐다. '친구로 지내자거나 또는 앞으로도 친구로 남기를 바란다'는 식의 말은 삼가려고 했다. 그것은 마치 우정을 누군가의 손에 들려 황금컵이 퇴장하는 동안 덩그러니 놓인 파란 리본의 위로상처럼 보이게 하기 때문이다. 우정은 위로상이 아니다. 그래서 이렇게 말했다.

"너와 내가 연인이 아니라 절친한 친구로 지내면 전보다 사이가 더 돈독해져서 서로를 더 많이 위해주고 더 잘 도와줄 거라고 생각해,"

그랬어도 크레이그가 상처를 받았고 마음을 정리하는 데 시간이 걸렸다는 것은 알지만, 자신이 옳지 않았는가? 만약에 그들이 연인 사이였으면 이런 일은 엄두도 내지 못했을 것이다. 오래전에 단념해서 여기까지 오지도 못했을 것이다. 만약에 크레이그에게 키스 이상의 뭔가를 더 바랐으면, 만약에 크레이그가 조금이라도 더 흥분시켰으면 그들은 45분도 버티지 못했을 것이다.

처음에는 좀 그랬을지 몰라도 지금은 담담하다. 크레이그가 마음을 읽지 못해 다행이다. 칭찬의 말도 모질게 들릴 수 있다는 것을 알기 때문이다. 해리는 기운이 솟아…… 발기해서…… 뭐든지 해서 잠재워야 할 때가 있다. 이것이 불러올 피해를 깨닫고 가지 않는 것이 좋을 곳에 가는 모험을 하지 않기 위해서는 많은 자제력이 필요하다. 섹스에 대한 생각은 그만해야 한다. 몸이…… 그러니까 반응하기 시작했기 때문이다. 그래서 다른 것을…… 물을 좀 마실까 말까를 고민한다.

물은 마셔도 되지만 입술을 붙이고 빨대를 이용해 마셔야 한다. 까다로운 작업이라서 그렇지 불가능하진 않다. 문제는 지금 물을 마시면 나중에 소변이 마려울 것이라는 점이다. 그것만은 피하고 싶다. 이것에도 규칙이 있다. 기저귀를 차면 안 되고, 화장실과 관련해서 어떤 부정행위도 용납되지 않는다. 볼일을 봐야 하면 그것을 꺼내어 풀밭에 누거나…… 아니면 바지에 찔끔찔끔 누어야 한다. 어느 선택지도 마음에 들지 않기는 마찬가지다. 이제 마음에서 발기의 기미가 싹 가신다.

해리가 졸고 있다고 느꼈는지 크레이그가 양팔을 움켜쥔다. 적절한 지적이다. 키스에 집중해야 한다. 여기서 키스가 끝나면 안 된다. 그에게 최악의 상황은 깜빡 조는 것이다. 주위 사람을 보려고 고개를 돌려서는 안 된다. 크레이그에게 집중해야 한다. 크레이그 어깨 너머에도 사람이 있을 것이다. 그것도 마찬가지다. 사실 그는 크레이그를 사랑한다. 그가 이 일을 망치지 않으려는 제일 큰 이유는 크레이그에게 성취감을 주고 싶어서다. 크레이그를 위해 이 일을 해내고 싶다. 이것은 크레이그에게 더 큰 의미를 준다. 왠지 이유는 모른다. 크레이그의 아이디어라서 그럴지도 모르고, 그에게 이런 식의 무언가가 더 절실히 필요해서 그럴지도 모른다. 그래, 그런 이유가 분명하다. 크레이그에게는 이런 무언가가 필요하다.

적지만 사람들이 모여들기 시작한다. 학교를 지나다가 궁금해서 들른 사람. 연극 연습을 하러 온 아이…… . 개중에는 처음부터 알고 있던 아이도 있지만 학교에 와서야 알게 된 아이도 있다. 마이컬이 친구와 지인을 모아서 소문을 내고 응원단을 꾸린다. 주로 어른들이지만 호기심에 와서 보고는 역겨워하는 이도 있다.

"쟤네 부모들은 알고 있나 몰라?" 푸들을 산책시키러 나온 여자가 묻는다. "어떻게 이런 짓을 하게 놔둘 수가 있어?"

"그 부모가 나요." 라미레스 씨가 매몰차게 말한다.

여자는 고개를 절레절레 저으며 가버린다.

주로 아이들이지만 도와주겠다고 나서는 이들도 있다. 수많은 전화기가 무수히 많은 사진을 찍는다.

돕겠다고 나선 아이 중에 나이가 열한 살인 아이가 있다. 이름은 맥스(Max)이고, 그에게 보여주려는 아버지를 따라왔다.

우리에게 맥스는 신기한 아이다. 그는 커밍아웃을 하지 않을 것이다. 미래에는 그런 것에 구속받지 않을 것이기 때문이다. 그에게는 엄마와 아빠가 있지만, 그의 부모는 처음부터 부모가 엄마와 아빠만 있는 것이 아니라고 분명히 밝혀두었다. 엄마와 엄마일 수도 있고, 아빠와 아빠일 수도 있고, 엄마만 있을 수도 있고, 아빠만 있을 수도 있다고 말이다. 맥스는 일찍부터 애정관이 뚜렷했는데 그것을 두 번 생각하지 않았다. 그는 그것이 자신을 규정한다고 생각하지 않는다. 그것은 자신을 규정하는 것의 일부에 불과하다고 생각한다.

그에겐 해리와 크레이그가 어떻게 보일까? 우선 키스를 하는 두 형들이 보인다. 두 남자라는 부분은 고민하지 않는다. 그의 눈길을 끄는 것은 키스다. 그렇게 오랫동안 누군가에게 키스를 한다는 것은 상상할 수도 없는 일이기 때문이다.

'두고 봐.' 우리는 그에게 말하고 싶다. '그때 가서 보자고.'

팬케이크를 먹은 뒤, 닐과 피터는 피터의 엄마에게 클린턴 서점 (Clinton Bookshop)까지 태워다달라고 부탁한다. 서점이 멀지는 않지만 드라이브를 즐기고 싶었다. 차를 타고 가면서 별다른 대화를 하지 않아도 둘의 관계는 침묵이 편안하고 거북하지 않은 단계에 이르렀다. 침묵은 말하지 않은 것이 있을 때나 우물이 마르듯이 이야깃거리가 말라 두려울 때 관계에 해를 끼친다. 그들은 둘 다에 해당하지 않는다. 그들은 서로에게 할 말이 많지만 당장은 할 말이 없는 것일 뿐이다.

서점에서 닐이 생일선물로 아버지께 드릴 문 고정쇠의 역사에 관한 책을 찾는 동안 피터는 청소년 서가의 책을 꼼꼼히 살핀다. 그러는 가운데 피터의 전화기가 울리고 친구 사이먼(Simon)이 보낸 문자를 확인한다. 문자에 링크가 첨부되어 있다.

피터가 링크를 확인하고 나선 닐에게 다가온다. "이거 봐." 닐에게 문자를 보여주며 링크를 클릭한다. "밀번(Millburn)에서 두 남자가 키스 세계기록에 도전하고 있대."

닐이 흐릿하게 번지는 동영상을 본다. "둘 중에 아는 사람 있어?"

"아니. 멋지잖아?"

닐도 멋지다고 생각한다. 하지만 결코 멋져 보이지 않는 뭔가가 마음에 걸린다.

"야, 이쁜이?" 그가 묻는다.

피터가 어리둥절하다. "뭐?"

"사이먼이 보낸 문자 말이야. '야 이쁜이!'라잖아."

"또 뭐라고. 사이먼 말버릇이야."

"의견을 말한 것뿐이야."

"그─만─."

"그렇게 내 말을 자르지 마."

"다시 이런 이야기 해야 하는 거야?"

"말해봐, 이쁜아?"

"그냥 치근대는 친구야. 너도 치근대는 친구 있잖아."

"그런데 어쩌나, 내 친구는 '여자'인데."

"클라크(Clark) 말야? 클라크가 여자야?"

"클라크는 치근대지 않아. 치근대기에는 너무나 과학적이지."

"클라크는 실험실 짝지가 결혼할 모든 권리가 보장되어야 한다고 생각하잖아."

"지금까지 클라크가 예쁘다고 부른 건 대수 방정식밖에 없어."

"그러셔. 하지만 그의 X염색체가 네 Y염색체에 어떻게 일치하는지 알고 싶어 미칠 지경일걸."

"잠깐만……. 지금 클라크가 그렇다는 거야? 내 생각에는 사이먼이 그런 것 같은데."

"사이먼은 악의라곤 없는 애야."

"사이먼이 널 이쁘이라 부르면서 두 남자가 키스하는 동영상의 링크를 보냈다고."

"왜? 하고 많은 생각 중에서 하필이면 그렇게 생각하니?"

그들이 언성을 높인다. 계산대 뒤에서 서점 주인이 빙긋이 웃는 것을 그들은 모른다. 그는 모든 관계가 일정 단계에 이르면 판에 박듯이 같아진다는 것을 겪어봐서 안다.

닐은 피터가 바람을 피우고 있다거나 바람을 피우고 싶어 한다고 생각하지 않는다. 그래서 이러는 것이 아니다. 그것은 닐의 두려움 때문이다. 피터가 바람을 피우고 '싶어' 할 것이고, 언젠가 저쪽에 더 좋은 사람이 있다는 것을 알게 될 것이기 때문이다.

피터는 어리석게도 이런 마음을 이해하지 못한다. 닐이 의심 많은 못난이가 되어간다고 생각한다. 아무런 잘못도 없이 비난을 들어 억울하다.

"진정하고." 그가 말한다. "잠시 떨어져 있는 게 좋겠어. 내가 나가 커피 사올게. 뭐로 마실래?"

닐은 고개를 젓는다.

"알았어. 금방 올 테니까. 그때까지 백만 명의 남자가 날 '야, 이쁜이!'라고 불러도 우리 사이는 조금도 안 달라진다는 거나 깨닫고 있어."

"백만 명? 누가 백만 명이랬어?"

"지금 딱 걸린 '야 이쁜이'라는 말은 수많은 사람들이 인사말로 쓴다고."

"그래, 너 예뻐. 그건 인정해. 그건 그렇고 '야'라고 하는 건 좀 그렇지 않니. 너무 예사롭잖아. 말이라면 또 몰라. 말치고는 예사롭지 않게 예쁘기만 하고만."

피터는 마지막 말의 예상치 못한 반전을 통해 닐과의 관계가 회복되고 있음을 알지만, 커피를 마시자고 말하고 나니 커피가 마시고 싶다. 그래서 밖으로 나가 아이스 라테를 사서 몇 모금에 (빌어먹을, 얼음이 너무 많이 들었다.) 들이켜고는 서점으로 돌아온다. 닐이 양팔에 책을 가득 안고 아직도 청소년 서가에 있다.

"와우." 피터가 말한다. "침대라도 만들려고?"

닐이 책을 탁자에 내려놓고 피터의 입술에 손가락을 대며 쉬잇 한다.

그러고는 피터에게 제목이 보이도록 첫 번째 책을 들어 올린다.

이런 말을 하려던 것이 아니었다(I Hadn't Meant to Tell You This)

피터가 닐이 차례로 들어 올리는 책을 말없이 본다.

들어라(Just Listen)

가만히(Stay)

내가 원하는 한 사람(You're the One That I Want)

가까이, 가까이, 가까이(So Much Closer)

내가 머물고 싶은 곳(Where I Want to Be)

당신과 나의 차이(The Difference Between You and Me)

긍정(Positively)

일치(Matched)

완벽(Perfect)

놀라움(Wonder)

당신이 있는 곳(You Are Here)

내가 있는 곳(Where I Belong)

내가 있을 곳(I'll Be There)

함께 어울리기(Along for the Ride)

우리의 미래(The Future of Us)

진정한 연인(Real Live Boyfriends)

꼭 붙잡아주기(Keep Holding On)

닐이 마지막 책을 내려놓자 피터가 씩 웃으며 말없이 꼼짝하지 말라는 손짓을 한다. 그러고는 청소년 서가에서 책 두 권을 뽑고 세 번째 책을 고르려고 서둘러 소설책 서가로 간다. 웃으면서 닐에게 돌아와 골라온 책을 차례로 보여준다.

인사하라(Take a Bow)

장님의 눈에도 보이는 사랑(A Blind Man can See How Much I Love You)

꼭 붙잡아주기(Keep Holding on)

피터가 책을 차곡차곡 쌓아 책등의 사진을 찍어 닐에게 보낸다. 닐도 피터와 똑같이 한다. 그들이 책을 제자리에 꽂고 그중에서 몇 권을 산다. 돈이 모자라지 않았으면 그 책을 전부 샀을 것이다.

그들이 서점의 동선을 따라 지도를 그리며 알파벳순으로 주제별로 숨은 공간을 찾아 종횡무진 누비고 다닐 때, 우리가 누비고 다닌 서점과 커피숍과 섹스 숍과 바니(Barneys) 백화점과 피글리 위글리(Piggly Wiggly) 식품점에서…… 우리가 관계를 이해하고 대처한 통로에서 나눈 모든 사랑의 대화가 떠올랐다.

닐은 피터 어머니의 자동차 뒷좌석에 앉으며 밀번에서 키스하고 있는 두 소년을 생각한다. 닐이 피터의 양해를 구해 링크를 다시 클릭한다.

그들이 놀란다. 그들이 사는 시와 인접한 시의 고등학교 앞에서 몇 시간째 두 소년이 키스를 하고 있다.

"예사로운 토요일이 아니야." 피터가 말한다.

"그러게." 닐이 수긍한다. "예사롭지 않아."

슬론과 우연히 마주친 뒤에 쿠퍼는 부랴부랴 월마트를 빠져나와 자신이 사는 시에서 멀리 떨어진 작은 도시의 스타벅스에 앉아 있다. 스타벅스는 그가 사는 고장의 사람과 그가 다니는 고등학교의 학생과 같은 부류의 사람들로 북적이지만 그들은 같은 사람이 아니다. 쿠퍼는 특징이 없어진 기분이 들며 마음이 편해진다.

그는 만남을 주선하는 앱 3개를 동시에 열어놓고 이리저리 넘겨보지만 앱마다 같은 남자가 많다. 마흔일곱 살의 남자가 그에게 만나자고 제안한다. 열여덟 살 소년이 막연히 추근거린다. 스물아홉 살의 남자가 취향을 묻는다. 그는 대화를 시작하지 않는다. 그들 중에서 누군가를 고르지 않는다. 그들이 접근하는 것은 그가 매력적이기 때문이다. 매력적이라는 것은 그가 유리하다는 것을 의미한다.

우리는 이런 것까지 알기에 그가 너무 어리다고 생각하지만, 그는 이런 것을 안다. 지금의 너희는 훨씬 더 어린 나이 때부터 이런 것을 배운다.

이때까지 전화기에 부모님이 집전화로 각자의 핸드폰으로 보낸 메시지가 12통 넘게 들어 있다. 하지만 확인도 하지 않고 전화도 하지 않고 그냥 지워버린다. 그렇게 메시지는 벽 건너편으로 넘어간다. 오늘 밤 어디서 잠을 잘지 모르지만 지금은 오늘 밤이 아니다. 혹자는 이런 것을 자기부정이라고 생각하겠지만 그렇지 않다. 그는 관심이 없는 것이다. 자기부정을 하려면 어찌 되었든 관심이 있어야 한다.

그는 밍밍하고 밋밋하기만 한 이 세상이 지루하고 공허할 뿐이다. 무엇보다도 그를 가장 지루하게 하는 것은 바로 자기 자신이다. 다시 앱에서 남자를 물색하는데 갑자기 툭하고 새로운 남자가 뜬다. 스물세 살. 섹시하다. 화면상의 이름은 반물질(Antimatter). 신체 조건도 마음에 든다. 한 줄 설명은 '혼돈 속에서도 분별력을 잃지 않는다.'

쿠퍼가 5분을 기다린다. 반물질이 먼저 접근해오면 바랄 것이 없겠지만, 이제나저제나 기다린다. 5분이 지나서, '됐어.'

그가 먼저 치고 나가 대화를 시도한다.

에이버리는 그들이 키스를 하게 될지 말지 궁금하다.

그들은 지금까지 2시간 동안 배를 타고 있다. 이야기를 하다가 노를 젓다가 다시 이야기를 한다. 해가 지평선 쪽으로 기울면서 날이 점점 더워진다. 금속성 카누가 만지면 뜨겁다. 마실 거리나 먹을거리를 안 가져온 데다 햇볕 때문에 나른하다. 둘이 나란히 앉을 만큼 배가 넓지 않은 것이 에이버리는 못내 아쉽다. 그러면 키스를 하기가 훨씬 더 쉬웠을 텐데.

"구워지는 것 같아. 안으로 들어가자." 라이언이 말한다.

에이버리가 동의한다. 그들은 열심히 노를 젓는다. 에이버리가 노를 저을 때 만족감을 느끼면서, 그러니까 물살의 저항을 밀고 나가는 팔의 수고에 큰 기쁨을 느끼면서 자기도 모르게 놀란다. 그가 몸에 긍지를 느끼려면 아직도 갈 길이 멀지만 때론 몸의 움직임이 그에게 올바른 길을 알려줄 것이다.

움직일 때마다 느껴지는 공기가 시원하지만 몸은 열기로 가득하다. 그들은 앞뒤로 나란히 앉아 리듬에 맞춰 노를 젓는다. 굳이 말을 할 필요가 없다.

잔교에 도착했을 즈음에는 둘의 이마에 땀방울이 맺혀 훔쳐내야 할 정도이다. 라이언이 먼저 뛰어내려 뱃머리를 얽어맨다. 그러고는 에이버리에게 손을 내민다. 에이버리가 무더위로 땀범벅인 손을 잡는다. 라이언이 그를 잔교 위로 끌어올려 꼭 잡아준다. 그들은 그대로 서 있고, 카누가 잔물결에 밀려 잔교에 부딪치며 철그렁거린다.

"재밌었어." 파란 머리 소년이 말한다.

"나도." 분홍 머리 소년이 말한다.

이런 말로는 미흡하다.

에이버리의 손을 잡고 선미를 묶은 라이언이 숙인 몸을 돌려세우고, 그들은 서로 얼굴과 발가락을 마주한다.

"얘들아!" 라이언 고모가 부르는 소리가 집 쪽에서 들린다. "뱃놀이 재밌었니?"

그녀가 조금 더 가까이 다가오고 그들은 조금 더 떨어져 서지만 잡은 손은 놓지 않는다. 이제는 서로를 마주보지 않고 그녀를 바라보고 있다.

"그런데 라이언! 네 친구 소개 안 시켜주니?" 그녀가 말한다. "둘 다 목마를 거 같아 딱 맞는 걸 준비했어." 그녀가 말한다.

'딱 맞는 것.'

다시 1시간이 지나고 해리와 크레이그는 키스를 하고 있다. 사람들이 더 많이 모여든다. 과학교사 니콜 선생님이 루나 선생님과 교대를 한다. 이제 실시간 동영상 시청자 수가 2천 명으로 늘어난다. 타리크가 동영상에 댓글을 달고 트윗을 할 수 있도록 해리와 크레이그에게 전화기를 건넨다. 동영상은 이미 전 세계로 퍼져나갔다. 독일에서 격려의 글이 올라온다. 헬싱키에서 한 소년이 '가자! 세계기록!'이라고 적힌 푯말을 만들었다. 게이 블로거들에게 소식이 전해진다. 소문이 퍼진다.

해리는 댓글에 댓글을 달고 싶다. 하지만 이제 4시간밖에 지나지 않았는데 벌써 발이 아프다. 크레이그의 몸에 기대어 발을 턴다. 햇살이 따가워진다. 그가 양산을 의미하는 손짓을 하고, 스미타가 양산을 가져와 등 뒤쪽에서 씌워주며 카메라의 시야를 가리지는 않는지 확인한다. (물론 다른 각도에서 예비 카메라가 찍고 있지만 사람들은 비상상황이 아니면 메인영상을 보고 싶어 한다.) 해리와 크레이그는 피가 발로 쏠리는 것을 방지하기 위해 노인용 양말을 신고 있다. 하지만 장시간 곧게 서 있는 것은 역시 몸이 작동하는 방식이 아닌 모양이다. 진작부터 마치 입석만 있는 콘서트장에서 서막만 7개째 보는 기분이다.

타리크의 재생 목록에서 흘러나오는 노래 <내 꿈도 조금은 꾸어주세요(Dream a Little Dream of Me)>를 들으며, 해리는 타리크의 짐작대로 영화 <뷰티풀 싱(Beautiful thing)>을 떠올린다. 입술로 크레이그가 웃는 것을 느낀 해리는 크레이그도 같은 생각을 하고 있다고 짐작한다. 확인시켜주려는 듯이 크레이그가 손가락으로 해리의 등에 'B'와 'T'자를 그린다. 그들은 어기적어기적 걸으며 느릿느릿 춤을 추기 시작한다. 다리를 움직이니 기분이 좋아진다. 스미타가 양산을 들고 뒤로 물러나자 타리크가 그녀에게 다가가 그녀와 춤을 춘다. 라미레스 씨도 부인과 춤을 춘다. 다른 사람들도 어울리고 싶은 모양이다. 하지만 카메라를 보고 있던 레이철이 사람들에게 카메라의 시야를 가리지 말고 물러나라고 말한다. 만약의 사태에 대비해 배치된 경찰이 접근금지 줄을 두르라고 조언하고, 레이철이 경찰에게 좋은 생각이라고 말하면서 '접근금지'를 대신할 말이 있는지 묻는다. 경찰이 그것은 그녀가 알아서 할 일이라고 대답한다.

해리는 춤을 추니 기분이 좋다. 웃으며 춤을 추는 부모님의 모습을 보니 행복하다. 노래를 따라 흥얼거리고 싶지만 그럴 수가 없다. 크레이그를 살며시 안고서 원을 그리며 느릿느릿 움직인다. 크레이그는 눈을 감고 있다. 해리는 눈을 뜨고 있다.

그렇게 해리가 처음으로 그녀를 만난다.

해리는 멈춰서며 크레이그를 바싹 당겨 안는다. 크레이그가 해리의 등에 물음표를 그린다. 하지만 대답할 방법이 없다. 다만 크레이그의 입술에 입술을 꼭 붙이며 고개를 돌리지 말라고 주의를 주듯이, 키스에 집중하라고 주의를 주듯이 크레이그의 뒷목을 손으로 잡는다.

그때 크레이그에게 들린다. 이름을 부르는 소리, 엄마 목소리, 다시 이름 부르는 소리가.

우리는 일제히 고개를 돌린다. 몸집이 조그만 여자는 10분 전까지도 크레이그가 주말 캠핑을 간 줄 알고 있었다. 화가 났다기보다는 어리둥절한 표정이다. 우리가 설명해줄 수 있으면 좋으련만! 그녀를 한쪽으로 데리고 가서 우리가 아는 것을 전부 말해주고, 우리 어머니가 잘못하신 일을 전부 말해주고, 우리 어머니가 잘하신 일을 전부 말해주고 싶다. '댁의 아들은 살아 있잖아요.' 우리가 말해주고 싶다. '댁의 아들은 살아 숨 쉬고 있잖아요.'

어째서 대답을 안 하는지 그녀는 이해하지 못한다. 바로 뒤에

서서 이름을 부르는데도 어째서 이 남자아이와 키스만 하고 있는 것일까?

"미핸(Meehan) 부인이 전화해서 뭐라고 하는데 도무지 무슨 말인지……."

크레이그는 고개를 돌려 설명하고 싶다. 하지만 뒷목을 잡은 해리의 손이 이 자리에 있는 이유를 잊지 말라고 말한다. 그들은 이미 너무 멀리 와버려 돌아갈 수 없다.

"크레이그."

크레이그 어머니의 목소리가 갈라진다.

스미타가 도와주려고 나선다. 양산을 내려놓고 크레이그 어머니에게 다가간다.

"키스를 해야 돼서 아무 말도 못해요." 그녀가 말한다.

크레이그 어머니가 스미타를 알아본다. 오래전부터 스미타를 알고 있었다. 이 말도 안 되는 상황에서 말이 되는 것은 스미타뿐이다. 모인 사람들과 카메라가 어렴풋해 보인다.

"대체 무슨 일이라니?" 그녀가 잦아드는 목소리로 묻는다.

그녀가 이런 식으로 알게 해서는 안 되었다. 크레이그의 눈에 눈물이 고인다. 눈물을 흘리지 않으려고 참아보지만 그럴 수 없다. 기어코 눈물이 뺨을 타고 흘러내린다. 해리는 눈물을 참는다. 크레이그가 몸을 떤다. 해리는 입술을 더 꼭 붙인다. 이런 식으로 알게 해서는 안 되었다. 그는 나중에 가족에게 말하는 상상을 했다. 왠지는 모르지만, 키스가 끝날 때까지 비밀이 지켜질 것이라 믿었다. 이 놀라운 일을 해내고 나면 그들에게 말할 수 있을 것 같았다. 어릴 적 잠자리에 들기 전에 가족들 앞에서 원맨쇼를 했듯이 아버지와 어머니와 형제들을 거실에 불러 모아놓고 소파에 앉은 가족들 앞에서 말하는 장면을 상상했고…… 그러면 어떤 일이 있어도 그를 부정하지 못할 터이고, 그가 이룬 것을 지우지 못할 터이다.

하지만 그들의 심정은 헤아리지 못했다. 저기 모인 구경꾼의 하나가 되는 심정이 어떨지 말이다. 크레이그는 큰 충격을 받으며 그것을 깨닫는다. 그들의 심정은 전혀 헤아리지 못했다. 그것은 '우리에게도' 뜻밖의 새로운 사실이었다. '우리에게도' 사건이었다. 그들에게도 상황을 이해할 권리가 있었다는 것을 우리가 어떻게 알겠는가? 그들에게 우리를 부정할 권리는 없어도 상황을 이해할 권리가 있었다는 것을 말이다.

그는 목소리의 울림…… 어머니가 이름을 부르는 방식을 통해 이 모든 사실을 깨닫는다.

해리 부모님과 크레이그 부모님은 만난 적이 없다. 해리 어머니가 크레이그 어머니에게 다가가 자기소개를 한다. 해리 어머니와 스미타가 상황을 이해시키려고 한다. 그들이 세계기록에 대해 말한다. 크레이그와 해리가 이루려는 것에 대해 말한다.

"그래도 그렇지." 눈물을 흘리며 크레이그 어머니가 말한다.

"아무리 그래도 그렇지."

크레이그는 괴로워한다. 그래서 눈을 뜨고 역시 눈물을 흘리고 있는 타리크 쪽을 보며 글을 쓰는 몸짓을 한다. 타리크가 종이와 매직펜을 구해 크레이그에게 달려온다. 크레이그가 하려는 말을 졸여서 요점만 적는다. 그것은 스미타도 라미레스 부인도 하기 어려운 말이다. 그들의 말에 모두 녹아 있지만 크레이그 어머니에게 밝히기 어려운 말이고, 딱 부러지게 말하기 어려운 출발점이 되는 말이다.

엄마. 난 게이야, 게이.

크레이그는 해리와 함께 몸을 돌려서 어머니의 얼굴을 마주한다. 그러고는 떨리는 손으로 종이를 들어 올린다. 눈을 보니 그녀는 이해하고 있다. 그래서 재빨리 다른 종이에 적는다.

지금 그만둘 순 없어. 미안해.

그는 게이라서 미안한 것이 아니라 그것을 이런 식으로 밝히게 돼서 미안할 따름이다. 어쩌면 '밝히게 돼서'가 아닐지도 모른다. 그녀가 새로운 사실에 놀라기보다는 그 사실이 밝혀지는 방식에, 그 사실을 확인하는 방식에 놀란 듯이 보이기 때문이다. 그녀가 스미타에게 이 아이가 크레이그의 남자친구냐고 묻자, 우리 가여운 친구 스미타는 어떻게 대답해야 할지 몰라서 망설이다가 사실대로 말하기로 마음먹는다. 아니라고, 어떤 사이인가는 중요하지 않다고, 해리와 크레이그는 친구라고, 그들은 남자와 남자가 키스를 해도 된다는 것을 세상에 보여주려고 키스를 하는 것이라고 말한다.

라미레스 씨가 의자를 가져오니 크레이그 어머니가 앉는다.

"복잡한 문제죠." 그가 말한다.

이런 상황에서 우리의 어머니라면 허탈하게 웃으시며 '명쾌해서 좋으시겠어요.' 하고 말했을 것이다. 아니면 '닥쳐!'라고 말하고 돌아서 가버리셨을 것이다. 아니면 지금 크레이그 어머니가 하듯이 외부의 소리를 차단한 채 생각에 잠겼을 것이다. 라미레스 부인이 위로해주려고 손을 내밀지만 크레이그 어머니는 손길을 마다한다.

크레이그는 인생의 중요한 순간에 방관자가 된 듯해 괴로워한다. 이 마음을 헤아린 해리가 뒷목을 잡은 손을 놓는다. '가야겠으면 가도 돼.' 하지만 크레이그가 어쩌겠는가? 이대로 포기하면 이제까지의 모든 노력이 헛수고가 될 터인데. 그는 종이와 매직펜을 잔디밭에 던진다. 해리를 양팔로 감싸 안고서 진지한 키스…… 진짜 키스를 한다. 눈물이 볼을 타고 입안으로 스며든다.

'꼭 붙잡아줘.'

사람들이 환호성을 지른다. 사람들이 지켜본다는 것을 크레이그와 해리는 잊고 있었다.

타리크는 괴로워한다. 어떻게 보면 그에게도 잘못이 있는 것 같기 때문이다.

그가 크레이그 어머니 앞에 선다. "크레이그를 사랑해주세요. 어머니가 크레이그를 누구라고 생각하셨든, 누가 되기를 원하시든 상관없어요. 이 모습 그대로 크레이그를 사랑해주세요. 크레이그가 얼마나 놀라운지 아셔야 해요."

크레이그 어머니가 속삭이듯 대답한다. "그래, 알아."

스미타가 크레이그 어머니의 손을 잡으니 이번에는 손길을 물리지 않는다.

"너무 걱정하지 마세요." 스미타가 말한다. "크레이그는 괜찮을 거예요. 다 잘될 거예요."

해리는 크레이그가 팔을 풀고 그를 잡는 것을 느낀다. 일순간에 긴장감이 풀리며 눈물이 흐른다. 해리는 크레이그의 입술에서 입술을 떼지 않는다.

그들은 키스를 계속한다.

우리 부모님 중에는 늘 우리 편인 분도 있었다. 우리 부모님 중에는 우리의 정체성을 인정하느니 차라리 우리를 버리는 길을 택한 분도 있었다. 우리의 부모님 중에는 우리가 아프다는 것을 알게 되자 용이 되기를 그만두고 용 사냥꾼이 된 분도 있었다. 때에 따라선 결전을 요구하기도 한다. 하지만 결전은 적으면 적을수록 좋다.

14분째 그녀는 의자에 앉아 아들을 지켜본다. 아들과 키스하는 아이를 지켜본다. 스미타는 그녀 곁을 지키지만 되도록 그녀에게 말을 삼간다. 그녀에게는 상황을 이해할 시간이 필요하다. 그녀에게 상황을 이해할 시간을 주어야 한다.

크레이그는 처음엔 어머니의 얼굴을 볼 수가 없었다. 그와 해리가 옆모습이 보이게, 그녀의 시선에 벗어나 서 있기 때문이다. 하지만 결국 그녀를 보지 않을 수가 없었다. 그래서 그는 해리와 함께 몸을 돌려서, 반의 반 바퀴를 돌려서 해리의 어깨 너머로 그녀를 마주한다. 둘은 서로를 바라보며 잠시 그대로 있다. 크레이그는 숨조차 쉬지 않는다. 그들은 다시 울기 시작하지만 전처럼 절망적인 듯이, 큰 충격을 받은 듯해 보이지는 않는다.

너희에게도 이런 순간들처럼 죽을 것만 같은 때가 있다. 하지만 죽지 않고 살아 있다.

크레이그만큼이나 해리도 크레이그에게 하고픈 말이 많다. 입 안에 고이지만 키스 때문에 하지 못하는 위로의 말들 말이다. 그의 심정이 어떨지 우리는 안다. 하루도 빠짐없이 우리는 지금 보는 것을 보고, 지금 아는 것을 알기에 우리 안에도 저런 말이 고인다. 해리는 하다못해 그를 붙잡아줄 수라도 있다. 해리는 하다못해 저렇게 기운을 북돋아줄 수라도 있다. 그때 해리에게 가능한 방법이 떠오른다. 그가 '전화기'를 달라는 손짓을 하고, 타리크가 전화기를 가져온 뒤에 다시 '전화기'를 달라는 손짓을 하고 나서 크레이그를 가리킨다. 타리크는 어리둥절한 표정이지만 레이철은 알아차린다. 레이철이 크레이그의 전화기를 가져와 문자 페이지를 연다.

해리가 크레이그의 어깨 너머로 문자를 보낸다.

'차라리 잘된 일일지도 몰라. 다 잘될 거야.'

크레이그가 답장을 보낸다.

'나도 알아. 하지만 힘들어.'

해리는 대답을 알지만 그래도 묻지 않을 수가 없다.

'그만하고 엄마와 이야기할래?'

입술을 맞대고 크레이그가 살짝 고개를 젓는다.

'아니, 끝까지 할 거야.'

한편 해리 어머니는 전화기를 가져와 크레이그 어머니에게 해리와 크레이그를 지지하는 댓글 수천여 개를 보여준다. 그때까지 그들을 지켜보며 응원하는 지지자 수가 4천여 명에 이른다.

"우린 서로 잘 모르지만 공통점이 있네요." 해리 어머니가 그녀에게 말한다.

그녀가 손을 내밀자 이번에는 크레이그 어머니가 손을 잡아 움켜쥔 후에 놓는다.

아들을 아들이라 여기지 않고 한 인간으로 여기기는 쉽지 않다. 부모를 부모라 여기지 않고 한 인간으로 여기기는 쉽지 않다.

이것은 상호적으로 이루어져야 하는 것이라서 매끄럽게 하는 사람이 지극히 드물다.

때로는 고모가 더 편할 수도 있다.

라이언의 고모 케이틀린은 에이버리와 라이언에게 분홍색 레모네이드와 갓 구운 귀리 건포도 쿠키를 내놓는다. 라이언은 세상이 감당하기 벅차거나 집다운 집의 푸근함을 맛보고 싶을 때면 수도 없이 여러 번 이 식탁에 앉았다. 우리도 그랬다. 우리도 잡다한 구성원이 섞인 가족이라는 가내 안정망을 구성했다. 이 식탁이야말로 번민으로 괴로워하는 모습을 수도 없이 본 목격자다. 하지만 지금 에이버리와 함께 앉아 있는 식탁은 번민과는 동떨어진 모습의 목격자다. 식탁은 그것을 더욱 실감나게 하고 그렇게 라이언의 삶의 일부가 된다.

만약 우리가 여자와 부부로 짝지어 살아야 했다면, 케이틀린은 우리가 부부로 짝지어 살았을 법한 여자이다. 그녀는 수년간 다니던 보험회사를 그만두고 지금은 문헌학을 공부하고 있다. 그녀의 유머감각은 자의식에서 나온다. 라이언을 사랑하는 마음은 언제까지나 변하지 않을 무조건적 사랑이다. 그것은 기대에 따라 들고 나지 않고 동기에 따라 조절되지 않는다. 그녀는 그를 좋아하고 사랑하기만 하면 되고, 그것은 그녀가 잘하는 것이기도 하다. 그에 대한 책임감은 전적으로 자발적인 것이다. 그것이 무엇보다 중요하다.

에이버리는 긴장해서 좋은 인상을 주는 것이 그렇게 어려운 일이 아니라는 것을 모른다. 케이틀린이 어떻게 만났냐고 묻자 메리골드의 집으로 돌아가는 길에 자동차 가스가 떨어진 것까지 말하며 만남을 인류역사에서 가장 긴 이야기로 만든다. 도중에 이야기가 너무 장황하다는 생각이 들지만 라이언과 케이틀린이 개의치 않는 듯해 보여 이야기를 계속한다. 이야기가 끝나자 케이틀린이 묻는다. "언제 그랬는데?" 라이언이 싱긋 웃으며 대답한다. "어젯저녁에요."

"그럴 수 있지." 케이틀린이 말한다. "말을 시작한 순간 오래전부터 알고 지낸 것 같은 사람이 있어. 그러니까 너희가 더 일찍 만났어야 한다는 말이지. 진작 서로를 알았어야 하는데 그러지 못한 것이 아쉽고 그 시간까지 중요해진 거야."

에이버리는 라이언을 데리고 나와 혼자서 차지하고 그가 키스할 수 있도록 가까워져야 한다는 것을 안다. 시간이 출발시간을 향해, 어두워지기 전에 돌아오겠다고 엄마와 약속한 시간을 향해 소리 없이 줄어든다. 하지만 레모네이드와 쿠키와 동석한 사람을 즐기고 있다. 그가 키스를 하고 애무를 하는 것보다 이 자리를 더 소중하게 여기는 것이 잘못인 것처럼 느낀다.

"라이언이 핼러윈데이에 브리트니 스피어스(Britney Spears) 분장을 하고 찍은 웃긴 사진 있는데 볼래?" 케이틀린이 묻는다.

에이버리가 어떻게 마다하겠는가?

쿠퍼는 1시간이 다 되도록 반물질과 채팅을 한다. 반물질은 쿠퍼를 그 지역 카운티 대학에 다니는 열아홉 살 학생인 줄 안다. 전공은 재정학이고 룸메이트가 둘이 있는데 그중 하나가 술고래라고. 반물질은 의심은커녕 자기는 막 혼자 살 집을 마련했고 커피 전문점 매니저로 일한다고 말한다. 화가이기도 한데 아직까지는 그림을 그려서 많은 돈을 벌진 못한다. 쿠퍼도 화가가 꿈인 적이 있었고, 어쩌다가 반물질에게 그 이야기를 한다. 반물질이 무슨 일이 있었냐고 묻자 쿠퍼는 흥미를 잃었을 뿐이라고 답한다. '내 인생 이야기가 그렇지 뭐.' 쿠퍼가 말한다. '이야기는 아직 안 끝났어.' 반물질이 답한다.

조금은 재밌기도 하고 조금은 지루하기도 하다. 그래서 판을 키워볼 작정으로 쿠퍼가 반물질에게 윗옷을 벗은 사진을 보내고 반물질도 윗옷을 벗은 사진을 보낸다. 반물질은 몸이 근사했다. 쿠퍼가 만나고 싶으냐고 묻는다. 반물질이 그렇다고 답하면서…… 저녁식사 후가 어떠냐고 묻는다. 쿠퍼는 반물질이 저녁 약속이 있는지 궁금하지만 묻지 않는다. 대신 그것이 좋겠다고만 답한다. 만남 장소로 자신이 앉아 있는 스타벅스를 제안한다. 반물질이 커피를 안 마셔도 되면 괜찮다고 답한다. 쿠퍼는 이미 커피를 석 잔이나 마신 터라 안 마셔도 된다고 답한다.

반물질이 데이트 약속이 정해졌으니 그만 일을 하러 가야겠다고 말한다.

'그런데 가기 전에…… 네 이름이 뭐야?'

'드레이크(Drake).' 쿠퍼가 답한다.

'안녕, 드레이크. 난 줄리언(Julian)이야.'

쿠퍼라도 그것은 어쩔 수가 없다. 사실 이름이 반물질이라서 그가 더 마음에 들었다.

하지만 약속을 취소하지 않는다. 이름 같은 하찮은 이유로 약속을 취소하는 것은 바보나 하는 짓일 것이다.

우리의 죽음이 그러했듯이 오랫동안 죽음과 맞서다 보면 삶의 다양한 측면이, 당시에는 맹목적이라 보지 못한 측면들까지 보이기 시작한다. 크고 작은 실수를 범한 과정을 되짚어볼 시간이, 타인의 실수를 통해 새로이 공감할 시간이 많아진다. 사실 우리가 어떻게 해볼 도리가 없던 때도 많았지만 우리가 매정하게 굴었던 때도 많았다. 우리는 자신을 망쳤고, 다른 사람을 골탕 먹였고, 몰라서 상처받을 말을 했고, '알기에' 상처받을 말을 골라서 했다. 우리는 겪어보고 나서도 회개하는 성도다움을 보이지 않는다. 이제 멀리서 보니 우리의 실수가 더 잘 보이지만 그렇다고 그 실수가 조금이라도 덜 실감나는 것은 아니다.

너희가 잊지 말았으면 좋겠다. 우리는 쿠퍼와 다르지 않았다. 적어도 쿠퍼와 같은 적이 있었다. 마찬가지로 닐과 피터, 해리, 크레이그, 타리크, 에이버리, 라이언과 같은 적이 있었다. 우리에게도 너희와 같은 적이 있었다.

그래서 우리는 이해한다. 우리에게도 너희와 같은 단점이 있었다. 우리도 너희와 같은 두려움에 떨었다. 우리도 너희와 같은 실수를 저질렀다.

해리와 크레이그가 키스를 시작한 지 6시간 10분이 되었을 때 에이버리의 머리색보다 훨씬 더 밝은 분홍색 머리의 유명 블로거가 해리와 크레이그의 키스에 대한 글을 올리며 그들의 행동에 대한 지지를 선언한다.

5분 만에 동영상 시청자 수가 3928명에서 4만 102명으로 늘고, 다시 5분 만에 10만 3039명으로 늘어난다.

그런 때에 크레이그 어머니가 의자에서 일어나 크레이그에게 걸어간다. 도중에 스미타에게, 아들과 대화하는 동안 그녀가 카메라에 잡히지 않도록, 말소리가 방송에 나가지 않도록 해줄 수 있는지 묻는다. 스미타가 타리크에게 부탁을 전하고 타리크는 흔쾌히 그렇게 한다.

"그만 집에 가야 해." 크레이그 어머니가 말한다. "곧 식구들이

116

돌아올 시간이라서 내가 집에 있어야 해." 그녀는 잠시 말을 멈춘다. 해리와 키스를 하는 크레이그의 눈을 보며 그녀의 말을 듣고 있는지 확인한다. "네가 뭘 하는지 식구들도 알아야 할 것 같구나. 만약 다른 사람을 통해 알게 되면 상황이…… 더 안 좋아질 거야. 무슨 말인지 알지?"

크레이그는 안다고 말하고 싶다. '우웅'이라는 소리쯤은 낼 수 있지만 그것으론 개운치가 않다. 그들이 동의를 표시할 때 엄지손가락을 들어 보이기로 약속했지만 그것도 개운치가 않다. 하지만 아무리 생각해도 달리 대답할 방법이 떠오르질 않는다. 그래서 하는 수 없이 엄지손가락을 들어 보인다.

크레이그 어머니가 숨을 깊이 들이쉰다. 잠시 그대로 있다가 숨을 내쉬면서 되도록 냉정을 잃지 않으려는 목소리로 말한다. "사랑한다, 크레이그. 하지만 화가 나는 건 어쩔 수가 없구나. 네가 게이라서가 아니다. 그건 나중에 따로 얘기하자. 하지만 이건 아니잖니……. 이런 식은 아니잖니. 네게도 그럴 만한 사정이 있었겠지. 나중에 이 모든…… 일이 끝나면 그 사정이 뭔지 말해주렴."

크레이그가 다시 엄지손가락을 들어 보인다. 자기 모습이 우스꽝스러워 보인다.

어머니의 표정이 누그러든다. "뭐 필요한 건 없니?" 그녀가 묻는다.

그 순간, 크레이그의 가슴이 미어진다. 어머니가 엄청난 질문을 해서가 아니라 질문이 너무도 여일하기 때문이다. 어머니는 이런 분이다. '필요한 건 없니?' 마치 당장 월그린 마트나 상점으로 달려갈 듯이, 달라진 것이 아무것도 없다는 듯이 말이다.

크레이그는 대답할 방법이 없다. '아빠와 샘과 케빈에게 괜찮다고 말해주세요. 해리 부모님이 해리를 지지하시듯이 엄마도 절 지지해주세요. 지금의 제 행동을 자랑스러워해주세요. 엄마의 자부심이 제게는 무엇보다도 소중해요. 엄마, 다시 와주세요. 우리 식구 아무도 이 일로 슬퍼하지 않게 해주세요.'

크레이그는 손가락으로 오케이(OK) 모양을 만든다.

"그래." 그녀가 말한다. "그만 갈게."

그는 그녀가 다가와 안아주기를 바란다. 하다못해 손으로 어깨라도 잡아주기를 바란다.

하지만 그녀는 그대로 돌아서 집으로 돌아간다. 크레이그의 마음을 알아차린 해리가 어머니의 뒷모습이 보이지 않도록 위치를 바꾸려고 하지만 크레이그는 꼼짝도 하지 않는다. 어머니가 스미타에게 작별인사를 하고, 해리 부모님이나 다른 사람에게는 아무 말도 하지 않고 스미타에게만 작별인사를 하고 사람들 사이로 걸어간다. 사람들은 모두 이쪽을 보고 있는데 어머니는 저쪽을 보고 있다. 크레이그는 어머니가 인도의 작은 점이 되어 눈앞에서 사라질 때까지 바라본다. 학교에서 집까지는 걸어서 10여 분 거리이다. 어머니가 집에 도착할 때까지 그는 마음속으로 발걸음을 셀

것이다.

어머니의 모습이 시야에서 사라진 후에야, 혼자 걸어가는 모습을 마음속에 그린 후에야 크레이그는 주위를 둘러본다. 그녀가 가고 나서야 사람들이 많이 모였다는 것을 알아차린다. 친숙한 얼굴도 있지만 상당수가 낯선 얼굴들이다. 누군가 구호를 외치기 시작한다. "해리! 크레이그! 끝까지 간다! 해리! 크레이그! 끝까지 간다!" 구호에 맞춰 기운을 차리고 용기를 내야 한다는 것을 그는 안다. 하지만 마음은 몸을 떠나서 집 위를, 돌아오는 어머니도 보이지 않을 먼 허공을 맴돌지만, 인간이라서 천장을 통해 침실의 부모님을 볼 수도 없고, 침실에서 오고가는 대화를 바람결에 들을 수도 없다.

피터의 방에서, 피터와 닐이 온라인 동영상을 시청하고 있다.

"엄마였어?" 피터가 묻는다.

"그런가봐." 닐이 대답한다. "화면이 순식간에 바뀌어 잘 모르겠지만 엄마 같아."

"엄마는 알고 있었을까?"

"앞서 보여준 태도로 봐선 몰랐던 것 같지?" 자기 어머니도 다르지 않을 것이라고 생각하며, 닐은 생각을 떨쳐내려고 한다.

"우린 얼마나 있을까?" 피터가 묻는다.

"크레이그 같은 아들을 가지려면? 아주 오래오래 있어야 할걸."

"하하하. 키스 말이야."

"서른두 시간은 못해도 한두 시간쯤."

"이리 와." 피터가 책상의자에서 닐을 일으켜 방 가운데로 데려간다. "해보자."

"지금?"

"지금이 딱 좋아."

닐이 거부하기도 전에 피터가 키스를 한다. 처음 일이 분은 모든 것이 완벽하다. 부드러운 밀착감과 오고가는 혀와 척추를 따라 엉덩이로 미끄러지는 손. 키스의 흐름에 따라 보통 숨을 쉬곤 하던 순간이, 웃거나 말을 하거나 손가락으로 간질이며 뒤로 물러나는 순간이 온다. 그들은 멈칫거리며 열정을 끌어올린다. 피터의 손이 닐의 등허리에서 머뭇거리다가 손가락을 허리띠 밑에 넣고 살갗의 온기를 느낀다. 닐의 손은 피터의 손과 반대로 움직인다. 피터의 등허리에서 어깨뼈 사이로 올라간다. 피터의 입에서 아직 커피와 우유 맛이 난다. 닐의 입에서 초코민트 맛이 난다. 피터의 숨이 폐에서 약간 비척거린다. 닐은 피터의 목덜미를 쓰다듬고 나서 갈퀴처럼 손톱으로 살갗을 긁으며 다시 천천히 아래로 내려간다. 몸의 반응이 예민해지면서 호흡도 예민해진다. 피터가 손을 올려서 손바닥을 닐의 심장이 뛰는 곳에 댄다. 10분이 지난다. 몸이 점점 뜨거워진다. 키스가 점점 축축해진다. 닐의 볼에 닿은 피터의 다박나룻이 까끌까끌하다. 피터가 적막감을 느끼며 음악이 없는 것을 아쉬워한다. 그들이 서로 엉덩이를 맞댄다. 닐의 호흡이 가빠진다. 피터의 팬티가 차츰 조여든다. 하지만 둘 다 서로에게서 벗어나려고 하지 않는다. 11분. 12분. 피터가 호흡을 놓치며 숨을 들이쉬어야 할 때 숨을 내쉰다. 엉겁결에 숨을 쉬려 물러나며 순식간에 입술이 떨어진다. 입술이 떨어지자마자 닐이 팔을 늘어뜨린다. 그들은 뒤로 물러선다. 그러고는 시계를 본다.

"굉장했어." 피터가 바지를 추스르며 말한다.

"그래." 닐이 피터의 다박나룻 때문에 괴로워하던 볼에서 침을 닦아내며 말한다.

그들은 화면 앞으로 다가가서 춤을 추는 해리와 크레이그를 지켜본다.

피터가 뭔가를 말하려는 찰나, 아래층에서 아버지가 저녁 준비가 다 되었으니 내려오라고 부른다.

시계는 무시할 수 있어도 지는 해는 무시하기 어려운 법이다. 에이버리와 라이언은 케이틀린에게 작별인사를 하고서 번갈아 그녀와 포옹을 하며 볼에 입을 맞춘다. 에이버리는 집에 전화를 걸어 귀가시간을 연장했다. 하지만 그의 운전면허는 시간규정이 있어 이제껏 밤에 고속도로를 타본 적이 없었다. 어머니는 처음부터 혼자 운전하는 것을 반대했고, 그것은 논란의 여지가 없었다. 하지만 해가 지고 난 후에도 하늘이 깜깜한 어둠에 잠기기까지는

투 보이스 키싱　121

아직 시간이 있다는 것을 알기에 그는 가능한 한 어스름을 늦추려고 한다.

라이언은 집이 보이기 전에 길가에 잠깐 차를 대게 한다.

"이쯤이 좋겠다." 라이언이 말한다. "무슨 말인지 알 테지만 집 앞에서 작별인사를 하고 싶지 않아."

에이버리가 라이언의 말이 무슨 뜻인지 안다고, 라이언이 무엇을 하려는지 안다고 생각하는 순간 모든 감각이 손을 뻗친다. 라디오 소리가 낮게 울리고 계기판이 짙어가는 어스름 속에서 은은하게 빛난다.

"오늘 즐거웠어." 무슨 말이든 해야 할 것 같아서 에이버리가 말한다.

"나도……." 라이언이 속삭인다. 라이언의 속삭임이 차의 분위기를 바꿔놓는다.

에이버리는 전기질의 공기를 들이쉬는 것 같다고 느낀다. 이 공기를 따라 라이언이 끌려오고, 에이버리가 끌려간다. 둘의 입술이 먼저 닿고, 그들이 아는 것을 모두 바친다.

우리가 첫 키스에 대해 인정하지 않는 말이 있다. 뭐냐면 첫 키스가 흐뭇한 이유의 하나는 그것이 상대방이 우리와 키스하기를 원하는 증거…… 실증이라는 말이다.

우리는 탐나도록 매력적이다. 우리는 갈망한다.

모든 키스가 중요한 이유는 그 안에 인정이 담겼기 때문이다.

쿠퍼는 반물질 줄리언이 일찍 도착할 경우에 대비해 7시 30분 이전에 스타벅스로 돌아온다. 오는 중에 서브웨이(Subway)에 들러 저녁을 먹는다. 이제 드디어 메시지를 확인한다. 물론 첫 번째 메시지부터 확인하는 실수를 한다.

당장 기어들어 오는 게 신상에 좋을 거야. 내가 끌고 오기 전에.

쿠퍼는 삭제 버튼을 누른다. 연이어 13번 넘는 삭제 버튼을 누른다.

우리는 그를 흔들어 일깨우고 싶다. 우리의 신중치 못한 경험을 통해 얻은 교훈을 알려주고 싶다. 메시지를 확인할 때는 첫 번째 메시지부터 확인해야 하지만 사실 가장 중요한 메시지는 첫 번째 메시지가 아니라 가장 최근에 도착한 메시지이다. 화는 식는다. 분노는 사그라진다. 분별력은 돌아온다.

우리는 그에게 돌아가야 한다고 말하려는 것이 아니다. 그런 결정이 쉽지 않다는 것을 안다. 하지만 가장 최근에 도착한 메시지를 확인하고 결정해도 늦지 않다는 것이다.

메시지는 전부 그의 어머니나 아버지가 보낸 것이다. 지금껏 그에게 전화한 사람은 아무도 없었다. 요지는 쿠퍼가 이런 사실을 좀체 알아차리지 못한다는 것이다.

줄리언이 4분 늦게 도착한다. 외모가 앱에 게시한 사진과 닮았다. 쿠퍼는 안도한다. 인터넷을 통해 누군가를 만나본 적이 없다보니 사람과 사진이 항상 일치하지 않는다고 생각한다. 이러니저러니 해도 경험이 부족한지라 자기는 사진과 닮은 줄 안다. 그거야말로 진짜 거짓말이다.

"저기 혹시……." 줄리언이 말한다. 쿠퍼는 그가 긴장한지 그렇지 않은지 모르지만, 우리는 그가 긴장한 것을 안다.

"어." 쿠퍼가 대답한다. 늘 그렇듯이, 시큰둥하게.

줄리언은 자리에 앉지 않는다. "다른 데로 갈까? 스타벅스는 말고."

"다른 데 어디?" 쿠퍼가 묻는다. 도전하듯이 말한다.

"글쎄. 미안해……. 미처 거기까지는 생각 못했어. 술 마실까? 아니 잠깐, 그건 안 되겠구나."

"어째서?"

"그러니까…… 네 나이가?"

"열아홉 살일지는 몰라도 술 마실 용의가 있어."

"신분증 있어?"

"아니. 술집에 안 가도 되잖아?"

"어디로……?" 줄리언이 말을 하려다가 알아챈다. "우리 집은 안 돼. 아직은……."

124

"그럼 그냥 여기 있든가? 넌 아무것도 안 사도 돼. 내가 라테 한 잔 사올게. 그럼 여기서 얘기해도 되겠지?"

그런 식으로 쿠퍼가 상황을 이끌고 덕분에 활력을 얻는다.

현재로서는 그의 실망감을 보상해주기에 충분하다. 쿠퍼는 생각한다. 이 남자가 꿈은 아니지만 그렇다고 악몽도 아니라고. 그래봤자 다른 사람들과 별반 다르지 않겠지만 어쩌면 생각한 것보다 괜찮은 사람일지도 모른다. 무엇보다도 늘 보내던 밤과 조금은 다른 밤을 보내게 될지도 모른다.

하늘에서 해가 물러나고 해리와 크레이그의 주위에 어둠이 깔린다. 그들의 머리 위로 조명등이 켜지고, 불빛은 타리크가 예상한 것보다 강하다. 화면을 보면 해리와 크레이그가 어둠 속에 잠긴 흐릿한 얼룩처럼 보인다.

연극반원들이 신속하게 조치를 취한다. 그들은 리허설이 끝난 후에도 돌아가지 않고 남아 해리와 크레이그를 응원하고 있었다. 연극반의 기술팀장이 지도교사에게 전화해 허락을 구한 후에 팀원들에게 학교에서 전선을 끌어오라고 지시한다. 타리크와 협의해 추가로 스포트라이트를 설치하기로 한다. 기술팀원들이 조용히 작업을 시작한다. 스미타가 감사인사를 하자 그들이 머쓱해한다. 기술팀에게도 규칙이 있다. 그중 하나가 바로 그들에게 친절을 베푸는 사람에게는 그들도 친절로 보답한다는 것이다. 그들에게 못되게 구는 사람에게는…… 그러니까 너희가 그들을 로커 (locker)에 가둔다든지, 그들에게 욕을 한다든지, 그들을 대놓고 깔본다든지 하면 기회가 생기는 즉시 너희를 구워 먹어치울 것이라는 말이다. 해리와 크레이그는 늘 그들에게 친절했기 때문에 그들이 도와주려고 하는 것이다.

1시간도 지나지 않아 구역 전체에 조명장비가 설치된다. 해리가 머리를 식힐 수 있어 고마워한다. 아무리 자주 움직여줘도 발이 닻을 매단 듯 불편하다. 눈꺼풀도 갈수록 무거워져서 에너지 음료를 달라고 해서 마신다. 크레이그에게 키스를 하면서 빨대로 음료수를 마셔야 하는 까다로운 과정이다. 크레이그는 해리의 입술이 떨어지지 않도록 확인하면서 입안에 흘러든 에너지 음료 몇 방울을 삼킨다. 해리는 음료수를 마시자마자 온몸으로 퍼져나가며 심장이 고동치는 것을 느낀다. 앞으로 한두 시간은 괜찮을 터이지만 그 후로 다시 원기 회복제를 필요로 할 것이다. 다행히도 방광은 얌전하다.

크레이그는 어머니가 오지 않아 마음이 심란하다. 그렇다 해서 놀랄 일도 아니다. 분명 아버지의 명령일 것이다. 모른 척하라고, 무시하라고.

어머니에게 문자를 보내 와달라고 부탁할 수도 있다. 현재 상황이 어떻게 돼가는지 물어볼 수도 있다.

하지만 문자를 보내지 않는다. 부모님에게는 부모님이 풀어야 할 문제가 있다. 그것은 그의 문제가 아니라 부모님의 문제이다.

해리는 크레이그의 마음이 떠도는 것을 알아차린다. 그래서 크레이그를 바싹 당겨 안고는 그를 다시 데려오려고 작정한 듯이 키스를 한다.

사람들이 환호성을 지른다. 하지만 모든 사람이 그런 것은 아니다. 이즈음에 모인 사람들 속에는 결코 웃지 않는 사람들이 있다. 옆 사람이 유심히 보면 그들이 역겨워하는 속내가 보일 것이다. 하지만 아직까지는 속내를 드러내지 않고 있다. 우리들 말고는 아무에게도 보이지 않는다. 하지만 우리는 안다. 그들은 속내를 드러내지 않고는 못 배길 것이다.

밤이 깊어간다.

"어수선하다고 흉보진 마." 열쇠를 돌리면서 줄리언이 말한다.

쿠퍼는 알았다고 대답한다. 분명 자기 방이 더 어수선하다고 생각했을 것이다.

아니나 다를까, 아파트 안에 들어서자 줄리언이 어째서 그런 말을 했는지 모르는 눈치다. 모든 것이 일정한 질서를 갖춘 듯이 보인다. 그렇게 넓은 공간은 아니지만 사방에 속옷이 널려 있다거나 천장 파이프에서 물이 샌다거나 하지 않는다. 거실 여기저기에 완성도가 다 다른 캔버스가 놓여 있다.

물끄러미 바라보는 쿠퍼를 보면서 줄리언은 설명할 필요성을 느낀다. "내 작업 방식이 좀 그래……. 그림 하나를 1시간쯤 그리고 나선 그림을 바꿔 다른 그림을 그리고, 다시 다른 그림을 그려. 한번 작업을 시작하면 보통 20개가 넘는 그림을 그려. 정신없어 보이지. 그래서 다른 식으로 해봤는데 그림이 밋밋해지더라고."

쿠퍼가 이젤 위에 얹힌 그림을 가리킨다. "엄마야?"

줄리언은 당황한다. "아니. 조니 미첼(Joni Mitchell)이야. 주로 미첼의 노래를 틀어놓고 그림을 그리거든. 그래서 신세를 갚아야겠더라고. 물론 미첼은 달가워하지 않겠지만 말이야. 미첼도 화가라는 거 알아?"

쿠퍼는 줄리언이 무슨 말을 하는지 모르는 눈치고, 그걸 알아챈 줄리언은 더욱더 당황한다.

"손님을 초대해놓고는 아직 음료수도 대접하질 않았네." 그가 말한다. "드레이크, 뭐 마실래?"

하마터면 실수할 뻔했다. 쿠퍼는 드레이크가 자기 이름이라는 것을 잊고 있었다. 하지만 재빨리 정신을 차리고 잭 앤 코크(Jack and Coke)를 부탁한다. 아직까지는 다른 사람과 술을 마셔본 적이 없다. 부모님이 집을 비운 사이, 아버지의 술 진열장 앞에서 구경만 했을 뿐이다. 잭 앤 코크는 술 하면 맨 먼저 떠오르는 술이다.

"아마 잭 앤 다이어트 코크일 거야." 줄리언이 말한다. "어디 있나 볼까." 그러고는 부엌으로 가서 소리친다. "있다, 다이어트 콜라."

"됐네!" 쿠퍼가 소리쳐 대답한다.

제빙기 돌아가는 소리가 들리고 나서, 잔에 얼음이 떨어지는 소리와 다이어트 콜라병 뚜껑을 돌려 따는 소리가 들린다. 쿠퍼는 그림을 둘러본다. 그리고 그림이 기대 이상이라 흡족해한다. 줄리언의 솜씨는 나쁘지 않다. 그림이 미완성인 것도 마음에 든다. 그래선지 더 사실적으로 보인다. 인물화는 밑그림만 그려진 것부터 완성된 것까지 다양하다. 그림 속의 인물이 누군지 모른다. 하지만 아는 사람이 있을 것이라 기대하지 않기 때문에 아무래도 상관없다. 그림 중에는 8학년 때의 영어 선생님을 닮은 인물도 있다. 하지만 아닐 것이다. 그녀의 얼굴이 또렷이 기억나지도 않는다.

줄리언이 같은 술이 담긴 잔 2개를 들고 돌아온다. 쿠퍼는 술 맛이 마음에 든다. 다이어트 콜라의 톡 쏘는 화학적인 맛에 알코올 캐러멜 비슷한 맛의 잭 대니얼이 적당한 균형을 이루고 있다. 줄리언이 어느 화가를 좋아하는지 묻자 쿠퍼는 피카소라 대답한다. 피카소는 화가 하면 맨 먼저 떠오르는 이름이다. 다시 줄리언이 피카소의 어느 시대를 좋아하는지 묻고, 쿠퍼의 머리 저편에서 '청색시대'라는 말이 떠올라 청색시대라고 대답하자 줄리언이 기뻐하는 것으로 봐서 적당한 대답인 줄 안다.

갑자기 줄리언이 화제를 바꿔 인상파 화가들이 일반 대중에게 과대평가되면서 식자연하는 속물들에게 홀대를 당한다고 말한다. 쿠퍼는 술을 단숨에 털어 넣으며 줄리언이 모네에 대한 이야기는 그만하기를 바란다. 그들은 미술 감상 앱이 아니라 데이트 앱에서 만났기 때문이다. 쿠퍼가 지루해하는 것을 알아챈 줄리언이 대충 말을 매듭짓고는 4분의 1쯤 마신 술잔에서 술을 한 모금 마신다. "음악 틀까?" 하고 말하며 쿠퍼에게 신청곡이 있는지 묻는다. 쿠퍼는 아무거나 상관없다고 대답하고는 줄리언이 컴퓨터에서 아케이드 파이어(Arcade Fire)의 노래를 틀자 반색을 한다.

"내가 좋아하는 그룹인데." 쿠퍼가 말한다. 세 마디 말에 불과하지만 마치 무언가를 누설한 듯이 그런 말을 한 자신이 낯설게 느껴진다.

"나도." 줄리언이 말하고는 다시 술을 한 모금 마신다.

쿠퍼는 뭔가를 시작하길, 그것도 당장 그러기를 원한다. 그래서 줄리언에게 가까이, 조금 더 가까이, 눈에 띄게 가까이 다가간다. 줄리언은 무슨 말인가를 하려다가 다가오는 쿠퍼를 보며 멈칫한다. 쿠퍼는 생각한다. '내심 바라는 거잖아?' 그가 술잔을 그림에 닿지 않게 조심스럽게 내려놓는다. 슬슬 시작할 때이다. 그는 남자들이 이렇게 하는 장면을 수도 없이 많이 보았고, 그들이 이렇게 하는 것을 보며 단단해졌고, 그들이 이렇게 하는 것을 보며 자위를 했다. 이제 그것을 해보는 것이다. 줄리언은 얼굴도 매력적이고 몸도 근사하다. 쿠퍼는 어떤 일이 일어나는지 어떤 변화가 생기는지 알고 싶다.

줄리언이 술잔을 내려놓고 손으로 쿠퍼의 팔을 쓸어내린다. 쿠퍼는 그를 유혹하는 데, 그의 마음을 사로잡는 데 성공했다는 것을 알아차린다. 그는 팔을 뻗어 줄리언의 목을 잡고 몸을 기울인다. 그들은 입술을 포개고 몸을 밀착한다. 쿠퍼가 격렬하게 무언가를 갈구하며 숨조차 쉬지 않고 계속해서 돌진하자 줄리언이 잠시 물러나며 쿠퍼에게 괜찮은지 묻는다. 쿠퍼는 괜찮다고, 당연히 괜찮다고 말하고, 그들은 격렬한 포옹을 한다. 그가 낯선 남자를 상대로 상상했던 것보다 줄리언이 조신해서, 그것은 그가 짐작했던 것과 같기도 했고 그가 짐작했던 것과 다르기도 했다. 쿠퍼가 격렬하게 밀어붙이면 줄리언이 물러선다. 이 미묘한 불협화음 때문에 그들이 마치 밀고 당기는 게임을 하는 듯이 보인다. 쿠퍼는 그를 소파에 쓰러뜨려 눕히고 싶지만 소파에는 그림이 놓여 있어 얼굴을 들며 묻는다. "침실로 갈까?" 줄리언이 놀란 표정을 짓자 쿠퍼가 말한다. "네 그림이 망가질까봐."

줄리언은 웃으며 손을 잡아끌고는 좁은 침실로 들어간다. 그들은 그대로 서서 키스를 한다. 쿠퍼가 그를 침대에 넘어뜨린다. 줄리언이 웃고 쿠퍼가 웃는 입술에 키스를 한다. 웃음소리가 사라지고 탐색하는 손……. 쿠퍼가 뭐가 뭔지 잘 모르다 보니 순서를 벗어나 곧장 사타구니로 손을 뻗지만 줄리언이 손을 잡아 허리 위로 끌어올리고, 쿠퍼는 불만스러워한다. 그것은 쿠퍼가 채우고 싶은 욕망이 아니다. 그는 잠시 물러난다. 그가 줄리언의 몸 위에서 키스를 하고는 그를 안고 굴러서 그의 밑에서 키스를 하자 사타구니가 닿으며 줄리언의 바지 속에서 변화가 일어나는 것이 느껴진다. 그래서 다시 굴러서 셔츠를 벗어던지고 줄리언의 셔츠를 벗긴다. 땀이 번진 피부와 피부가 닿아 더 뜨거워지지만 여전히 욕망은 채워지지 않고(여전히 공허하기만 하고) 그래서 줄리언에게 더 격렬한 키스를 하며 손을 아래로 내리지만, 줄리언은 "안 돼."라고 속삭인다.

쿠퍼는 너무 느려 더 이상 기다릴 수 없을 것 같고, 아무것도 생각나지 않고, 아무것도 느끼지 못할 만큼 빨리 하고 싶지만, 섹스가 어떠해야 하는 것이 아니지만 그것은 일종의 망각이 아니라서 아무것도 생각나지 않고, 아무것도 느끼지 못하는 것이 아닌데 그는 빨리빨리 하고 싶어 하고, 아직 거기에 도달하지 않았는데 줄리언이 다시 김을 빼며 상황을 진정시킨다. 쿠퍼는 그들이 왜 아직도 홀딱 벗고 있지 않은지 이해되지 않아 줄리언의 허리띠를 풀려고 하지만 줄리언이 그의 손을 잡아 올린다. 쿠퍼는 자신의 바지 단추를 풀려고 해보지만 줄리언이 쿠퍼의 양손을 붙잡아 억지로 머리 위로 끌어 올린다. 쿠퍼는 이런 식의 완력을, 맨가슴에 줄리언의 가슴 털이 닿은 느낌을 좋아한다. 줄리언이 목에 입을 맞추고 목과 어깨뼈가 교차하는 곳, 그때까지 있는 줄도 몰랐던 그곳에 입을 맞추자 자기도 모르게 숨을 헐떡인다. 그는 더 강력한 것을 갈망해서 줄리언의 손에서 벗어나려고 양팔을 구부려 나란히 하고는 슬쩍 어깨에서 천천히 아래로 내리려고 하지만 줄리언이 그의 양손을 다시 끌어올린다. 줄리언이 말한다. "좀 천천히 하자. 첫 데이트잖아."

쿠퍼는 그에게 어차피 첫 데이트로 끝날 터인데 내친 김에 갈 데까지 가보자고, 바지 속에서 어떤 변화가 일어나는지 알아보자고 말하고 싶다. 포르노에서 본 대로라면 지금쯤이면 홀딱 벗고서 서로에게 펠라티오를 하고 있어야 한다. 물론 그런 말은 하지 않지만, 이것이 그들의 처음이자 마지막 데이트라는 말은 하지 않지만, 상황을 완전히 끝내고 싶지 않지만, 남자친구를 섹스 앱에서 찾지 않는다는 것을 누구나 알고 있기에 마음 한구석으로 오늘 밤 남자친구를 찾기를 간절히 바랐다는 것을 부정하고 싶지만, 줄리언은 룸메이트 둘이 기다리고 있을, 아직 숙맥인 열아홉 살 대학생의 젖꼭지를 핥고 있다고 생각하기 때문에 그와 사귀지 않을 터이지만, 몸의 열기에서 벗어나고 있는 쿠퍼는 '어디쯤에 인사불성이 있는지'를 생각한다. 웃기게도 그가 열일곱 살 소년이라서 그를 단단하게 만드는 것이 식은 죽 먹기고, 그는 여전히 단단하지만 그는 그것이 아무 데도 갈 곳이 없는 것처럼 느껴진다.

이제 그들이 잘 맞는 상대가 아니라는 것을 깨달은 줄리언이 굴러 내려와 베개를 베고 모로 누워 쿠퍼의 어깨를 쓰다듬고 볼을 어루만지며 말한다. "정말 사랑스러워." 쿠퍼는 사랑스럽기를 원하지 않고, 그림이 되기를 원하지 않고, 그저 줄리언이 자신을 망각 속에 밀어 넣기를 원한다. 그는 줄리언이 이런 것에 적합한 남자가 아니라는 것을 안다. 사실 이런 일에 적합한 남자라면 그를 배려하지도 신경 쓰지도 않을 것이다. 그렇게 이것은 일방적으로 끝이 난다. 이것은 삭제된 구제책이다.

줄리언이 묻는다. "좋았어?" 그래서 그가 멋졌다고 대답한다. 빈말 한 번 더 한다고 해서 달라질 것도 없기 때문이다. 줄리언이 다시 키스를 하고, 그들은 팔과 다리로 서로를 감싸 안고 눕는다. 줄리언은 그의 가슴과 털을 쓰다듬으며, 나직이 숨을 내쉬고는 일 상생활보다 더 부드러운 무언가 안에 그들을 감싸려고 한다. 쿠퍼 는 사랑스런 기분이 들어야, 하다못해 느긋한 기분이라도 들어야 한다는 것을 안다. 하지만 누워 있는 자신이 돌덩이처럼 느껴진 다. 아니다. 돌도 아니다. 고깃덩어리다. 피부도 없고 심장도 뛰지 않는다. 그냥 고깃덩어리일 뿐이다. 줄리언은 그를 특별한 사람처 럼 대하지만 줄리언은 아무것도 모른다. 그는 아무짝에도 쓸모없 는 쓰레기인데 그것도 모르고 줄리언은 누워서 칭찬을 한다.

그는 눈을 감고 감촉을 느껴보지만 아무런 느낌이 없다. 시간이 팽창하다가, 눈을 뜨고 시계를 보자 다시 수축한다. 쿠퍼는 깜빡 잠이 들었던 모양이고 줄리언도 그를 따라 잠들었던 모양이다. 쿠 퍼가 놀라서 눈을 뜨고, 줄리언이 몸을 돌린다. "몇 시야?" 쿠퍼가 묻고, 그들은 시간을 확인한다. 그들이 각자 원하던 것보다 많이 늦은 시간이다. "잠이 들었었나봐." 줄리언이 웃으며 말한다. 그 는 일어서 셔츠를 입고 나서 등을 켜기 전에 쿠퍼에게 말한다. "이쯤에서 마무리하자." 줄리언이 말한다. "내일 아침 첫 근무조라서…… 5시 30분에는 일어나야 해. 그래서 잠을 자는 게 좋겠지만 때에 따라서는 나중에 잠을 자야 해. 네 차까지 태워다주든지 바래다주든지 할게."

자동차 생각을 하자 기분이 우울해진다. 아무리 그래도 그렇지, 쿠퍼는 자신이 그런 말을 한다는 것이 믿기지 않는다. 그 말을 하고 나서도 자기가 그런 말을 한다는 것을 믿지 못하는 눈치다. 그가 그런 말을 한 자신을 증오한다. 그 말 때문에 아홉 살 아이가 된 기분이다.

"오늘 여기서 자고 가면 안 될까?" 그가 묻는다.

줄리언이 전혀 예상하지 못한 말이다. 그는 바닥에 나뒹구는 쿠퍼의 셔츠를 바라본다.

"오늘은 안 돼." 그가 말한다. "어처구니없는 말처럼 들리겠지만 나로서는 이것도 무리한 거야. 게다가 내일 꼭두새벽에 일어나야 해. 다음에."

하마터면 '소파에서 자도 되는데.'라고 말할 뻔했다. 하지만 이번에는 용케도 입에서 나오려는 말을 막아 도로 삼킨다. 만약 그가 거짓말에 능숙했으면 뱉은 말을 정당화하기 위해서라도…… 기숙사 룸메이트가 여자친구나 남자친구를 데려와 난잡한 파티를 벌인다든지, 아니면 잭 앤 코크의 취기가 가시지 않아 운전을 하기 어렵다든지 뭔가 그럴싸한 이야기를 꾸며냈을 것이다. 하지만 줄리언에게 진실이 가까이하기 어려운 것이라면 쿠퍼에게 거짓말은 가까이하기 어려운 것이다.

쿠퍼는 셔츠를 주워 입고는 줄리언과 뒹굴 때 주머니에서 떨어진 잔돈을 도로 집어넣는다. 그러고는 줄리언에게 차 있는 데까지 태워다주지 않아도 된다고, 바래다주지 않아도 된다고, 줄리언만큼 그렇게 일찍 일어나지 않아도 되니 산책삼아 걸어가도 된다고 말한다. 아직 신발을 신지 않은 줄리언은 쿠퍼가 동행을 원치 않는 듯해 보여서 따라나서지 않기로 한다. 그들이 나란히 침실을 나와 현관으로 걸어간다. 줄리언이 쿠퍼에게 다시 키스를 하지만, 이제 쿠퍼는 별다른 감흥을 느끼지 못한다. 줄리언이 문을 열기 전에 쿠퍼에게 전화번호를 묻는다. 쿠퍼는 아무 번호나 불러준다.

"다시 만나자." 줄리언이 헤어지며 말한다.

"그래." 쿠퍼가 대답한다. 그러고는 문을 열고 밖으로 나온다.

밖으로 나오자마자 공기가 상쾌하다. 하지만 다른 생각은 아무것도 하지 않아서 그런 것일 뿐이다.

다른 생각을 하자마자 상쾌한 기분이 사라진다. 다시 소음이 몰려와 그를 채운다. 밍밍하고 극심한 소음이.

줄리언은 얼음이 녹은 유리잔 2개를 들고 부엌으로 간다. 잔을 개수대에 담그고 양손으로 개수대 모서리를 짚으며, 방금 전의 일을 곰곰이 생각한다.

몇 킬로미터 떨어진 곳에서 피터와 닐은 훨씬 더 많은 믿음을 확인한다. 저녁식사 후에 그들은 지하실에 숨어서 사랑을 나누었고, 잠깐의 짜릿한 사랑을 통해 서로 유쾌한 결론에 도달한다. 그리고 인터넷에 접속해 친구들과 채팅을 했고, 많은 친구들이 두 소년의 키스를 지켜보고 있었다. 마침내 닐이 집에 돌아갈 시간이 되었고, 이제 그들은 늘 하듯이 굿나이트 인사를 한다. 피터는 사각팬티를 입고 닐은 잠옷을 입고 있다.

"나도 몇 시간이고 끄떡없이 서서 키스할 수 있어." 피터가 말한다.

"나도 그래." 닐이 말한다.

그들은 손을 흔들며 송신을 끝내고 이만 잠이 든다.

라이언은 에이버리에게 문자를 보내 밤 인사를 하고는 내일 무얼 할 것이냐고 묻는다. 차를 몰고 다시 와줄 수 있을까?

에이버리에게 할 일이 백만 가지가 있다고 해도 당연히 한가하다고, 아무 일도 없다고 말할 것이다.

낮부터 한껏 부풀어 있던 그는 거울에 비친 모습을 보고는 풀이 죽는다. 침실에 놓인 전신거울이 그에겐 원수 같을 때가 많다. 오늘 밤 그가 거울을 보면서 라이언에게 어떤 모습으로 보일지 보려고 하지만 돌아오는 것은 실망감뿐이다. 그는 성을 바꾸려고, 올바른 몸으로 바꾸려고 안간힘을 썼건만 마음에 드는 데가 없다.

그는 잘못된 몸으로 태어나 그런 것이라고 생각하지만, 올바른 몸으로 태어난 우리들 대부분도 우리의 몸에 이질감을 느꼈다고, 배신감을 느꼈다고 그의 귀에 속삭이고 싶다. 우리는 몸을 완전히 오해했다. 우리는 몸을 벌하고 혼내며, 부당하게도 천국의 이상을 요구했다. 어느 곳은 털이 많아 탈이었고, 어느 곳은 털이 부족해 탈이었다. 치수가 주관적 기준이 아니라 객관적 기준이라고 생각했다. 무엇이든 더 탱탱하고 더 날씬하고 더 튼튼하고 더 다부지고 더 날렵하기를 원했다. 남들이 장점을 인정해주기 전에는 자신의 장점을 좀체 인정하지 않았다. 그래서 늘 갈망하고 다그치고 감추고 자랑했으며, 늘 우리의 몸보다 남의 몸이 더 좋아 보였다. 늘 뭔가가 못마땅했고, 대체로 수많은 곳이 못마땅했다. 건강할 때는 물색을 몰랐다. 겉가죽 안에서 만족할 줄을 몰랐다.

'숨을 쉬어.' 우리는 에이버리에게 알려주고 싶다. '숨결을 느껴봐. 그것도 다른 것과 똑같이 네 몸의 일부란다.'

'에이버리, 넌 놀라운 존재야.' 우리가 속삭인다.

그는 놀라운 존재다. 그는 안 믿겠지만, 그는 그런 존재다.

토요일 밤 11시. 해리와 크레이그가 사는 작은 도시에선 토요일 저녁에 할 일이 별로 많지 않다 보니, 많은 사람들이 두 소년의 키스를 보려고 고등학교 앞 잔디밭으로 나온다. 사람들이 핸드폰으로 이 시대의 일회용 기념품인 사진을 수도 없이 찍어댄다. 이따금 젊은 여자는 술에 취한 남자친구가 자리에 어울리지 않는 말을 하려고 하면 조용히 하라는 주의를 준다. 그렇지 않으면 남자친구가 소곤소곤 말하면 여자가 큰 소리로 웃어댄다. 여기에 지지자들만 모인 것은 아니다. 괴상한 쇼라고 생각해서 구경나온 사람들도 있다.

"남녀가 키스로 세계기록에 도전한다고 했으면 학교 측에서 자리를 빌려주지 않았을 거야." 한 남자가 무슨 특별한 꿈이라도 빼앗긴 듯이 불평한다.

"그래 맞아." 여자친구가 맞장구를 친다.

"지랄도 풍년이다." 다른 남자가 버드와이저를 마신 탓에 자신감이 충만해서 큰 소리로 외친다.

'네 지랄이 풍년이다.' 남자 옆의 연극반 여자아이가 대꾸하고 싶은 마음을 눌러 참는다.

결국 더러 삼삼오오 자리를 떠나면서 이윽고 지켜보는 사람이 줄어든다. 밤이 이슥해지자 날이 조금 서늘해진다. 사람들이 차로 돌아가고, 개중에는 늦은 밤 파티에 가는 사람도 있지만 대부분의 사람들은 집으로 돌아간다.

해리와 크레이그의 팀원들도 (키스를 시작한 지 11시간이 넘어가자 그들이 스스로 그렇게 생각한다.) 임무교대를 한다. 해리 어머니가 해리와 크레이그의 볼에 입을 맞추고 집으로 돌아간다. 그녀는 휴식을 취하고 아침에 다시 올 것이다. 레이철도 집에 간다. 그래야 나중에 타리크와 교대할 수 있기 때문이지만 타리크는 끝까지 자리를 떠나지 않겠다고 다짐한다. 스미타는 1시까지 집에 돌아가겠다고 어머니에게 약속했다. 마이컬과 친구 몇은 지금 집에서 잠을 자고 있지만 한밤에 야광봉과 카페인 음료를 가지고 다시 올 것이다.

니콜 씨도 임무교대를 한다. 교대하러 다가오는 오는 사람을 보며 우리는 눈을 의심한다.

'저기 좀 봐.' 우리가 서로에게 말한다. '톰이야!'

역사수업을 듣는 학생들은 그를 벨러미(Bellamy) 씨라고 부른다. 하지만 우리는 그를 톰(Tom)이라고 부른다. 톰! 만나서 반갑기 그지없다. 만나서 놀랍기 그지없다. 톰은 우리의 친구이다. 그는 모든 시련을 이겨냈다. 그는 우리의 건강한 버전이자 성 빈센트(St. Vincent) 병원의 대천사이며, 병원에서 우리의 곁을 지키며 의사를 다그치고, 간호사를 부르고, 손을 잡아주고, 우리의 배우자와 부모님과 여동생의 손과, 그리고 잡아줘야 할 손이면 누구의 손이든 마다하지 않고 잡아주었다. 죽어가는 우리를 지켜봐야 했고, 죽은 우리에게 작별인사를 해야 했다. 병실 밖에서는 화를 내고 속상해하고 절망했지만 우리 곁에서는 선의라는 동력으로 움직이는 사람 같았다. 우리를 사랑한 이들도 처음에는 우리를 만지기를 주저했는데……. 우리가 누구라서가 아니라 왜소해진 우리의 모습에 충격을 받아서, 우리의 모습에서 사라진 것과 남은 것이 낯설어서 말이다. 하지만 톰은 주저하지 않았다. 우선은 데니스(Dennis) 때문이었고, 끝까지 데니스 곁을 지켰기 때문이지만, 데니스가 가고 난 후에는 떠날 수도 있었다. 그런다고 그를 원망하지 않았을 것이다. 하지만 그는 떠나지 않았다. 아픈 친구들을 위해 남았다.

알지도 못하는 우리 같은 사람들에게 그는 늘 병실의 웃음이었고, 늘 어깨의 손길이었고, 늘 우리에게 필요한 가벼운 바람이었다. 그들은 그가 간호사라면 좋았을 것이다. 그들은 그가 시장이라면 좋았을 것이다. 우리 때문에 수년의 세월을 허비했고 그것이 그가 하려는 인생의 이야기가 아니었는데도, 도리어 자기가 얻은 것이 많다고, 자기는 행운아라고 말하곤 했다. 조금 늦게 병에 걸려서 피가 그를 저버렸을 때는 약물이 효과를 발휘하기 시작했다. 그래서 그는 살아남았다. 우리와는 다른 내세를 맞이했다. 하지만 그것은 여전히 내세이다. 매일 그는 내세를 사는 것처럼 느낀다. 하지만 그는 세상에 있고, 살아가고 있다.

역사 교사. 입바른 말을 하는, 거침없이 말하는 역사 교사. 우리는 가져본 적이 없던 그런 역사 교사. 하지만 친구들을 대부분 잃으면 이렇게 된다. 그러면 두려울 것이 없어진다. 누가 어떤 협박을 하든, 누가 어떤 거슬리는 말을 하든 그런 것은 중요해지지 않는다. 이미 너희는 이것보다 더 나쁜 일을 견뎌냈다. 사실 너희는 지금도 견디고 있다. 너희는 하루하루를, 축복인 나날을 견디고 있다.

여기에 톰이 있는 것은 말이 된다. 그가 없으면 달랐을 것이다.

그가 가장 힘든 교대임무를 맡은 것은 말이 된다. 밤의 파수꾼이 된 것은 말이다.

니콜 씨가 스톱워치를 건네준다. 톰이 크레이그와 해리에게 다가가 "안녕." 하고 인사를 한다. 동영상으로 보고 있기는 했지만 이 소년들을 직접 만나니 더 감개가 무량하다. 랍비나 신부가 축복의 기도를 올리듯이 그는 그들의 어깨를 잡는다.

"멈추지 마." 그가 말한다. "아주 잘하고 있어."

해리의 이웃집에 사는 아처 부인이 커피를 가져와서 톰에게 준다. 그가 감사히 커피를 받는다.

이 일이 진행되는 동안 그는 한순간도 잠들지 않을 것이다.

그는 이따금 하늘을 올려다본다.

자정이다. 타리크는 동영상의 댓글을 따라잡지 못한다. 해리와 크레이그까지 전화기로 답글을 달고 있지만 일일이 감사인사를 전하기에는 댓글이 너무 많다. 밤이 이슥해서 사람들이 잠자리에 들면 댓글의 속도가 느려질 것이라고 타리크는 생각했다. 그것이 전 세계적 사건이 될 것이라고는 기대하지 않았기 때문이다. 뉴저지의 사람들이 잠이 들면 독일에서 사람들이 잠에서 깨어난다. 호주는 오후로 접어든다. 도쿄도 마찬가지다. 분홍 머리 블로거의 다른 게시글이 공감을 얻은 덕분에 소식이 전해지고 다시 전해지고 또다시 전해졌다. 레이철이 서둘러 만든 페이스북 페이지의 친구 수가 벌써 5만 명에 이른다.

타리크가 동영상을 관리하는 사이트 관계자와 채팅 메시지를 주고받으며 대역폭을 확인하고 있는데 뒤쪽에서 트럭이 지나가는 듯이 고속으로 회전하는 엔진소리가 들린다.

누군가 고함치는 소리.

"야-이- 호모-새끼들아-! 더러운- 호모-새끼들아-!"

자동차 소음과 함께 들리는 비웃는 웃음소리와 환호성. 사람들이 일제히 고개를 돌리고, 자동차가 주차장을 질주했다가 선회해서 다시 질주한다.

"그래봤자 너희는 호모새끼들이야!"

강한 조명 탓에 빛무리 밖은 잘 보이지 않아서, 전조등 불빛과 조수석 창문 밖으로 내민 머리의 어슴푸레한 윤곽만이 보인다. 타리크는 온몸이 얼어붙는 것을 느낀다. 카메라가 전부 돌아가고, 경찰관이 배석하고 있는 데다 목격자가 많아 남자들은 자동차에서 내리지 않을 것이다. 그런데도 본능은 두려움에 떤다.

해리와 크레이그도 그 소리를 듣는다. 크레이그는 소리에 움찔하지만 해리는 재밌기도 하고 화가 나기도 하는 복잡한 감정에 사로잡힌다. 그는 술 취한 얼간이들을 진지하게 대할 마음이 없다. 경찰관이 건성으로 자동차를 살피기 위해 녹화지역에서 벗어나 몇 걸음 걸어가는 것이 보인다. 하지만 자동차는 이미 도망가고 없다. 해리 아버지가 타리크와 스미타에게 누군지 아냐고, 같은 학교 학생인지 묻는다. 하지만 그들도 누군지 모른다. 마이컬도 주위 사람들에게 묻는다.

해리가 타리크에게 음악소리를 높이라는 손짓을 한다. 타리크의 재생 목록은 구성이 잘 되어 있다. 밤의 이즈음에 가청거리 안에 발라드 곡은 없다. 전부 레이디 가가(Lady Gaga), 핑크(Pink), 카일리 제너(Kylie Jenner), 마돈나(Madonna), 휘트니 휴스턴(Whitney Houston), 비욘세(Beyoncé), 동성애자 사이렌스(Sirens)의 곡들이라서 잠든 너희를 깨워서 여기 댄스장으로 꾀어낼 만한 곡들이다. 타리크가 <자신을 표현해봐(Express yourself)>와 <이대로 태어났어(Born this Way)>를 믹스한 매시업(mashup) 곡을 찾아 볼륨을 높이자 해리는 크레이그에게 춤을 추자고 한다. 어차피 호모새끼가 될 바에는 춤추는 호모새끼가 되자는 것이다. 춤추며 '키스하는' 호모새끼들이!

타리크는 아직도 심장이 벌렁거리지만 음악 덕분에 마음을 진정키시고 방금 전의 사건에서 벗어난다. 이곳이 그들의 클럽이자 공간이고 구역이라고 상상하며 리듬을 따라 몸을 흔들며 동작을 선보인다. 스미타도 리듬에 흠뻑 빠져들고, 벨러미 씨도 어른들의 막춤과 비슷한 춤을 추기 시작한다. 라미레스 씨와 커피를 가져온 이웃 아처 부인도 노래를 따라 부르자 타리크는 놀라움을 감추지 못하다. 그들이 드라마 <글리(Glee)>의 삽입곡을 알 줄이야……
누가 알았겠는가? 경찰관만이 동참하지 않고 있지만 뒤이은 선곡
인 제플린의 노래가 흘러나오면 그도 동참할 것이라고 타리크는
자신한다.

　말도 안 돼, 해리의 의식이 또렷이 돌아오고 있으니 말이다. 크
레이그에게 키스하는 것이 지겹지도 않는 것일까? 물론 신물 나
게 지겹다. 몇 시간이나 키스를 하다 보니 이즈음에 그들도 키스
가 지겨웠다. 하지만 그런 것까지 모두 이겨내는 것, 그런 것이 도
전이다. 이를테면 마라톤을 달리고 있다고 치자. 달리는 걸음걸음
이 전부 다 즐겁지는 않을 것이다. 음악 덕분에, 그는 자정이 지난
시간도 잠을 자는 것 말고 다른 데 이용할 수 있다고 생각한다.

　그는 뭔가가 등을 때리는 것을 느끼지만 처음에는 그것이 뭔지
모른다. 그것이 박자를 맞추는 크레이그의 손이라고 생각할 뻔했
다. 하지만 그때 두 번째 달걀이 옆머리를 정통으로 때린다. 귀 옆
에서 달걀이 깨지는 소리가 들린다. 달걀이 부딪칠 때의 충격과
점액질의 끈적끈적함이 느껴진다. 다시 달걀이 다리를 때린다. 엉
겁결에 움츠리며 돌아서려 한다. 하지만 다행히도 크레이그가 손
을 올려서 막으며 해리에게 고개를 돌려서는 안 된다고 주의를 준
다. 노른자위가 얼굴을 타고 목으로 흘러내린다. 크레이그가 닦아
내고 있을 때 해리 아버지가 고함을 지르며 불빛 너머의 어둠 속
으로 달려간다. 경찰이 무전기에 대고 경고를 한다. 스미타가 황

급히 수건을 가져다가 해리의 얼굴에 묻은 달걀을 닦아낸다.

벨러미 씨도 수건을 가져다가 등과 다리에 묻은 달걀을 닦아낸다. 타리크는 잠시 멈칫해서 라미레스 씨가 달려간 방향을 멍하니 바라본다. 어떻게 해야 할지를 모른다. 컴퓨터를 돌아보니 동영상에 댓글이 폭주하며 너도나도 묻는다. '그거 뭐야? 대체 무슨 일이야?' 그래서 이제 해야 할 일이 있는데도 바보같이 자기도 모르게 해리와 크레이그에게 "계속하자!" 하고 고함을 지른다. 바로 지금 그가 봐야 하고, 모든 사람이 봐야 하는 것은 그들이 키스하는 모습이기 때문이다.

하지만 해리는 동요한다. 그도 그것을……, 동요하는 것을 어쩌지 못하는 모양이다. 그는 이것이 무슨 일인지 놀라는 눈치다. 당황해서는 안 되는 줄 아는데도 당황하고 있으니 말이다. 해리가 약해진 기분을, 조롱당한 기분을 느낀다. 바보천치들에게. 달걀 냄새가, 몸에서 달걀 냄새가 난다. 이제 스미타가 물병까지 가져다가 수건을 적셔가며 달걀을 닦아주고 있는데도 여전히 몸에서 달걀 냄새가, 달걀이 부딪칠 때의 충격이 느껴진다.

해리 아버지가 빈손으로 돌아와 경찰과 이야기를 나눈다. 누가 달걀을 던졌는지 밝혀낼 방법이 없다. 그들은 뛰어서 도망갔다. 어디로든 도망갈 수 있었다. 라미레스 씨는 한 아이의 짓이 아닌 것 같다고 생각하지만 어두워서 가려내기가 어려웠다.

크레이그는 해리의 몸이 떨리는 것을 느낀다. 그를 당겨 안으니 해리의 등 셔츠에서 달걀 얼룩이 만져진다. 크레이그가 '옷'을 의미하는 손짓을 하고는 손가락으로 해리를 가리킨다. 벨러미 씨가 알아듣고 해리의 후드티를 가져온다. 이제 해리가 너무 심하게 몸을 떨어서 크레이그는 입술이 떨어지지 않도록 그의 뒷머리를 잡아야 한다. 해리가 양팔을 벌리고 벨러미 씨가 한 팔씩 차례로 후드티를 입힌다. 남이 옷을 입혀주는 것이 낯설지만 따뜻해서 고마워한다.

'이젠 끝이야.' 그가 생각한다.

하지만 끝이 아니다, 아직은. 어둠 속에서 목소리가 들리기 때문이다. 점점 다가오는 목소리. 아주 작은 점과 같은 손전등 불빛. 새벽 12시 23분. 사람들이 이곳을 지키려고, 도와주려고 몰려오고 있다. 무슨 일인지 알고서도 그대로 집에 있을 수가 없었다. 해리와 크레이그의 친구만이 아니라 친구의 부모님도 그랬다. 기술팀의 짐(Jim)이 재빨리 조치를 취해 지하창고에서 전등을 더 많이 가져온다. 12명 정도만 있으면 되는 작업이지만 12명 이상의 사람들이 도와주러 나선다. 스미타의 어머니도 온다. 경찰관 둘이 추가로 배치된다. 해리가 처음 보는 남자가 벨러미 씨에게 다가가 말한다. "여기 있어야겠어." 그들은 손가락에 반지를 나눠 끼고 있다.

갑자기 사방이 분주하게 돌아간다. 잔디밭이 더 환히 보이도록 짐이 조명등을 추가로 설치한다. 여태까지는 그들이 옹기종기 모여 대화를 하는 사람들에 섞여서 키스를 하는 듯이 보였다면 이제는 해리와 크레이그가 있는 곳과 바깥 지역 사이에 그들을 보호하기 위한 경계, 벽이 세워진다.

그런 와중에도 음악은 멈추지 않는다. 호주 가수 카일리 미노그의 노래 <머릿속에서 당신 생각이 지워지지 않아(Can't Get You Out of My Head)>가 허공으로 울려 퍼진다. 크레이그가 긴장하는 것을 느낀 해리는 눈동자를 옆으로 돌린다. 두 사람이 다가오는 것이 보인다.

크레이그 어머니와 크레이그의 형이자 학교선배인 샘(Sam).

그들이 곧장 크레이그에게 다가오고, 크레이그 어머니는 괜찮은지 묻는다.

크레이그가 살짝 고개를 끄덕인다.

"형이 보고 있다가 우리에게 알려줬다."

'우리.' 크레이그가 우리라는 말을 듣고는 처음에 무슨 뜻인지 모른다. 그때 아버지와 동생 케빈(Kevin)이 다가온다.

"주차하는 동안 기다리라니까, 그 새를 못 참고." 크레이그 아버지가 말한다.

크레이그가 충격에 휩싸인다. '지금 아버지 앞에서 해리에게 키스를 하고 있다.' 그것은 결코 익숙해질 수 없는 감정이다.

해리 아버지가 다가와 크레이그 아버지와 형제들에게 자기소개를 하고, 좀 더 민감한 문제지만, 카메라를 모두 가리지 않아도 되는지 확인한다. 크레이그는 아버지가 해리 아버지를 가늠해보는 것을 알아차린다. 해리 아버지는 좋은 인상을 주려고 정성을 다한다.

7학년생인 동생 케빈은 이것이 잠을 설쳐야 할 일인지 이해하지 못하겠는 눈치다. 하지만 형 샘은 크레이그를 빤히 바라본다. 10분 전에 샘이 "호모새끼들!"이라 고함을 지른 남자들과 함께 자동차에 있었다고 해도 크레이그는 별로 놀라지 않았을 것이다. 하지만 지금 형의 눈길이 그것보다 더 복잡하다는 것을 인정하지 않을 수 없다. 그것은 혐오에 찬 눈길이 아니다. 아마도 그는 크레이그 못지않게 상황을 이해하려 애쓰고 있을 것이다.

"우린 곧 돌아갈 거야." 크레이그 아버지가 말한다.

"금방 왔잖아." 케빈이 볼멘소리로 말한다.

"밤이 늦었어. 형이 괜찮은지 확인하려고 왔고, 형은 괜찮잖니."

크레이그는 아버지가 거리를 두는 것을 느낀다. 하지만 크레이그가 예상한 것보다 멀지는 않다. 어머니가 아버지를 어떤 말로 어떻게 설득했는지 궁금하다.

"전 여기 있을게요." 샘이 우물쭈물 말한다.

크레이그 아버지는 못마땅한 표정을 짓는다.

"자정이 훨씬 지났어. 그만 집으로 돌아가자." 그가 엄한 어조로 말한다.

샘이 얄궂게 웃으며 말한다. "하지만 크레이그는 외박하게 되는……."

해리가 웃고, 크레이그는 떨림으로 그것을 느낀다.

하지만 크레이그 아버지는 웃을 기분이 아니다.

"다그치지 마라." 그가 말한다. "나도 최선을 다하고 있으니까."

크레이그는 샘이 생각에 잠기는 것을 본다. 그래서 형에게 '그만 가라'고 눈으로 애원한다. 아직까지 샘은 그의 부탁을 들어준 적이 한 번도 없지만 말이다.

크레이그 어머니가 중재에 나선다. "내일 오면 되잖니." 그녀가 샘을 주차장 쪽으로 몰고 간다.

"내일 봅시다!" 해리 아버지가 말한다. 좀 지나치게 쾌활하게 들렸을 수도 있겠다.

크레이그 어머니는 벽처럼 둘러싸여 있는 지지자들 사이를 지나간다. 크레이그를 돌아보는 얼굴에서 표정이 읽히지 않는다. 어쩌면 그것 자체로 표정일지도 모른다. 그러니까, 뭐라고 말하기 어려운 표정 말이다.

크레이그는 주차장 쪽을 가리키며 손가락으로 오케이 신호를 보낸다. 그렇게 돌아가도 괜찮다는 것을 그녀는 안다. 아무도 그에게 묻지 않았지만.

가족들이 바람처럼 와서 바람처럼 간다.

그들 앞에는 23시간이 놓여 있다.

해리는 여전히 몸에서 달걀 냄새가 나는 것 같다.

새벽 2시. 쿠퍼는 자동차 뒷자리에서 눈을 뜬다. 좁은 공간에 몸을 맞추려다 보니 온몸이 쑤신다. 안전벨트가 등을 파고든다. 시계를 보고는 실망감을 감추지 못한다. 시간이 5시나 6시, 또는 비몽사몽간이기를 바란 모양이다. 아직까지 차에서 잠을 자본 적이 없다 보니 오래 잠들기 어렵다는 것을 모른다. 이제 이것이 그의 삶이라면, 앞으로 이것이 그의 삶이라면 이제까지 한심했던 것보다 한층 더 자신이 한심하게 여겨질 것이다. 이럴 줄 알았다면 옷가지를 챙겨왔을 것이다. 이럴 줄 알았다면 음식도 가져왔을 것이다. 그런데 머릿속의 어떤 목소리도 이런 사실을 알려주지 않았다. 차라리 그것이 목소리였으면 이야기라도 주고받을 터이니 훨씬 더 수월했을 것이다. 하지만 이런 것은 그가 다 '아는' 것이라서 어떤 목소리도 그에게 굳이 알려주려고 할 필요가 없다. 전화기로 마음을 달래볼 수도 있지만 배터리가 부족해서 충전을 하려면 시동을 걸어야 한다. 전화기도 지긋지긋하다. 남자들도 지긋지긋하다. 달아오르려고 혈안이 돼서 늘 외길의 순간을 사는 편협한 사람들도 지긋지긋하다. 저 외길의 종착지는 어디일까? 욕망을 채운 남자와 소년들은 아무도 쿠퍼에겐 관심이 없다. 물론 신문에서 그에 대한 기사를 읽으면 슬퍼할 것이다. 하지만 그것이 그인 줄은, 어젯밤 채팅한 소년인 줄은 모를 것이다.

내일이 오늘보다 더 나을 것이라는 말을 쿠퍼는 믿지 않는다. 어떤 내일이든 믿지 않는다. 우리는 그의 생각이 틀린 이유를 천

가지도 넘게 말할 수 있다. 하지만 우리가 누군가? 설사 우리가 말을 할 수 있다 한들, 설사 우리가 저 창문을 두드려서 내리라고 할 수 있다 한들 그는 우리의 말을 믿지도 않을 것이고, 우리의 말과 자신에 대한 믿음을 비교하지도, 우리의 말과 세상에 대한 믿음을 비교하지도 않을 것이다.

마음에 불길이 타오른다. 그것이 식어 잠이 들 온도가 되기까지는 시간이 걸릴 것이다. 아버지에게 화가 나고 어머니에게 화가 나기도 하지만, 주로는 이 모든 것이 불가항력이었고, 차에서 잠을 잘 운명으로 태어났고, 들키지 않고 고등학교를 졸업할 길이 없다고 느끼는 데 원인이 있었다. 그는 욕망 때문에 시큰둥해졌고 충동 때문에 버려졌다고 생각한다. 그런 자신이 혐오스럽고, 그것이 불길이 되어 그의 마음을 불태우고 있다.

어떻게 해보기도 싫다. 전화기를 충전하려고 시동을 켜기도 싫다. 더 나은 곳을 구하기도 싫다. 다른 곳으로 도망가기도 싫다. 모든 것을 끝내기도 싫다. 그래서 저렇게 자동차 뒷좌석에서 온몸을 이리저리 뒤척이지만 편하지가 않다. 잠을 잘 수가 없다. 살 수도 없다. 죽을 수도 없다.

한밤중에 우리는 잠을 깨곤 했다. 어떨 때는 우리 목에 관이 꽂혀 있었다. 어떨 때는 우리보다도 활기가 넘쳐 보이는 기계장치를 달고 있었다. 어떨 때는 빛과 어둠이 뒤섞여 보였다. 어떨 때는 집에 있는 꿈을, 어머니의 옆방에서 잠을 자는 꿈을 꾸었다. 잠에서 깨어 그곳이 어딘지 모를 때도 있었고, 너무나 또렷이 알아볼 때도 있었다. 종착지. 마지막 행선지. 우리는 그곳에서 저 무자비하고 가없는 시간 속에 갇혀 있었다. 잠을 잘 수가 없었다. 살 수도 없었다. 죽을 수도 없었다.

지금은 세상이 더 조용하다. 세상은 물론 조용한 곳이 아니지만 조금 더 조용해질 수는 있다. 우리가 얼마나 신기한 생명체인지, 영원한 침묵은 굉장히 두려워하면서 침묵에서 평안을 찾을 줄 안다. 밤은 그렇지 않다. 밤은 여전히 바스락거리고, 여전히 삐걱거리고, 여전히 소곤거리며 가르랑거린다. 우리가 두려운 것은 밤의 어둠이 아니라 우리 자신의 무력감이다. 다른 감각을 부여받았다는 것이 고마울 따름이다.

이 작은 도시에서 새벽 4시에 불이 켜져 있는 곳을 찾기란 쉽지 않다. 어쩌다 불을 끄는 것을 잊어 켜져 있는 몇 군데가 고작이다. 밤의 독자 두엇, 밤의 방랑자 두엇, 밤 근무자 두엇이 깨어 있지만 나머지 사람들은 대개 잠들어 있다.

우리는 깨어 있는 이들에 속한다.

이 도시의 고등학교 정문 앞 잔디밭도 마찬가지다. 그곳에서 두 소년이 키스를 하고 있다. 근육이 저리고 입이 마르고 눈꺼풀이 감기지만 해리와 크레이그는 서로를 붙잡고, 잠들지 않게 해줄 그들 안의 의지를 붙잡고 있다. 새벽 4시는 너희라면 머리가 어쩔해서 별들이 소곤거리는 소리마저 들릴 시간이다. 해리와 크레이그는 머리 위에서 희미하게 깜빡이는 저 별들의 소리에……, 눈에 보이지 않는 모든 별들의 소리에, 눈길이 닿지 않는 곳에 있지만 여전히 존재하는 모든 성운의 소리에 맞춰 춤을 춘다. 새벽 4시는 너희라면 온 우주가 내려다보는 상상을 할 시간이다. 해리와 크레이그는 우주를 위한, 모인 친구들을 위한, 둥그렇게 에워싸고 있는 지지자들을 위한 춤을 춘다. 라미레스 씨는 의자에 앉아 색색 코를 곤다. 타리크는 키보드를 두드리며 로마에서 에든버러(Edinburgh)에서 두바이(Dubai)에서 묻는 질문에 답을 한다. 스미타의 어머니는 커피 주문을 받는다. 짐은 기술팀의 다른 소년이 하는 말에 웃음을 터트린다. 우리의 톰…… 벨러미 씨는 남편에게 별일 없을 것이라며 집에 돌아가 눈 좀 붙이라고 말한다. 해리와 크레이그는 이 소리에 맞춰 이들을 위한, 서로를 위한 춤을 춘다. 지금 해리는 크레이그를 잡아줘야 해서 그를 붙잡고 있다. 해리는 상념에 잠겨…… 읽은 책, 관람한 영화, 그들을 지켜보는 수만 명의 사람들에게 하고 싶은 말을 생각한다. 하지만 크레이그의 마음은 해리처럼 그렇게 먼 곳을 떠돌고 있지 않다. 이제까지 해리와 함께한 일들과 친밀한 해리, 친숙한 그의 몸, 친숙한 그에게로 숨어든다. 이것은 사라져서 그리웠던 것이고, 외로워서 절실했던 것이다. 해리가 키스를 하고 있는 이유를 알지만 여전히 그것은 키스로 느껴진다. 그러는 것이 도움이 되기에 그도 어쩔 도리가 없다. 지금 당장 너무도 절실히 필요해서 그도 어쩔 도리가 없다.

이러는 것은 그의 잘못이 아니다. 너희도 뭔가를 붙잡아야 하면 붙잡는 것이 좋다. 손에 닿는 것이 있으면 아무거나 붙잡아라.

해리도 그를 필요로 한다. 지금 당장은 저런 필요성에 집중하지 않아서 그렇지 그에게도 필요하다. 그는 그 안에서 너무 편안해 그 존재를 알아채지 못하는 것이다. 시원한 밤공기 같아서, 소곤거리는 별빛 소리 같아서 말이다.

뭔가를 붙잡아야만 하는 심정이 어떤 것인지 우리는 안다. 우리는 너희를 붙잡고 있다. 다시 말해 우리는 삶을 붙잡고 있다.

너희는 손가락만 까딱하면 음악을 들을 수 있다. 듣고 싶은 노래를 전부 대령한다.

우리는 그런 무한정의 주크박스가 신기하다.

우리는 노래를 들으려면 허공에 울려 퍼지는 소리를 가로채야 한다. 하지만 노래가 너무 뻔해서, 뭐냐면 우리가 예전에 알던 노래와 너무 비슷해서, 오래전에 사라져 기억에도 가물가물한 카세트에서 저절로 흘러나오는 노래 같다는 말이다.

라이언은 눈을 뜨자마자 에이버리를 생각한다. 40분 후에 에이버리는 눈을 뜨자마자 라이언을 생각한다. 단지 그들이 눈을 깜빡

·이며 내쉬는 숨소리와 매트리스에서 뒤척이는 소리, 어쩌다 바닥에 베개가 떨어지는 소리만이 들린다. 이런 소리만 들려야 하는데 우리 귀에는 아레사 프랭클린(Aretha Franklin)이 자명한 목소리로 <하루는 큰 변화를 주었지요(What a difference a Day Made)>를 부르는 노랫소리도 들린다. 그들이 의심하는 대신에 행복에 눈을 뜨고, 어제는 세상으로부터 너무 과분한 환대를 받은 탓에 더 나은 세상에 눈을 뜬다. 아레사가 감정을 실어 외치는 노랫말처럼 "그대의 메뉴에 사랑과 설렘이 들어 있을 때, 그때가 천국~ 천국~ 천국~."이라지만 그들은 아레사가 하듯이 명료히 표현할 수가 없다. 당장 가서 노래를 한번 들어봐라. 너희는 손가락만 까딱하면 사탕 1개보다 싼 값에 노래를 들을 수 있잖은가? 가사가 좀 올드하다만 음악은 영원한 것이다. 좋은 때 만나는 좋은 사람이 모든 창문을 열고 잠긴 문을 모두 열어준다는 것을 알아가는 즐거움은 영원한 것이다.

해리와 크레이그를 둘러싼 세상이 눈을 뜬다. 1시간 전 세상이 잠든 사이 그들은 첫 소변을 보았다. 카메라가 음을 소거하고 그들의 얼굴을 당겨 찍었다. 용변기는 라미레스 씨가 들었다. 물론 천을 둘러 가렸지만 주위 사람들도 모두 고개를 돌려주었다. 민망할 텐데도, 해리와 크레이그는 머쓱해하기는커녕 즐거워한다. 해리 아버지 앞에서 수 세기 만에 처음 소변을 보듯이 소변을 보았다. 그러고는 키스를 하면서 손으로 바지 지퍼를 올렸다.

소변을 본 후에 해리는 숨을 내쉬며 후련함을 느낀다. 하지만 순간순간 불편함이 되살아난다. 발을 들어 올리고 발가락을 꼼지락거리지만 붓고 저린 느낌은 가시지 않는다. 등은 척추골마다 사포를 끼워놓은 것 같다. 목은 코끼리가 잡아당기는 쇠줄 옷걸이 같다. 눈은 건조하지만 몸은 축축하다. 그는 여전히 달걀 냄새를 맡고, 달걀이 부딪치는 충격을 느낀다. 하지만 그것은 이제 20시간이 지나 땀 냄새가 달걀 냄새처럼 느껴지는 것인지도 모를 일이다. 전깃줄과 전기도구에 둘러싸여 있는데도 자기도 모르게 비가 내리기를 바란다.

크레이그는 이를 닦고 싶다. 그들은 연습하면서 시험 삼아 구강 청결제를 사용해보았지만 소용이 없었다. 키스를 하면서 청결제를 뱉는 것이 불가능했기 때문이다. 해리와 이런저런 것을 하는 크레이그의 공상은 아기자기하다. 이를 테면 턱시도를 차려입고 그랜드 센트럴역 대합실을 누비고 다니며 춤을 춘다거나, 호수에서 카누를 타는데 어느새 세상이 여름에서 가을로 변하면서 나무들이 형형색색으로 물든다든지 하는 그런 것들이다. 하지만 지금 간절하고 분명하게 하는 공상은 자리에 앉는 것이다. 바로 저쪽의 저 두 의자에 해리와 단둘이 앉아 있는 것이다. 손은 안 잡아도 좋다. 입도 안 맞춰도 좋다. 그냥 가만히 앉아서 쉬는 것이다. 세상에 아무도 없다. 단둘이 오붓이 앉아 있다.

우리는 인간의 특징을 남다른 지능이라고 생각한다. 우리가 손에 꼽는 특징의 하나는 예측이 불가능한 것을 예측하는 척하는 능력이다. 기쁨을 예측하는 것과 기쁜 것은 같지 않다. 고통을 예측하는 것과 고통은 같지 않다. 도전할 경험을 예측하는 것과 도전한 경험은 절대 같지 않다. 두려워하는 것들을 미리 느끼는 것이 가능하다면 우리는 정신적 외상에 시달릴 것이다. 그래서 우리는 상황이 어느 정도일지 과감히 알려고 하기보다는 그렇지 않길 바란다. 오래전부터 크레이그와 해리는 예상한 한계를……, 각오한 한계를 뛰어넘고 있다. 그들은 닥치는 그대로 순간순간을 구성해야 하고, 그러면서 창조적이 된다. 그래, 창조! 창조적이 되려고 글을 쓴다거나, 그림을 그린다거나, 조각을 새긴다거나 할 필요는 없다. 너희는 그 자체로 창조적이다. 지금 해리와 크레이그가 그렇게 하고 있다. 그들은 키스를 창조하고, 이야기를 창조하고, 그들의 이야기를 창조하여 삶을 창조하고 있다.

이 과정은 몹시 고통스러울 수 있다.

더는 아무것도 창조하지 못해서 우리는 아무것도 느끼지 않고 몇 시간이든 며칠이든 몇 달이든 서 있을 수 있다. 너희는 우리가 너무도 고통스러웠기 때문에 육체적 고통이 그립지 않을 줄 알겠지만 천만의 말씀이다. 우리는 그것이 그립다. 삶에 지불한 대가가 그립다. 그런 것이 삶이었기 때문이다.

크레이그와 해리가 녹초가 된 것을, 그것이 어느 정도일지 우리는 잘 안다. 혹자는 그들이 어리석어 스스로 초래한 일이라고 생각할 것이고, 만약 그들이 실패하면 더더욱 그럴 것이다. 하지만 우리는 예상한 한계를 뛰어넘어, 각오한 한계를 뛰어넘고 싶은 마음을 안다. 창조하려는 마음, 새 땅을 내디디려는 마음, 세상에서 차지할 공간을 넓히려는 마음, 이기려는 마음을 이해한다.

세상 여기저기서 화면이 켜진다. 세상 여기저기서 소식이 전파를 타고 퍼진다. 세상 여기저기서 영상이 입자로 줄었다가 잠시 후 다시 온전한 형태를 갖춘다. 세상 여기저기서 두 소년의 키스하는 모습을 목격한 사람들이 무언가를 깨닫는다.

도시 여기저기서 소년과 소녀가 잠을 깬다. 도시 여기저기서 남자와 여자가 몰려든다. 도시 여기저기서 불만이 쏟아지고 불신감이 반향실로 전해진다. 도시 여기저기서 아침식사가 차려지고 치워진다. 도시 여기저기서 하루는 여느 날과 같지만 고등학교 앞의 잔디밭에서 무슨 일이 있는지 안다면 여느 날과 같지 않다.

현지의 TV 방송국에서 파견한 촬영팀들이 속속 도착한다.

피터는 눈을 뜨자마자 컴퓨터 앞에 앉는다. 너희의 하루를 그린 지형도처럼 요즘의 너희는 이렇게 한다. 박스기사를 살피고, 뉴스를 읽고, 소식을 전하는 친구들의 일련의 글들을 훑어보고, 140자제한의 글을 트윗하고, 필요한 정보를 걸러낸다. 어찌나 허울 좋은 세상인지, 너희에게 의견을 묻고는 정작 너희의 의견에는 관심도 없다. 때로는 참여라는 착각이 참여로 이어지기도 한다. 하지만 실재라는 허울을 둘러쓴 착각으로 이어질 때가 더 많다.

야후(Yahoo)의 주요 뉴스를 이해하려고 피터는 골머리를 쓰지 않아도 된다. 부잣집 여자아이의 1인 TV쇼에서 보여준 최신의 공적. 미국인이 밀크초콜릿보다 다크초콜릿을 더 좋아하더라는 사상 최초로 밝혀진 최신 조사결과. 우선 피터는 이 소식을 읽고 무시해야 한다. 그렇지 않으면 너무 많은 정보가 의식 속으로 밀고 들어와 상주하면서 새로운 쇼를 구경하고, 새로운 초콜릿을 구입하게 하려 할 것이다. 피터는 키스하는 두 소년의 동영상을 재빨리 클릭하고 그들이 그대로 키스를 하는 것을 보고 안도의 한숨을 내쉰다. 22시간이 지나고 이제 10시간쯤 남았다. 동영상을 내려서 댓글을 읽어 내려간다. 격려의 글도 많지만 혐오하는 글도 적지 않다. 이제 이 글은 그의 침실로 들어와 그의 삶에 존재한다. 어떻게 그것을 개인의 의견으로 받아들이겠는가? 세상을 맞이하는 일은 세상에 마음의 문을 활짝 여는 일이다. 세상이 너희가 있는 줄도 모른다고 해도 말이다.

촬영팀이 장비를 내린다. 기자가 화장을 고치고 빛을 조절한다. 해리는 만족감을 느낀다. 이목을 끄는 것이 목적이었고, 이제 부름을 받았기 때문이다. 크레이그는 살짝 불편하지만, 부모님이 무심코 채널을 돌리다가 뜻밖의 장면을 볼까봐 더는 마음을 졸이지 않아도 돼서 조금은 홀가분하다.

전부 셋으로 구성된 보도팀이 설쳐댄다. 그들은 질문을 하려고 가까이 다가오려고 한다. 경찰관들이 안전선 안으로 들어가지 못하도록 그들을 제지한다. 그런데도…… 그들은 자기들 할 말만 하며 군중들의 새로운 구심점이 된다. 이제는 전에 얼굴도 본 적이 없는 사람들이, 전에 큰 소리로 말하지 못한 사람들이 있다. 물론 크레이그와 해리의 친구들도 있지만, 이것이 범죄라서 중지되어야 하고 고등학교와 마을과 지역사회에 대한 모독이라고 생각하는 사람들도 있다. 카메라가 그들을 비춘다. 그들은 카메라에 노출되기를 주저하지 않는다.

너희는 늘 자신을 광고할 용의가 있다. 친구의 주머니에 들어 있든 가로등 꼭대기에서 감시를 하든 도처에 존재하는 렌즈가, 늘 상존하는 카메라가 낯설지 않다. 우리는 카메라에 포착되는 것이 선택이었다. 이미지를 인출하고, 필름을 현상해서 인화지에 노출시키는 길고도 수고로운 과정이 필요했다. 우리가 자신을 광고하려면 보통 방의 다른 사람들에게 양해를 구해야 했다. 우리가 모두 배우였듯이 지금 너희도 모두 배우다. 우리의 관객은 너희의 관객만큼 많지 않았다. 무대 공연이 그렇지만, 우리의 공연은 쏜

살같아 포착하기 어려웠다.

해리와 크레이그는 그들이 설치한 카메라만이 촬영하고 있을 때는 아무렇지 않았다. 수만 명의 사람들이 지켜보고 있을 때도 평소에 그랬듯이 주시하는 눈길을 느끼지 않았다. 지켜보는 사람들이 이방인이 아니라 친구라고 인식했다. 하지만 촬영팀이 카메라를 겨누고 있을 때는 다르다. 기자가 기자답지 못하게 그들의 이야기를 전하는 말이 들릴 때는 다르다. 그들에게는 정당한 명분이 있다고 생각했는데 이제 호기심의 대상으로 전락한 기분이 든다. 하지만 그들은 명분을 밝힐 수가 없다. 키스를 계속해야 해서 한마디도 할 수가 없다.

그들을 대신해 밝히기엔, 타리크는 너무 수줍음이 많다. 마음 한구석에선 무자비한 동성애 혐오자들이 훗날을 위해 이름을 적어 기억해둘 것 같다. 해리 아버지가 앞장서 목적을 밝힌다. 스미타는 지지의 구호를 준비시킨다. 우리의 톰…… 벨러미 씨는 직장을 잃을 위험을 감수하면서, 자신은 이 학교의 교사이며 이 학생들을 전적으로 지지한다고 말한다. 게이라는 사실을 밝히지도 않지만 감추려고도 하지 않는다.

크레이그는 키스에 집중하려고 한다. 별의별 것이 집중을 방해할 때는 지금 무엇을 하기로 했는지 떠올리는 것이 가장 좋다.

'발 없는 말이 천 리를 간다.' 부모님은 우리에게 당부하곤 했다.

지금 그 생각을 하면 웃음이 절로 나온다. 당시에도 소문이 엄청 빠르다고 생각했지만 우리는 아무것도 몰랐다.

에이버리는 차를 몰고 킨들링으로 가고 있다. 라이언은 메리골드로 오겠다고 말했다가, 그러려면 차를 빌려야 하는데 주변에는 차가 있는 사람이 없다는 것을 스스로 인정했다. 에이버리는 아무래도 상관없다. 운전이 재밌고 여행하는 기분이 들어 즐겁기 때문이다.

어디쯤인가부터 듣고 있던 음악이 다시 반복되기 시작하고, 그는 그만 듣기로 한다. 그래서 CD를 꺼내고 라디오를 튼다. 오전 시간대에는 말이 많지만 오후에서 저녁 시간까지는 주간 싱글차트 탑 40곡을 방송하는 라디오 방송채널이다. 보통 에이버리는 음악 위주로 듣고는 했지만 '게이'라는 말과 그것을 말하는 방식이 귀를 끌어당긴다. 무시하듯이, 경멸하듯이.

"게이들이 하는 짓이 그래요. 우리 면전에서 역겨운 짓거리를 서슴없이 하면서 자기들이 퍽이나 부당한 대접을 받는 척해요. 그런 짓을 보고 싶지도 않지만 우리 애들이 볼까봐 무서워요."

진행자가 말한다. "그러면 학생들이 거기에 있을 권리가 없다고 보시나요?"

"우리 건국자들이 헌법을 제정할 때 동성애자를 염두에 두진 않았겠죠. 제 말은 여기까집니다."

"다음 전화주신 분을 모시겠습니다."

"어째서 체포를 안 하는 건지 모르겠어요. 경찰은 뭐하는 겁니까? 거긴 공공장소예요. 공공장소."

"경찰이 두 학생을 보호하고 있는……."

"이런, 창피한 줄 알면 그런 짓은 시작도 안 했겠죠."

"동감입니다. 다음 청취자 모시죠."

"참 용기 있는 학생들이죠."

"용기요? 용기를 보여주려면 입대를 하라고 하세요."

"수많은 사람들 앞에 선다는 것이……."

"그냥 방을 잡으라고 하죠! 다음 분!"

에이버리는 이 사람들이 도무지 무슨 이야기를 하는 것인지 모른다. 운전 중이라서 인터넷으로 확인할 수도 없다. 이 느낌은 뭔가 낯설고 난해한 것이다. 그들이 자신에 대한 이야기를 하고 있지 않다는 것은 안다. 하지만 대화 전반에서 풍기는 무시는 그에 대한 이야기를 하고 있다. 또한 그들은 우리에 대한 이야기를 하고 있다. 그들의 상당수가 수십 년 전의 사고방식에 사로잡힌 우리 세대 또는 윗세대의 사람들이기 때문이다. 오늘의 게이든 어제의 게이든, 우리는 모두 똑같이 짜증나고 모두 똑같이 사악하다. 사실 인간도 아니다. 그냥 고함을 질러야 할 것들이다.

"이대로 넘어가면 다음에는 뭡니까? 교회에서 인간과 개가 흘레붙는 겁니까? 그런 게 언론 자유입니까?"

'섣부른 판단'이라는 말은 어리석은 표현이다. 우리는 섣불리 판단해서는 안 된다. 판단을 할 때는 자리에서 일어나서도 안 된다. 우리는 판단을 너무 쉽게 한다.

대화를 하는 사람들 중에는 해리와 크레이그를 아는 사람도 없거니와 해리와 크레이그가 어떤 사람인지 알려는 관심을 보이는 사람도 없다. 개인에 대해 말하기를 그만두고 집단에 대해 말하기 시작하는 순간, 판단에 결함이 생긴다. 우리는 이런 실수를 범하기 일쑤였다.

"남자 둘이서 하는 건 세계기록일 수 없어요. 그런 건 세계기록이 아니에요."

에이버리는 음악을 틀고 이 말들을 머릿속에서 지워야 한다는 것을 안다. 하지만 우리들 중에서 듣는 것을 멈출 수 있는 사람은 아무도 없다. 너희를 증오하는 사람의 말보다 옴짝달싹 못하게 옭아매는 것이 없기 때문이다.

예전에 우리도 마음속으로 그들이 옳을지 모른다고 생각했다.

이제는 더 이상 그렇게 생각하지 않는다.

쿠퍼 또한 운전 중이지만 라디오는 꺼져 있다. 그는 앞 유리창을 거칠게 두드리는 소리에 놀라 잠에서 깼다. 교회 관계자가 나와 차를 빼달라고 요구했다. 곧 예배가 시작될 터라서 주차장을 비워달라는 것이었다.

쿠퍼의 마음은 바람직하지 못한 방향으로 천천히 나아간다. 화학물질이 분비되고, 어떤 것은 분비될 상황이 아닌데 분비된다. 옷에 대해, 샤워에 대해, 집으로 돌아가는 문제에 대해 고민해야 한다. 부모님은 아침 예배를 보러 갈 것이고, 지금이 몰래 들어가 더 많은 것을 가져올 기회라는 것을 알아차려야 한다. 다음에 어떻게 할 것인지 궁리해야 한다. 걱정이 돼야 한다.

하지만 쿠퍼는 걱정을 하기에 너무 멀리 왔다고 느낀다. 그것은 빈 극장에 앉아서 빈 화면을 바라보고 있는 그런 것이다. 부모님은 달라지지 않을 것이다. 세상은 달라지지 않을 것이다. 그런데 왜 노력해야 하는가? 싸우기도 싫다. 집에 몰래 숨어들어가기도 싫다. 핫라인에 전화해서 아무에게나 한두 시간 친구인 척해달라고 부탁하기도 싫다.

우리는 안다. 죽음에 이르는 거의 확실한 길은 이미 죽었다고 믿는 것이다. 우리들 중에는 싸움을 멈추지 않고, 결코 포기할 줄 모르는 이들이 있었다. 하지만 우리들 중에는 싸움을 포기한 이들도 있었다. 고통이 극심해지기도 했지만, 살기 위해 몸부림치는 것 말고 아무것도 남지 않은 삶을 굳이 살려고 해야 할 이유가 없다고 느낀 이들도 있었다. 그래서 회원 탈퇴를 했다. 그래서 백기를 들고 투항했다. 하지만 우리가 그런 이유는 쿠퍼가 아는 이유와 전혀 다르다. 만약에 잠시라도 삶에서 벗어나 우리가 보는 대로 볼 수만 있다면 삶이 끝난 듯이 보여도 삶에 이르는 길이 수천

가지나 된다는 사실을 알게 될 것이다.

쿠퍼 부모님은 예배를 보러 출발하기 전에 다시 전화를 한다.

쿠퍼는 전화기를 끈다. 하지만 전화기를 버리는 것은 내키지 않는다.

"에이즈나 걸리라고 하죠." 전화한 남자가 라디오 진행자에게 말한다. "에이즈로 죽어가는 모습도 인터넷으로 생중계하라고 하죠. 그 따위 키스를 하면 어떻게 되는지 아이들이 배우게 말이죠."

진행자가 낄낄거리며 다음 청취자를 부른다.

"꺼요."

부엌에 들어온 닐은 라디오를 듣고 있는 아버지와 어머니를 보고, 그 자리에 여동생까지 있는 것을 보고 놀란다.

"뭐라고?" 일요 신문을 읽고 있던 아버지가 고개를 들며 눈을 깜빡인다.

닐이 다가가 라디오를 끈다. "어떻게 저런 말을 듣고 있을 수가 있어요? 어떻게요?"

"우린 안 들었어." 어머니가 말한다. "그냥 켜놓았을 뿐이야."

"여자가 에이즈에 걸려 죽으라고 했어." 열한 살 난 미란다 (Miranda)가 말한다.

닐의 아버지가 딸에게 조용히 하라고 눈짓을 한다. 닐의 어머니가 한숨을 내쉰다.

"안 들었다니까." 그녀가 재차 말한다.

닐은 그쯤에서 그만두어야 한다는 것을 안다. 이 집안은 실질적 대화에 의지해 움직인다기보다는 본능에 의지해 많은 것이 협의되고 일련의 암묵적 휴전협정에 의해 움직인다. 닐이 동성애자라는 사실은 부모님에게 공공연한 비밀이다. 그들은 피터를 만나고 어떤 사연인지 알면서도 사연을 입 밖에 내지 않는다. 닐은 닐대로 생활하고, 부모님은 부모님대로 착한 아들이라고 믿는다.

하지만 '공공연한 비밀'은 우리가 자신에게 말하기 좋아하는 거짓말이다. 그것은 우리가 아플 때나 건강할 때나 우리 자신에게 즐겨 말하는 거짓말이다. 비밀이라고 생각되면 공개할 리가 없기 때문에 공공연한 비밀이 될 수가 없다. 이따금 자신을 방어하기 위해 비밀을 지키고 숨기는 것이 좋을 때도 있다. 하지만 지금 닐이 부딪친 상황처럼 보통은 내가 누구인지 또는 우리 가족이 누구인지를 규정하기 위해 자기방어를 하고 싶지 않을 때도 있다. 휴전협정 덕분에 전투가 중지되어도 너희는 항상 전투 중인 것처럼 느낄 것이다.

그쯤에서 그만두어야 하지만 닐은 그러지 않는다. 이름이 기억나진 않지만 키스를 하고 있는 크레이그와 해리를 생각한다. 피터를 생각하고, 닐을 받아들여 가족처럼 대하는 피터의 부모을 생각한다. 라디오의 독설을 들은 여동생을 생각하고, 그 말을 반박하지 않고 방치한 부모님을 생각한다.

"안 들었다는 게 말이 돼요?" 그가 어머니에게 묻는다. "저런 말을 듣고 어떻게 가만히 있을 수가 있어요?"

닐은 어머니에게 이런 식으로 말하지 않는다. 어린 시절 이후로, 수차례에 걸친 벌을 받아 말버릇을 고친 이후로 그렇게 말하지 않는다.

아버지가 중재에 나선다. 그는 늘 유능한 경찰이다. 닐은 부모님이 경찰 노릇을 하는 것이 달갑지 않다.

"진짜 안 들었다니까. 들었으면 꺼버렸지. 정시 뉴스를 들으려고 켜두었던 거야."

"누가 저런 말을 하면 들으셔야죠!" 닐의 목소리가 커진다.

어머니는 닐이 무능한 직원이라도 되는 듯이 바라본다. "어째서 들어야 하는데?"

"아들이 게이잖아요."

미란다의 입이 드라마틱하게 벌어진다. 그녀가 태어나서, 여태껏 보아온 가족의 대화 중에서 이렇게 색다른 대화는 처음이다. 닐이 음란한 말을 했다고 해도 이보다 더 놀라울 수는 없었다.

그는 휴전협정을 위반했다.

"닐……." 아버지가 반은 경고하듯이 반은 공감하듯이 말을 시작한다.

"얼간이들이 라디오에 나와 이민자는 전부 다 자기 나라로 돌아가라고 말했으면 귀담아들으셨을 거예요. 귀담아듣지 않았어도 듣기는 하셨을 거예요. 한국 사람은 전부 다 에이즈에 걸려 죽으라고 말했으면 말 한마디 한마디에 피가 거꾸로 솟았을 거예요. 그런데 저들이 게이에 대해 말하니까 은근슬쩍 놔두셨죠. 들으려고도 안 하셨어요. 그 말에 동의하지는 않지만 그럭저럭 수긍하신 거예요. 제가 피터에게 키스해서 에이즈에 걸리기를 바라신다는 말이 아니에요. 다른 사람이 그런 말을 하는데 그냥 놔두신 거예요. 될 대로 되라 놔두신 거죠."

우리는 무슨 일이 일어나고 있는지 알리려고 했다. 병이 퍼지고 있다고 알리려고 했다. 의사가 필요했다. 과학자가 필요했다. 무엇보다도 기금이 필요했다. 기금을 모으려면 관심을 모아야 했다. 우리는 목숨이 다른 사람의 손에 달려 있는데 사람들 대부분이 우두커니 바라보며 말했다. '어떤 목숨을 구해야 하는데? 어떤 도움이 필요한데?'

"전 게이예요. 지금까지 게이였고 언제까지나 게이일 거라고요. 어머니와 아버지는 그걸 인정하셔야 해요. 그걸 인정하셔야 우리는 진정한 가족이 될 거예요."

닐의 아버지가 고개를 젓는다. "누가 뭐래도 우린 가족이야! 어떻게 우리가 가족이 아니라고 말할 수가 있니?"

"별안간 왜 이러는 거야?" 어머니가 묻는다. "여기 너만 있는 것도 아니잖아. 동생 앞에서 하기에는 적절한 말 같지 않구나."

'적절하다'는 말은 마치 진실을 가두어 감히 들어갈 엄두도 내지 못할 방에 매달아두기 제격인 잘 꾸민 새장과도 같다.

"미란다도 알아야죠." 닐이 말한다. "어째서 미란다는 알면 안 되죠? 미란다, 오빠가 게이라는 거 알지?"

"말이라고." 미란다가 대답한다.

"자, 이제 이 자리에서 절대 밝혀서는 안 되는 새로운 사실은 없는 거네요. 다들 제가 게이라는 것도 알고, 제게 남자친구가 있다는 것도 알고 말이죠."

이제까지 그는 그런 식으로 말한 적이 없다. 줄곧 '피터네 가요. 아니면 피터랑 영화 보러 가요.'라고 말했다. 전에 그들이 손을 잡고 영화를 보는 것을 어머니가 보았다. 그것이 부모님이 알고 있다고 확신하는 유일한 근거이다.

"알았다, 닐." 닐의 어머니가 짜증을 숨기려고도 하지 않고 말한다. 그러고는 다시 신문을 집어 든다. "이제 일요일 아침으로 돌아가도……."

닐은 이 짧은 인정의 말에 만족하고 다시 휴전협정을 준수해야 한다. 대화는 분명 끝났다. 어머니가 다시 신문을 읽고 아버지가 아침을 먹으라고 말한다. 우리도 이것으로 끝이라고, 이것으로 모든 것이 끝났다고 생각한다. 우리들 대부분이 이런 작은 발걸음을 통해 인정을 받았다. 우리들의 가족은 여간해서 도약하려고 들지 않았고, 끝날 때나 되어야 했다.

하지만 닐로서는 만족스럽지 않다. 지금 휴전협정을 받아들이면 몇 달이나, 어쩌면 몇 년을 기다려야 다시 이런 상황이 올지도 모를 일이다.

"말해주세요." 닐이 그들에게 말한다. "들어야겠어요."

닐의 어머니가 신문을 내려놓으며 탁자를 친다. "뭘 말이야? 우리더러 미안하다고 사과라도 하라는 거야? 멍청이들이 라디오에 나와 멍청한 말을 하는데 라디오를 끄지 않았다고 말이야. 어린애처럼 굴지 마."

"아니요." 닐이 목소리를 높이지 않으려고 한다. "미안하다고 안 하셔도 돼요. 제가 게이라고 말해주세요."

닐의 어머니가 앓는 소리를 하며 남편을 바라본다. '당신이 좀 어떻게 해봐.'

"닐, 무슨 일이 있는 거니?" 그가 말한다. "왜 이러는 거야?"

"말해줘요. 제발 말해주세요."

미란다가 목청을 높여 말한다. "오빠는 게이야." 그리고 아주 진지하게 말한다. "오빠 사랑해."

닐의 눈에서 눈물이 맺힌다. "고마워, 미란다." 그리고 어머니와 아버지를 바라본다.

"닐……." 아버지가 말한다.

"부탁이에요."

"그 말이 어째서 그렇게 중요한데?" 어머니가 묻는다. "이러는 이유가 뭐야?"

"엄마가 말해주기를 바라는 것뿐이에요. 그게 다예요."

"네 머리카락이 검정색이라고 말해줘야 하니? 네가 남자라고 말해주지 않아도 되잖아. 어째서 그 말을 해줘야 하는데? 닐. 그래, 우리도 안다. 그 말이 그렇게 듣고 싶어? 그래, 우리도 안다고."

"하지만 머리카락이 검정색이라거나 제가 남자라는 건 아무렇지 않게 말하잖아요. 그런데 제가 게이라는 사실은 말 안 하잖아요. 그래서 그 말을 들어야겠어요."

"말해줘." 미란다가 끼어든다.

'말해줘.' 우리도 부탁한다.

미란다의 말에 어머니가 더 크게 노여워한다. "네가 동생에게 무슨 짓을 하고 있는지 봐?" 그녀가 신문을 집어 들고는 의자를 뒤로 민다.

'제발요.'

피터와 손을 잡고 있는 모습을 어머니가 보았을 때 그는 후련했다. 그것은 부정할 수 없는 증거라서 후련했다. 아무 말을 안 해도 돼서 후련했다.

하지만 그때 그녀는 아무런 말도 하지 않았다. 만약 방에 피터만 없었으면 모든 것을 숨김없이 밝혔을 것이다.

"그래, 넌 게이다." 아버지가 말한다.

"피터는 제 남자친구예요." 그가 말한다.

"그래, 피터는 네 남자친구다."

미란다가 팔을 뻗어 아버지의 손을 잡는다. 그들이 다 함께 닐의 어머니를 바라본다. 우리도 다 함께 닐의 어머니를 바라본다.

"그게 왜 그렇게 중요한데?" 그녀가 묻는다.

"어머니잖아요."

우리들 상당수는 우리만의 가정을 꾸려야 했다. 우리들 상당수는 집에 있을 때 거짓말을 해야 했다. 우리들 상당수는 집을 떠나야 했다. 하지만 우리들은 모두 떠나지 않아도 되기를 간절히 원했다. 우리들은 모두 가족이 가족답게 행동하기를 간절히 원했고, 우리가 새로운 가정을 꾸린 후에도 전의 가족을 떠나지 않아도 되기를 간절히 원했다. 우리들은 모두 부모님을 사랑하고 부모님의 무조건적인 사랑을 받고 싶었다.

'닐이 어머니 곁에 있게 해주세요.' 우리는 닐 어머니에게 말하고 싶다. '닐은 어머니 곁을 떠나고 싶지 않아요.'

큰 소리로 그 말을 듣는 것이 어떤 의미인지 그녀는 모른다. 닐이 게이라고 말하는 부모의 목소리로, 사실로 인정하는 목소리로, 또박또박 말하는 그녀의 목소리로 듣는 것이 왜 그렇게 난리칠 일인지 그녀는 헤아리지 못한다.

닐 어머니는 손에 신문을 들고 그대로 서 있다. 그대로 서서 아들을 바라본다. 어머니와 아들이 각자의 방어진을 치고 팽팽히 밀고 당긴다. 닐의 주장에 애처로움이, 전투의 열기 속에서 지나치기 쉬운 약점이 있다. 그는 휴전을 원하지만, 절실히 휴전을 원하지만 이번에는 그들의 조건이 아니라 그의 조건으로 휴전하기를 원한다. 닐의 어머니는 그의 마음을 이해한다. 비록 기억은 그녀 편이 아니지만, 그녀가 어머니에게 말하던 순간이 메아리처럼 되돌아온다. 수천만 리 떨어진 곳에서 새 삶을 시작하겠다고, 마음을 정했다고, 무엇으로도 그녀를 막을 수 없다고. 그녀는 어머니가 '이해한다'고 말해주기를 간절히 원했다. 어머니가 그녀의 결정을 지지해주기를 간절히 원했다.

동화에서는 어머니가 죽어야 할 때가 많다. 신화에서는 아버지가 죽어야 왕자가 왕이 된다.

하지만 가족이 동화처럼 살기를, 신화처럼 살기를 누가 바라겠는가?

'넌 게이야.' 머릿속에선 그 말이 들린다. 머릿속에선 또렷이 들린다. 그녀 자신에게 말했으니 큰 소리로 말하는 것도 쉬워야 한다. 그런데 닐이 들어야 하는 이유와 똑같은 이유로 그녀가 망설인다.

진실을 아는 것과 진실을 말하는 것은 다르다.

'피터는 네 남자친구야.'

왠지 이 말로 시작하는 것이 더 안전해 보인다. 그래서 아들을 바라보며 말한다.

"그래, 피터는 네 남자친구야."

닐은 그것으로 만족할 것이다. 엄마에게 이 말을 들었다는 것으로 만족할 것이다. 더 이상 말하지 않아도 함축적 의미가 분명하기 때문이다.

하지만 미란다는 그것으로 만족하지 않는다.

"또." 그녀가 말한다.

그때 아주 이상한 일이 벌어진다. 닐 어머니가 빙긋이 웃는다. 딸아이의 재촉 덕분에 웃음이 나고, 덕분에 물로 뛰어들 발판을 마련한다.

"또……." 그녀가 말한다. "닐은 게이야." 그리고 세 사람을 차례차례 바라본다. "자, 됐지? 그럼 거실에 가서 신문 마저 읽는다."

이런 자리에서 포옹은 하지 않을 것이다. 닐 말고는 아무도 눈물을 보이지 않을 것이다. 더 이상의 대화는 없을 것이다. 닐 아버지의 아침을 먹으라는 말을 포함하지 않으면, 식탁에 앉는 닐을 보며 자랑스럽게 웃은 미란다의 웃음소리를 포함하지 않으면 그 말이 닐의 마음에 스며드는 느낌을, 5분 전보다 삶이 조금 더 굳건해진 느낌을, 더 이상 도망치고 싶은 충동에 시달리지 않을 느낌을 포함하지 않으면 말이다.

'어떻게 이런 일이?' 우리들 부모님 중에는 대화가 끝나갈 즈음에 이렇게 묻는 분도 있었다. 사실 왜 그런 말을 하는지 모르지 않

176

앉지만 우리들 중에는 이런 말로 위로하는 이들도 있었다. '부모님 잘못이 아니에요.'

　다시 키스하는 곳으로 가보자. 지지자들은 크레이그와 해리가 24시간을 기록할 때까지 분 단위로 숫자를 세기 시작한다.

　누구나 숫자를 세는 것은 아니다. 이즈음에는 시위를 하려고, 고함을 지르려고, 두 소년의 키스가 부릴 주문을 깨부수려고 타지에서 온 사람과 이 도시의 시민이 야유를 보낸다. 크레이그와 해리의 영혼을 구하기 위한 기도를 한답시고 야단법석인 이들도 있다. 부랴부랴 휘갈겨 적은 포스터를 들고 있는 사람도 있다. '아담과 이브는 아담과 스티브가 아니다. 동성애는 죄악이다. 지옥에서 나가는 길은 입맞춤으로 살 수 없다.' 자녀를 데려온 이들도 있다.

　경찰은 어떻게 해야 할지, 사람들을 두 진영으로 분리하는 것이 좋을지 아니면 그대로 섞인 채 놔두는 것이 좋을지 모른다. 한 번의 물리적 대치 상황이면 분리가 끝날 것이다. 하지만 시위를 하러 온 사람들은 숨으려고 하지 않을 것이다. 그들은 카메라에 주장이 들리는 자리를, 두 소년에게 주장이 들리는 자리를 원한다.

　두 소년은 사람들에 둘러싸여 있다. 누군가 집에 가거나 화장실을 가야 해서 자리를 비우게 되면 다른 사람이 그나 그녀의 자리를 대신한다. 그들은 시위하는 사람들에게 등을 돌리고 해리와 크레이그를 보고 있다.

타리크는 30시간 가까이 한숨도 자지 않았다. 몸은 카페인에 절고 눈은 장시간 화면에 노출된 탓에 침침하다. 집에 가서 잠시 눈을 붙이고 오라고 해도 잠시도 자리를 떠나지 않는다. 해리와 크레이그가 깨어 있으면 그도 깨어 있을 것이다. 그것은 일종의 연대의식이다.

그가 월트 휘트먼의 시 <우리 두 남자 서로를 의지하여>를 생각한다. 휘트먼이 이런 일을 예견하고 시를 쓴 것은 아닌지 궁금하다. 옆 탁자에 놓인 휘트먼의 흉상이 현장을 주시하고 있다.

해리와 크레이그에게도 야유소리가, 반감이 묻어나는 소란스런 야유소리가 들리기는 하지만 또렷이 들리지는 않는다. 타리크가 소음을 차단하기 위한 헤드폰을 쓰자고 제안하지만 그들이 스피커를 고집하고, 스피커에서 흘러나오는 음악소리를 고집한다. 모든 소리를, 예측하기 어려운 소리까지 듣는 것이 도움이 된다.

날이 차츰 더워진다. 해리가 후드티를 벗겨달라는 신호를 한다. 하지만 후드티를 벗고 나서도 더위가 가시지 않는다. 땀을 흘린다. 크레이그도 그것을 느낄 수 있다. 해리의 살갗이 붉고 셔츠가 축축하다. 하지만 해리가 다리가 아파서 얼마나 죽을 지경인지 그는 느끼지 못한다. 아무리 자세를 바꾸고 발길질을 해대도 고통이 가시지 않는다. 누군가가 근육을 올올이 둘러싼 혈관을 하나하나 쥐어짜는 듯한 통증은 참기가 어렵다. 다른 생각으로 떨쳐내려고 해도 통증은 가장 큰 소리로 울려 퍼지는 아우성이다.

"이십! 십구! 십팔!" 해리는 숫자 세는 소리에 기운을 차린다. 크레이그가 웃는 것을 입술로 느낄 수 있다. "십칠! 십육! 십오!" 사람들이 보려고 밀쳐댄다. 날이 점점 더워진다. "십사! 십삼! 십이!" 그가 숫자에 정신을 집중한다. "십일! 십! 구!" 인터넷 시청자 수가 30만을 넘었다고 타리크가 외친다. "팔! 칠! 육!" 한 뉴스 방송국의 촬영팀이 그 순간을 포착하려고 조명등으로 그들을 구워댄다. "오! 사! 삼!" 이때 크레이그가 해리에게 키스를 한다. 진짜 키스를, 단둘이 있을 때 하듯이. "이!" 날이 너무 덥다. 빛이 너무 밝다. "일!" 거대하게 물결치는 환호성!

드디어 24시간이 지났다. 그들이 만 하루를 버텼다.

축하의 북새통 속에서 해리의 의식이 흐려진다.

바로 그 시각, 에이버리의 차가 라이언의 집 진입로에 들어선다. 벌써부터 밖에 나와 기다리고 있던 라이언은 그가 도착하자 싱긋 웃는다. 에이버리는 주차를 하고는 시동을 끈다. 하지만 차에서 내리기도 전에 라이언이 올라탄다.

"출발해." 라이언이 말한다.

"잠깐 안에 들어갔다 가면 안 될까?" 에이버리가 묻는다. "화장실이 급해서."

"다른 데로 가자." 라이언이 말한다. "걱정 마. 멀지 않으니까."

에이버리는 공중화장실보다 전용 화장실이 더 편하다고, 특히 킨들링처럼 작은 도시에서는 더더욱 그렇다고 말하지 않는다. 그래서 다시 운전을 하고, 그러는 동안 라이언이 그를 집에 데리고 들어가지 않는 이유를 생각한다.

"약속이 있는데, 너도 갈래?" 라이언이 묻는다.

에이버리가 고개를 끄덕인다.

"좋았어. 우선 화장실부터 가자." 라이언이 좌회전을 하고 다시 우회전을 하라고 말한다.

차가 상점 거리에 들어서고 라이언은 앞쪽에 다가오는 맥도널드를 가리킨다. "저기 괜찮지?"

에이버리가 차를 댄다. "배고파?"

"아니. 네가 안 고프면 나도 안 고파. 여기 화장실을 이용하려고."

에이버리는 아무 말 없이 차에서 내려 안으로 들어간다. 남자 화장실로 걸어가는 뒤를 따라오는 시선이 느껴진다. 계산대 뒤의 사람들은 그가 아무것도 사지 않아서 그를 빤히 쳐다본다. 자리에 앉은 사람들은 그가 어디로 갈지, 무엇을 할지 알아서 빤히 쳐다본다. 누구든지 감시당하고 있다는 기분이 들 만큼 에이버리를 쳐다봐서는 안 된다. 이제는 거의 익숙해졌지만 그것은 결코 익숙해지지 않을 기분이다. 무단으로 출입하는 듯싶은 기분, 난처한 상황에 처할 듯싶은 기분, 세상이 '다름'과 '틀림'을 동의어라고 생각하는 사람들로 가득한 듯싶은 기분.

에이버리가 강해진다고 해도, 그것은 언제까지나 두려움에 숨어서 언제까지나 수치심을 긁어낼 것이다. 우리는 그에게 속삭이고 싶다. 수치심에서 벗어나려면 그것은 어디까지나 임의적인 것이라고, 어제 네가 말했지만 '바보들이 제멋대로 떠드는 헛소리'라는 것을 잊지 말라고, '내가 틀린 게 아니야. 세상이 틀린 거야.' 하고 말하는 것도 힘이 된다고. 남자와 여자가 화장실을 따로따로 이용해야 할 근거는 아무 데도 없다. 우리의 육체가 수치스런 것이고 우리의 사랑이 수치스런 것이라는 근거는 아무 데도 없다. 우리가 자신을 감추고 자신을 숨기게 해야 우리를 길들여 그들이 정한 규칙을 따르게 할 수 있기 때문이다. 그것이야말로 질 떨어지는 도덕관념이고, 이런 규칙이 수치스러운 것이다. 에이버리는 아무 화장실이나 아무 음식점이나 당당하게 서슴없이 들어갈 수 있어야 한다.

화장실이 한 칸짜리 남녀 공용이라서 문을 잠그고 볼일을 볼 수 있어 그가 안도한다. 그런 기분이 머쓱하고, 그토록 거북해한다는 사실이 그를 거북하게 한다. 라이언은 아무것도 모르고 차에 앉아 있다. 에이버리는 그래서 부럽고 그래서 속상하다.

밖으로 나오는 길에도 눈들이 여전히 따라오고, 다시 남들의 시선이 신경 쓰인다. 에이버리는 태도를 바꾸지 않으려고, 더는 그러지 않으려고 해도 움츠러드는 것은 어쩔 수가 없다. 언제나 그랬다.

우리는 잃을 것이 없어지자 두려울 것도 없었다. 하지만 남의 시선은 여전히 두려웠다.

에이버리가 차로 돌아온다. 라이언은 친구들에게 문자를 보내고 있다.

"다들 널 만나고 싶대." 라이언이 말한다. 그것은 에이버리에게 걱정거리를 안겨준다.

"전부 다?" 그가 묻는다.

"하나, 둘, 일곱 명한테 네 얘기를 했어. 걔네들이 그저께 밤에 우리가 춤추는 걸 봤거든. 그래서 업데이트를 해줘야 했어."

에이버리가 차를 출발시키며 묻는다. "어디로 가?"

"내 친구들 만날 거지?"

대답은 '좋아'이기도 하고 '싫어'이기도 하다. 대답은 라이언의 삶을 많이 알고 싶다는 것이다. 대답은 현재로선 단둘이 있고 싶다는 것이다.

"나중에 만나면 안 돼?"

"나중에 만날 거야. 친구들에게 기다리라고 해야 할지 몰라서 말이야. 하지만 그 전까지 몇 시간은 우리 둘이서 있어도 돼."

에이버리는 이 말이 마음에 든다. 하지만 여전히 거북하다. 라이언 때문에 거북한 것이 아니다. 아마 아무것도 흔쾌하지 않아서 거북할 것이다. 흔쾌하지 않은 것은 자연스런 상태이다.

쿠퍼는 차를 몰고 돌아다니며 전화기 배터리를 충전한다. 다시 사냥에 나서려고, 어젯밤 만난 남자보다 더 마음에 드는 상대가 있는지 알아보려고 말이다. 이번이 마지막이다. 마지막으로 한 번만 더.

다시 스타벅스로 돌아와 남들에게 전화기 화면이 보이지 않도록 구석자리에 앉는다. 일요일 정오가 막 지난 시간인데도 데이트 사이트는 사람들로, 유혹하는 몸짓으로 넘친다. 어젯밤 반물질과 채팅을 하느라 거들떠보지 않았던 남자들에게서 메시지 10통이 도착했다.

전부 다 지루하기 짝이 없는 메시지들이다. 이 사이트를 들락거린 지 두 달밖에 안 되었는데도 이 얼굴들을 평생 동안 보고 지낸 기분이 든다.

'예쁜이사냥꾼' 때문에 돌아버릴 지경이다. 10번도 넘게 그를 차단했다. 그런데도 새 계정을 만들어 줄기차게 메시지를 보낸다. '귀여워 죽겠어. 정말 섹시해. 우린 끝내주는 시간을 보낼 텐데.' 남자는 은행원처럼 보인다. 웃통을 벗고 사진을 찍기에는 너무 나이 들어 보이는데도 웃통을 벗은 사진을 내걸었다.

이전이라면 무조건 차단 버튼을 눌렀을 것이다. 하지만 이번에는 답장을 보낸다.

'넌 저질이야!'

예쁜이사냥꾼이 대답한다.

'저질에게 빠져보지 않을래?'

쿠퍼는 더는 배려하지 않는다. 왜 이런 사람들에게 예의를 차려야 하는가?

'넌 불쌍한 중증의 소아성애자일 뿐이야.'

10초도 지나지 않아 예쁜이사냥꾼은 그를 차단했다.

쿠퍼는 쾌감을 느낀다.

'근육질만'을 원하는 남자들에게는 동성애 혐오자들과 다를 바 없다고, 근육을 남자다움의 이상으로 만들려 한다고 적는다.

'백인만.'이라고 적은 남자에게는 인종차별주의자라고 적는다.

18세 이하를 구하는 60대 남자에게는 소아성애자라고 적는다.

홀딱 벗은 사진을 올린 젊은 남자에게는 매춘을 그만두라고 적는다.

'정말 딱해서 못 봐주겠군.' 그가 적는다.

'불치병이로군.'

'얼굴 보여주기가 겁나니? 그래서 고추를 보여주는 거야?'

'이러고 다니는 거 남자친구는 아니?'

'화면이 이상한가. 어느 게 궁둥이고 어느 게 얼굴인지 모르겠는걸.'

'즐거운 시간을 찾고 있니? 여기에 그런 게 있을 것 같아?'

그들이 전부 쿠퍼를 차단하기 시작한다. 그야말로 순식간에 전화기 화면에서 사라지면서 그의 삶에서 종적을 감춘다. 반물질은 아직 접속한 상태가 아니지만, 만약에 접속한다면 그에게 차단당하는 것도 식은 죽 먹기일 것이다.

서른네 살의 사내가 '장기적으로 만날 상대를 구한다.'고 한다.

쿠퍼가 적는다. '이런 관계가 얼마나 오래갈 것 같니? 2시간? 3시간? 남편감을 구하는 거라면 따먹을 상대를 구하는 짓은 그만두셔야지.'

쿠퍼는 자신이 빛의 속도로 차단당할 것이라고 짐작한다. 하지만 화면상 이름이 '티지(TZ)'라는 사내가 대답한다.

'왜 그렇게 화가 났어?'

쿠퍼가 대답한다. '화 안 났어. 사실이 그렇다는 거지.'

티지는 속지 않고 묻는다. '누가 상처를 줬어? 도와줄까?'

쿠퍼는 냉큼 그를 차단한다. 이제 되돌릴 방법은 없다. 영원히 끝이다.

아들을 구하는 아버지와 아버지를 구하는 아들에게, 이것은 가족을 구하는 방법이 아니라고 적는다. 일주일 전부터 공원에서 만나자고 졸라대던 남자를 발견한다. 그래서 15분 후에 공원에서 만나기로 약속한다. 그러고는 사내가 공원으로 가는 중이라고 하자 그를 차단한다. 궁금하게 놔두자.

쿠퍼는 마음껏 즐긴다. 차단해도 매번 새로운 얼굴이 등장한다.

그것은 마치 욕구불만의 끝없는 수원(水源)과 같다. 8킬로미터. 24 킬로미터. 48킬로미터. 물론 더할 나위 없이 행복해 보이는 남자도 있고 이 모든 것에 대한 유머감각이 넘치는 남자도 있지만 쿠퍼는 그들을 거들떠도 안 본다.

그는 몇 시간이고 쉬지 않고 이 짓을 할 수 있을 것 같다. 하지만 앱의 운영자가 그를 질책한다. 아무래도 신고가 들어간 모양이다. 느닷없이 계정이 정지되었다는 팝업창이 뜬다. 순간 말문이 막힌다. 품행이 나쁘다고 쫓겨났다. 데이트 사이트인데.

'오호라.' 그는 생각한다. 계정을 삭제하고 앱을 지운다.

너무 쉽다. 그는 다른 앱으로 들어가서 똑같이 하기 시작한다. 앱이 지체 없이 그를 정지한다. 그가 계정을 삭제한다.

이제 페이스북으로 간다. '친구'는 제쳐두고 팝스타와 정치인을 쫓아다닌다. 저스틴 비버(Justin Bieber)의 담벼락에 게이포르노 링크를 올리고. 성폭행을 악천후에 비유한 공화당 하원의원의 담벼락에 나치그룹 링크를 올리고. 테일러 스위프트(Taylor Swift)의 담벼락에 목이 잘리는 양의 동영상을 올린다.

2분 40초 만에 그의 계정이 죽임을 당한다. 그곳에서 삶이 그렇게 끝난다.

그는 계정이 있는 모든 사이트에서 쫓겨난다. 사이트에 들어가는 족족 차단당한다. 차단이 차곡차곡 쌓여 벽이 된다. 그는 이쪽에 있고, 세상의 나머지 사람들은 저쪽에 있다. 그것이 여태까지 그가 쌓아올린 벽들 중에서 가장 손꼽히는 벽일지도 모른다.

스타벅스에 앉은 지 고작 1시간 만에 가상세계에서 버려진다. 솔직히 말해 그의 현실세계도 마찬가지다.

앱을 차례차례 삭제하고 나니 전화기가 텅 빈다.

'뭐가 남았지?' 그는 자문한다.

'아무것도.' 만족스런 대답이다.

크레이그는 24시간이 되면 어머니가 오실 것이라고 생각했다. 하지만 어머니가 오지 않는다는 사실은 어쩌면 어머니가 보고 있지 않기 때문일지도 모른다. 어쩌면 만 하루가 지났다는 것도 모르고 있을지도 모른다. 아니면 알고 있지만 모른 척하기로 한 것일지도 모른다.

2분이 지나고, 크레이그는 해리를 생각한다. 해리는 땀에 젖어 끈적끈적하다. 연신 자세를 바꾸고 긴장한 것으로 봐서 아픈 것을 알 수 있다. 하지만 그는 포기하지 않을 것이고, 그래서 그를 사랑한다. 진심으로 그를 사랑한다. 이즈음, 어디까지가 해리의 몸이고 어디까지가 자신의 몸인지 구분하기가 어렵다. 이즈음, 그들의 영혼은 벤다이어그램처럼 중첩된 공간이 차츰 늘어간다. 한데 어우러져 데이트하는 것, 한데 어우러져 섹스를 하는 것과 비교하지 마라. 이것은 차원이 더 높은 것이다. 그들의 조각이 '맞춰지는' 것이 아니라 '같아지기' 시작했다.

카운트다운이 시작된다. 크레이그는 지금 해리가 어떤 심정인지 알고 싶다. 키스를 해서 그의 심정을 알아보려고 한다. 그들이 지치고 입술이 떨어질지도 모르지만 그는 그들이 언제까지나 이 기억을 간직하기를 바란다. 나중은 어떻게 되든지 지금은 한마음이기를 바란다. 숫자가 물방울처럼 떨어지며 둘째 날이 시작되자 해리에게 키스를 한다. 해리가 아주 가깝게 느껴지고, 그럴 때에 갑자기 해리의 몸이 슬금슬금 미끄러져 내리는 것이 느껴진다. 사람들이 환호하고 있을 때 해리의 입술이 느슨해진다. 크레이그가 해리를 꽉 움켜잡고, 입가가 벌어지는 것을 느끼지만 입술의 가운데를 맞춰 입술로 누르지만 해리의 반응이 없다. 입술을 더 세게 누르자 해리가 반응한다. 해리는 자기도 모르게 고개를 돌리지만 크레이그가 입술로 막는다. 해리가 속눈썹을 떨며 눈을 뜨고, 크레이그는 넘어지지 않도록 받쳐 안고는 물을 달라는 손짓을 한다. 이제 해리의 몸이 열로 펄펄 끓는다. 사람들은 아무것도 모르고 환호성을 질러댄다. 하지만 타리크는 안다. 스미타도 안다. 해리의 부모님도 안다. 해리에게 물을 먹이는 그들의 다급한 눈빛을 보면 알 수 있다.

기운을 차린 해리가 움찔하며 놀란다. 빨대를 이용해 물을 마시고 크레이그가 입술이 떨어지지 않도록 막는다. 아직도 해리의 몸이 너무 뜨겁다. 그에게는 바람이 필요하다. 그가 셔츠를 끌어올리고 맨살이 드러나기 시작한다. 하지만 옷이 티셔츠다. 바보같이, 티셔츠를 입었다. 그래서 벗을 수가 없다.

해리 어머니와 아버지가 곁으로 다가와 묻는다.

"괜찮니?"

그가 괜찮다고 손짓을 한다. 아니라고 대답하면 어떤 일이 벌어질지 알기 때문이다.

"덥니?"

네.

"셔츠 벗겨줄까?"

네.

"셔츠 벗어도 괜찮겠어?"

네.

해리 어머니 라미레스 부인이 잠시 자리를 떠난다. 그제야 사람들이 무슨 일이 생겼다는 것을 알아챈다. 환호성이 잦아들고, 그 뒤로 야유소리가 들린다.

누군가 선풍기를 가져오라고 하지만 해리는 그때까지 기다릴 수 없다. 어머니가 가위를 들고 돌아와 그에게 괜찮겠냐고 다시 묻는다.

네.

그녀가 셔츠 뒤를 자르기 시작한다. 한가운데를 위에서 아래로 잘라 내려간다. 셔츠가 두 쪽으로 나뉘고, 조심조심 벗겨진다. 24시간 만에 처음으로 크레이그의 손이 맥없이 늘어져 있다. 그들은 입술만 붙이고 있다. 그래서 크레이그가 멀어진 기분을, 아슬아슬한 기분을 느낀다.

셔츠를 벗자마자 해리의 기분이 한결 나아진다. 그때 선풍기가 도착하고, 선풍기 덕분에 더욱 안정을 되찾는다.

크레이그가 다시 손으로 해리의 어깨와 등을 잡는다. 살갗에서 느껴지는 열감과 미끈거리는 땀. 해리도 크레이그에게 팔을 두른다. 그가 크레이그 등 뒤의 셔츠 밑으로 손을 집어넣는다. 살과 살이 만나고, 아찔하다.

순간적으로, 타리크는 끝이라고 생각했다. 화면을 보면서 감히 숨조차 쉬지 못했다. 숨을 죽이면 해리의 입술이 크레이그의 입술에서 미끄러져 내리지 않을 것 같았다. 우리도 항상 이런 유대감을 느낀다. 유대감을 느끼려고 서로 만나지 않아도 된다. 우리의 심장은 만나지 않아도 고동친다. 위기가 사라질 때까지 우리는 숨을 죽인다.

"왜 그래?"

닐은 피터의 방으로 들어오면서 걱정스런 표정을 짓는다.

피터가 화면을 가리킨다. "해리가 잠시 의식을 잃었나봐. 지금 셔츠를 벗기고 있어."

"누가 해리야?"

"키스하는 데서," 피터가 화면 안의 두 소년 중 한쪽을 가리킨다. "이쪽이 해리. 안 봤어?"

"일이 좀 있어서."

"어. 꽤 긴장되는걸."

지금이 피터에게 가족과 일이 있었다고, 그래서 지금 기분이 조금 다르다고 말할 때라는 것을 닐은 안다. 하지만 피터는 화면의 두 소년에게 정신이 팔려서 아침 안부도 묻지 않는다. 닐은 아직도 그의 반응을 종합하고 있다. 그는 판단이 설 때까지 피터를 상황에 끌어들이고 싶지 않다. 아니, 적어도 자신에게 그렇게 말함으로써 침묵을 정당화하려고 한다. 사실 피터로서는 전부 다 이해하기 어려울 것이다. 피터는 이제껏 부모님과 그런 대화를 한 적이 없었다. 피터는 집에서 이방인 같은 기분을 느껴본 적이 없었다. 그가 자기에게도 그런 때가 있었다고 주장할지 몰라도 사실은 그렇지 않다. 닐이 보기에는 그랬다.

"기운을 차렸나봐." 피터가 말한다. "24시간째야. 앞으로 8시간 남았어."

닐이 더 가까이 다가간다. 물론 키스를 보려고 말이다. 하지만 자연스레 해리의 벗은 상체로 눈길이 간다.

1992년에 우리들 중에서 20만 명 이상이 병에 감염되었고 1만 명 이상이 사망했다. 그해 캘빈 클레인(Calvin Klein) 사에서 백인

래퍼 마키 마크(Marky Mark)를 모델로 새 광고를 출시했다. 너희가 젊은 남성이라면 저런 광고에서 신체적 이상형을 찾을 것이다. 너희에게 한 목소리로 외치는 홀스터(Holster) 사의 모델들은, 복근은 '선명'해야 한다고 합창하는 머릿속의 목소리는, 애버크롬비(Abercrombie) 사의 모든 신화는 마키 마크와 직접적인 관계가 있을 것이다. 광고를 이상형으로 받아들이든 거부하든 상관없이 그것이 현실적인 표준인지, 그것이 판매되고 있는 표준은 아닌지 따져봐야 한다.

해리의 상체는 이런 표준에 맞지 않는다. 감히 말하건대 그의 신체는 모든 이상형들 중에서 널리 광고되는 표준 체형이다. 그는 뚱뚱하지도 않고 마르지도 않았다. 앞가슴에서 바지 허리선까지 한 줄로 털이 있다. 배는 탱탱하지 않다. 복근은 찾아볼 수도 없다.

다시 말해, 그를 보면 10대로서 우리가 어떠해야 하는지, 우리는 어떠해야 한다고 세상이 정해주기 전의 우리의 모습을 보는 것 같다.

어째서 저 광고들에서 마키 마크는 웃고 있을까? 단지 신체가 완벽하기 때문에 좋아 그러는 것만 같지는 않다. 아무렴. 마치 그는 안다는 듯이 웃는다. 머잖아 우리의 몸이 광고되어질 것을 안다는 듯이 말이다. 머잖아 우리의 이미지가 대기로 들어갈 것을 안다는 듯이 말이다. 모든 사람들이 그를 닮으려고 할 것이다. 그들은 늘 남들의 시선이 늘 따라다니는 것 같기 때문에 말이다.

물론 해리도 남들의 시선을 느낀다. 하지만 남들의 시선을 신경 쓸 여력이 없다. 자신의 육체가 등을 돌리기 시작할 때, 겉가죽의 표면 가치가 근육과 뼈마디에서 폭죽처럼 터지는 통증에 비하면 그야말로 아무것도 아닐 때 미(美)라는 추정 가치는 중요해지지 않는다. 더 중요한 걱정거리를 돌봐야 해서 말이다.

정말이다. 우리가 모르면 누가 알겠는가?

어째서 라이언이 자신을 흘끔흘끔 보는 것인지, 어째서 길은 보지 않고 그를 보는 것인지 에이버리는 궁금하기만 하다. 친구들이 에이버리를 쳐다볼 때도 마음 한구석에서는 결함을, 이상을 찾는 것은 아닌지 걱정이 된다. 이런 점에서는 에이버리도 다른 사람들과 별로 다르지 않다. 우리는 모두 '쳐다보기'만 해도 무언가를 '찾는' 줄 안다.

보고, 다 안다는 듯이 웃고, 다시 본다. 결국 에이버리는 참지 못해 묻는다.

"왜?"

질문을 하자 라이언은 더 웃는다. "미안해." 그가 말한다. "난 사람을 쉽게 좋아하지 않거든. 그래서 누굴 좋아하면 좋아서 자꾸 보는데, 상대방은 좋아서 본다는 걸 안 믿더라고."

그래서 우리가 너희를 보는 것을 무척이나 좋아하는지도 모르겠다. 아직 너희에게는 모든 것이 생소할 것이다. 우리는 오래전에 경험한 것이지만 매일매일 새로운 것을 목격한다. 하지만 너희에게는 사실만이 생소한 것이 아니다. 감정도 생소할 수 있다.

"어떡할 거야?" 에이버리가 묻는다. 실존적 문제를 묻는 것이 아니다. 다음에 어떻게 할 것인지 알고 싶을 뿐이다.

"원래는 팬케이크부터 먹을 계획이었어. 팬케이크 먹을래?"

"안 먹겠다고 말하는 시나리오는 상상하기 어렵잖아."

그래서 그들은 팬케이크 집으로 간다. 그곳이 작은 도시라서 그런지 라이언이 자리를 정하기 전에 누가 있는지 내부를 둘러보는 것을 에이버리가 알아챈다.

"누구 찾는 사람이라도 있어?"

라이언이 다시 웃는다. "아니, 버릇이 돼서."

"너희 학교는 학생이 몇 명이야?"

"200명쯤? 너희는?"

"80명."

"너 엄청 튀겠다. 그러니까 네 분홍 머리가 그렇겠다고."

"넌 분명 잘 어울릴 거야."

"어울리는 것은 믹서에서 돌려지는 기분일 거야. 난 사양할래."

에이버리가 그 말을 재밌어 한다. "방금 뭐라고 했어?"

"사양한다고."

"그러니까 인기 짱인 애들이 너하고 막 어울리려고 하면 넌 그렇게 말한다는 거지? '미안하지만 어울리는 건 사양할래. 외톨이로 지내는 데 워낙 상점이 많아서 말이지.' 하고 말이야."

"맞아. 내가 하려는 말이 바로 그거야. 그런다고 걔들이 그만두는 줄 알아? 아니야. 인기 짱인 애들이 날 가만두질 않아. 전화하고, 문자하고, 대문 앞까지 쫓아와서 강아지처럼 애걸복걸해서 난 처해 죽겠다니까."

"그 심정이 어떨지 자알 알고말고."

에이버리는 말을 강조하려고 라이언의 손을 잡는다. 그를 감동시키기에는 너무 궁색한 변명이라 그들이 그것을 인정하듯이 웃는다.

"너는 재밌어 죽겠지." 에이버리가 말한다. "네게 그런 일이 없을 것 같아서 말이야."

라이언이 고개를 끄덕인다. "그 모든 장소를 놔두고 팬케이크 센추리 다이너(Pancake Century Diner)에서 말이야."

"그러게." 에이버리가 말한다. "결국 팬케이크 센추리에서 일어나고 말았네."

여직원이 주문을 받으러 온다. 그들은 둘 다 잡은 손을 놓을지 말지 고민하지만 결국 손을 놓지 않는다.

크레이그는 팬케이크를 떠올린다. 따뜻한 메이플 시럽과 블루

베리, 녹아내리는 버터, 짭짜름한 훈제 베이컨, 차가운 오렌지 주스. 맛을 되살려보려고 해도 맛이 기억나지 않는다. 그래서 어쩔 수 없이 어떤 모양인지, 향은 어땠는지, 먹을 때의 행복한 기분 등을 떠올린다.

크레이그는 다시 해리를 생각한다. 시름거리는 해리. 생각하기도 두렵지만 그렇다고 생각하지 않을 수도 없다. 만약에 그들이 도전에 실패한다면 그것은 십중팔구 해리 때문일 것이다. 크레이그가 해리의 어깨 너머로 문자를 보낸다. 괜찮으냐고 묻자 해리가 괜찮다고, 시원해서 기운이 난다고 답한다. 하지만 크레이그는 그것이 거짓말이라는 것을 느낄 수 있다. 해리의 온몸을 통해, 만져지는 경직된 근육을 통해, 몸을 똑바로 세우려고 쓰러지지 않으려고 하는 해리의 자잘한 몸놀림을 통해 알 수 있다.

'난 둘 중에서 강한 쪽이 아니었어.' 둘 중에 강한 쪽이면 좋겠지만 그러지 못하다는 것을 크레이그는 인정한다. 그들이 사귀는 동안 책임지는 쪽은 해리였다. 그들이 나아갈 방향을 제시하는 쪽도 해리였다. 해리가 크레이그보다 더 영민하거나 유능해서 그런 것은 아니었다. 그가 지배하는 쪽에 더 큰 의미를 두었기 때문이다. 반면, 크레이그는 그런 것에 관심이 없다보니 그것을 그에게 양보했다. 그는 늘 책임지지 않는 쪽을 좋아했다.

안주. 그제야 크레이그가 그것이 현실 안주라는 것을 깨닫는다. 해리가 말할 기회를 주지 않아도 좋은 이유의 하나는 그러면 그가 말을 하지 않아도 되었기 때문이다. 하지만 결국은 이런 의도는 완전히 빗나가버렸다. 결국 해리가 무슨 일인지 알아버렸고 관계가 그런 식으로 가는 것을 내켜하지 않았다. 해리는 크레이그가 조금 더 노력해주기를 원했고, 크레이그가 관계를 위해 노력하기 시작했을 즈음엔 해리를 이미 잃은 뒤였다.

이제 그는 다른 뭔가를 위해, 더 근본적으로 보이는 뭔가를 위해 싸우고 있다. 서서 버티려고 싸우고 있다. 먹지도 씻지도 않고 견디려고 싸우고 있다. 7시간 이상을 해리의 입술에 입술을 붙이고 있으려 싸우고 있다. 또한 해리도 이 모든 것을 이겨낼 수 있도록 도와주려 싸우고 있다.

용기에 숨겨진 비밀 하나는 이런 것이다. 자신을 돕기 위해 용기를 내기보다는 타인을 돕기 위해 용기를 내기가 더 쉽다는 것. 왠지 이유는 모른다. 자식을 구하려고 자동차를 들어 올리는 어머니나, 연인을 구하려고 총을 발사하는 강도 앞을 가로막는 남자만이 용감한 것은 아니다. 그들은 극단적인 경우고, 더할 나위 없이 용감한 사람들이지만, 우리가 살면서 그런 용기를 내야 할 때는 지극히 드물다. 그런 용기 말고 덜 극단적인 용기(상황적 용기가 아니라 기질적 용기), 남에게 주기 위한 용기 말이다. 우리는 죽어가면서 그런 용기를 수도 없이 많이 보았다. 우리를 돌보는 과정에서 상냥한 연인이 사나운 파수꾼으로 변하는 것을 수도 없이 많이 보았다. 과묵한 부모님이 우리 곁에 있으려고 과묵함을 벗어던지는 것을 수도 없이 많이 보았다. 물론 전부 다 그런 것은 아니다. 살면서 강인한 줄 알던 사람이 허약하기 짝이 없을 때도 있었다. 하지만 많은 사람들이 우리를 도와주려고 그들이 지켜온 삶의 방식을 과감히 버렸다. 그들은 자신의 세상이 무너져 내리는데도 우리의 곁을 지켰다. 심지어 우리가 세상을 떠난 후에도 싸우기를 멈추지 않았다. 아니, 우리가 세상을 떠났기 때문에 더더욱 우리를 위한 싸움을 멈추지 않았다.

우리가 떠나고, 우리를 아는 사람들의 기억에서 잊히거나 그들도 우리처럼 세상을 떠나면 우리의 정신도 떠날 것이다. 하지만 그들이 보여준 용기라는 정신은……, 그것은 남아서 전해진다. 그것은 사방에 있다. 너희는 그냥 팔을 뻗어 움켜잡기만 하면 된다. 지금 크레이그가 하는 것처럼 말이다. 자신을 위해서라면 그는 움켜잡지 않을 것이다. 이렇게까지 하지 않을 것이다. 하지만 해리를 위한 일이라면 그렇게 할 것이다.

반면, 쿠퍼는 움켜잡기를 거부한다. 집어 들기를 거부한다. 느끼기를 거부한다.

우리는 그가 내려놓는 것을 보고 있지만 그를 내려놓지 않을 것이다.

그는 운전을 하는지도 모르는 채 운전을 한다. 저기 어딘가에 그를 위한 목적지가 있을 것이라서 그곳으로 차를 몰고 간다. 그러는 한편, 그를 사랑하는 사람에 대한 허무한 호구조사를 한다. 그는 남에게 상처를 주는 것이 두렵지 않다. 상처받을 만큼 그를 사랑하는 사람이 없을 것이기 때문이다. 분명 그들은 상처받은 척할 것이다. 일단 그가 떠나면 눈물은 흘릴 것이다. 하지만 슬퍼하는 연기를 하면서 속으로는 후련해할 것이다. 그들은 그가 돌아오지 않기를 바란다. 그래서 그는 돌아가지 않을 작정이다.

사랑은 세상을 견딜 만한 곳으로 만들기 위해 사람들이 서로에게 하는 거짓말이라고, 그는 생각한다. 더는 거짓말을 해줄 용의가 없다. 그런 데다 그에게 그런 거짓말을 해줄 사람도 없다. 그는 거짓말을 해줄 가치도 없는 사람이다.

우리는 그가 미래의 호구조사를 하면 좋겠다. 사랑은 정말 세상을 견딜 만한 곳으로 만든다는 것을, 그렇지 않다고 해서 그것이 거짓말이 되지는 않는다는 것을 헤아리면 좋겠다. 그가 처음으로 그것을 느끼는 것을, 사무치게 느끼는 것을 보고 싶다. 하지만 쿠퍼는 미래 따위는 염두에 두지도 않는다.

그의 머릿속에서 미래란 오래전에 거짓으로 판명된 이론이다.

'미래'라는 말은 막강한 힘을 갖고 있다. 우리가 구체화할 수 있는 추상적 개념들 중에서, 동물에게는 없고 우리에게는 있는 관념들 중에서 경험한 적이 없는 시간을 헤아리는 것만큼 놀라운 능력도 없다. 그것을 염두에 두지도 않다니, 정말 가슴 아픈 일이다. 무한한 의미를 담은 미래가 있어 그 안에서 무한한 의미를 구할 수 있는데도 그것을 하찮게 여기는 사람을 보면, 미래가 한정된 우리로선 억울하기 짝이 없다.

우리를 대신해 저 구식 후렴구를 불러주지 않으련?

어디 가고 싶니?
글쎄……, 그런 너는 어디 가고 싶니?
무얼 하고 싶니?
글쎄……, 그런 너는 무얼 하고 싶니?

닐의 방에서 키스하는 두 소년의 동영상을 바탕화면에 열어놓고 피터와 닐은 비디오 게임을 한다. 피터는 닐에게서 뭔가 심상치 않은 느낌을……, 그의 마음이 게임에 집중하지 못하는 느낌을 받는다. 그것은 며칠 전에 그가 가져온 게임이고, 주말까지 32레벨에 올라서려고 안달하던 게임이다. 안타깝게도 피터는 그것이 사이먼이 보낸 그 얼빠진 문자 때문이거나 둘의 관계와 관련된 뭔가 때문이라고 생각한다. 그래서 아무것도 묻지 않는다. 문제가 무엇이든 어차피 닐이 마음의 준비가 되면 말할 것이다. 어쩌면 별일 아닐지도 모른다.

닐로서도 왜 피터에게 말을 안 하는 것인지, 왜 자신의 세계에 변화가 생겼다고 털어놓지 않고 러시아 암살범만 죽이고 있는 것인지 이유가 궁금하다. 뭔가 일이 있다는 것이 분명해 보이기에 피터가 무슨 일이냐고 물어주기를 기다린다. 왜 항상 그는 지적하는 쪽이어야 하는가?

피터가 일시정지를 클릭한다.

"배고파?" 그가 묻는다.

"아니." 닐이 대답한다.

"목말라?"

"아니."

"다른 거 할래?"

"다른 거 할래?"

"변비야?"

닐은 농담할 기분이 아니다. "아니."

"임신했어?"

"아니."

"게임이 지루해?"

"어떤 게임?"

"지금 하고 있는 게임."

"지금 하고 있는 게임 어떤 것?"

"지금 화면에 있는 게임. 발칸 블러드배스 12."

"아. 아니, 괜찮아."

이제 피터가 말할 차례다. '대체 뭔 일이지?'

하지만 그는 묻지 않고 일시정지를 푼다.

"네가 괜찮으면 나도 괜찮아." 그가 말한다.

그들은 게임을 계속한다.

라이언은 에이버리를 데리고 어디로 갈지 고민할 필요가 없었다. 킨들링에서 한적한 곳은 이미 다 갔기 때문이다. 강이나 케이틀린 고모 집 또는 팬케이크 센추리 다이너에 가지 않으면 갈 만한 곳이 없다. 킨들링 카페가 남기는 했지만 거기는 모든 사람들이 즐겨 찾는 곳이다. 에이버리를 친구들에게 소개시켜주면 좋지만 아직은 때가 아니다. 아직은 단둘이 아무도 주시하지 않는 곳에, 아무도 알아보지 못하는 곳에 있고 싶다. 라이언과 이 마을의 관계가 이러하다. 그는 아무런 자취도 남기고 싶지 않고, 킨들링에 가능한 한 적은 자취를 남기고 싶다. 이제까지 이 도시가 그를 규정해왔다. 물론 규정에서 벗어나려고 몸부림칠수록 그만큼 더 많은 규정을 받았다. 하지만 이번만큼은, 에이버리와 함께하는 시간만큼은 규정에서 벗어나야 한다. 적어도 자신과 에이버리는 스스로를 규정할 기회가 필요하다.

그래서 에이버리에게 오랜 유적지와 같은 미니 골프장 미스터 푸터(Mr. Footer)로 가는 길을 알려준다. 여러 해 전에 문을 닫았지만 골프장을 매입하는 사람이 아무도 없어 종말을 맞이한 세상이 쇠락해가듯이 버려져 있다. 출입구에 빗장이 걸려 있기는 하지만 군데군데 틈이 벌어져 들고 나기가 어렵지 않다. 밤에는 마리화나와 마약중독자들의 서식지로 변하지만 낮에는 묘지만큼 고즈넉하다.

"지금 어디 가는 거야?" 에이버리가 묻는다. 라이언은 머릿속에 자신이 본 정경이 스쳐지나가며 이곳을 고른 것이 실수일지 모른다고 생각한다. 하지만 이제 와서 되돌아가고 싶지도 않다.

라이언이 에이버리에게 앞쪽 주차장에 차를 대라고 말한다. "어릴 적에 이 근방에서 여기만큼 멋진 곳은 없었어. 예를 들어 착한 일을 하거나 심부름을 잘하잖아? 그러면 엄마와 아빠가 여기로 데려오곤 하셨어. 어린이용 미니 골프코스를 다 돌고 나면 저 뒤편에 있는 간이매점에서 아이스크림도 먹고 비디오 게임도 했지."

에이버리는 차근차근 주위를 둘러본다. "그런데 왜 이렇게 됐어?"

라이언은 어깨를 으쓱한다. "어떤 날은 멀쩡했는데 어떤 날에 와보니까 폐점이라고 적힌 푯말이 붙어 있더라고. 그 후로 죽 이렇게 버려져 있었어."

"여기 자주 오니?"

"특별한 사람하고만."

"와우, 영광인걸." 에이버리가 짐짓 근엄한 표정을 짓는다. 조금 우쭐한 기분이 들기도 한다. 만약 라이언이 메리골드로 차를 몰고 왔더라면 티지아이 프라이데이(T.G.I. Friday)나 영화관 말고는 마땅히 갈 곳이 없었을 것이다. 그것과 이것은 비교가 되지 않는다.

"가볼까." 라이언이 말한다. 그들은 차를 떠나 출입구의 틈새로 기어들어간다. 들어와서 보니 성한 것이 하나도 없다. 넘어진 풍차, 악취 나는 연못, 깨진 병조각과 찌그러져 버려진 깡통.

"한 게임 할까?" 에이버리가 묻는다.

라이언이 움푹움푹 패인 그린과 담배꽁초로 가득한 홀을 바라본다.

"골프를 치기는 좀 어렵지 않을까. 클럽도 없고 공도 없는데 말이야."

"그래?"

"그래……. 장비가 없으면 미니 골프라도 치기가 어렵겠지."

"상상력을 발휘해봐." 에이버리가 첫 번째 그린으로 걸어가 공을 내려놓은 시늉을 한다. "골프의 역사에서 이렇게 놀라운 미니 골프코스는 없었을 거야. 예를 들어 이번 홀에는 악어가 돌아다니고 있어. 만약 악어가 네 공을 삼키면 3타, 악어가 너를 삼키면 5타야."

에이버리는 있지도 않은 클럽으로 과장되게 스윙을 하고 나서는 허공으로 솟구치다가 그린에 떨어지는 공을 보는 척한다. "그렇지, 그래. 조금 더, 더—." 그가 중얼중얼하다가 후 하고 한숨을 내쉰다. "홀인원은 아니지만 다행히 악어는 피했어. 자, 네 차례야."

라이언이 걸어와 보이지 않는 공을 내려놓는다. "분홍색 공 가져왔다고 기분 나빠 하지 마."

"천만의 말씀을."

라이언이 공을 친다. 그들이 나란히 솟구치다 떨어지는 공을 바라본다.

"그럭저럭 괜찮네." 에이버리가 말한다.

"악어가 맞진 않았잖아."

라이언은 에이버리가 그쯤에서 그만하고 이 황량한 곳에서 나가자고 할 것이라고 생각한다. 하지만 에이버리는 곧장 공이 떨어진 곳으로 걸어가 퍼팅을 하고 나서 라이언에게 치라며 물러난다. 라이언은 에이버리의 지시에 따라 퍼팅을 하지만 샷을 놓쳐 다시 퍼팅을 한다.

에이버리는 골프공을 주워 모으는 척하고 나선 다음 홀로 걸어간다.

"네 차례야." 그가 말한다. "이번 홀의 이야기는 뭐야?"

라이언이 말한 이야기는, 이 그린에는 사방에 초콜릿 구유가 놓여 있다. 공이 구유에 떨어지면 공은 맛있어지지만 너희는 천천히 가야 한다. 무엇보다도 골프공은 더 이상 공이 아니라 골프공만

한 눈깔사탕이 된다는 얘기였다.

라이언이 '느끼는' 이야기는 라이언이 말한 이야기와 다른 것이다. 라이언이 느끼는 이야기는, 지금 그가 보고 있는 몰라보게 비참해진 곳에서 그들이 즐거운 시간을 구하고 있는 이 어리둥절하고 유쾌한 이야기는 순간순간 새롭게 쓰인다는 것이다. 그곳이 어떻게 버려졌는지 늘 알고 있었지만, 그것은 그가 버림받았다고 느끼던 때였다. 지난 수년간 마치 자란다는 것은 이런 기분일 것이라고 확인시켜주듯이, 그의 어린 시절이 버려지는 것을 보는 듯해서 묘한 카타르시스를 느꼈다.

하지만 에이버리와 함께하면서 조금은 예전의 마법과도 같던 시간으로 돌아간 기분을 느낀다. 라이언은 맞장구를 치며 놀이를 하는 동안 마음이 편안해지는 것을 느낀다. 5번 홀 즈음부터는 더 이상 골프를 치지 않고 눈에 보이지 않는 것을 묘사하기만 한다. 5번 홀에는 에이버리가 타지마할을 짓고, 6번 홀에는 라이언이 세계 최초로 반중력 미니 골프장을 짓는다. 7번 홀에서는 상상속의 풍경을 시찰하는 감독관이 되어 손을 잡고 걷는다. 얌전히 손만 잡고 걷는 것이 아니라 손을 앞뒤로 흔들거나 팔을 쭉 밀었다가 잡아당긴다. 햇살이 빛나고 있지 않지만 그들은 알아차리지 못한다. 혹시라도 나중에 누군가 그들에게 물으면 햇살이 빛나고 있었다고 장담할 것이다.

라이언이 에이버리를 보면서 오래전부터 알고 지낸 사이처럼 느끼기는 쉽지 않다. 사실 전혀 그런 느낌이 들지 않는다. 라이언은 에이버리를 막 알아가기 시작하는 것 같고, 에이버리를 알아가는 것은 이제까지 다른 사람을 알아가는 것과 같지 않을 것이다.

9번 홀의 한가운데 소원의 샘이 있다. 샘은 상상 속의 세계가 아니라 실제로 전성시절 그대로, 거의 온전한 상태로 놓여 있다. 에이버리가 주머니에 손을 넣어 동전 하나를 꺼낸다.

"안 돼." 라이언이 무심코 말한다. "하지 마."

에이버리가 이상한 눈으로 바라본다. "하지 마?"

"지금까지 저 샘에 동전을 던져 이루어진 소원은 하나도 없어."

어릴 적 그는 돈이나 명예, 장난감, 친구 등의 소원을 빌었다. 요근래는 이런 것들 말고도 많은 것들을, 사랑이나 도피와 밀접한 소원을 빌었다.

이제는 갑자기 정색하는 바람에 부정을 탔을지 모른다는 걱정이 앞선다. 그렇게 오랜 세월을 거짓된 세상에서 벗어나지 못하는 것이 항상 문제였다.

에이버리는 무슨 소원을 빌었냐고 묻지 않는다. 묻지 않아도 안다.

"자." 그가 말한다. "이렇게는 안 해봤을 거야."

에이버리가 동전을 들어 라이언의 입술에 댄다. 라이언은 입술에 동전을 대고 무엇을 하려는 것인지 궁금하다. 그러고는 에이버리가 몸을 기울여 입술 사이에 동전을 두고서 입을 맞춘다. 입술을 떼자 동전이 떨어지고 그가 손바닥으로 동전을 받는다.

"자, 소원을 빌어." 그가 말한다.

라이언이 생각한다. '행복하고 싶어.'

"빌었어?" 그가 묻는다.

라이언은 고개를 끄덕이고, 에이버리가 샘에 동전을 던진다. 그들이 귀를 기울이지만 동전이 떨어지는 소리는 들리지 않는다. 그리고 에이버리가 돌아서 다시 그에게 다가와 입술 사이에 아무것도 놓지 않고 입을 맞춘다. 입술이 닫혔다가 벌어진다. 양손을 맞잡았다가 깍지를 낀다.

일이 분쯤 후에 에이버리가 물러서며 말한다. "우리 반밖에 안 돌았잖아!"

그들이 깍지를 끼고 10번 홀로 걸어간다.

"10번 홀은 구름이야." 라이언이 말한다. "온통 구름밖에 없어."

그들이 구름 속에서 골프를 치는 이야기에 열중한 나머지 뒤따라오는 발자국소리와 웃음소리를 듣지 못한다. 곧 무시하기에는 소리가 너무 커지기 시작한다.

라이언이 고개를 돌리고 따라오는 사람을 본다.

"왜 그래?" 에이버리가 묻는다.

라이언은 말한다. "이런 젠장."

해리는 울고 있다. 너무 고통스러워 울기 시작했다. 다리가 꿈쩍도 안 하고 방광에 자갈이 들어찬 것 같아 울지 않으려고 해도 눈에서 눈물이 나온다. 눈이 제어가 안 된다. 입술 말고는 아무것도 제어가 안 된다. 온몸이 '항복하라고' 비명을 지르는데도, 마음이 앞으로 5시간을 버티는 것은 무리라고 말하는데도 남은 힘을 전부 입술에 모은다.

전부 4명이다. 그들이 누군지 에이버리도 모르고 우리도 모르지만, 이야기가 어디로 갈지 우리가 알고 있듯이 에이버리도 어렴풋이 안다. 냉소적인 눈빛, 건들거리는 걸음걸이, 막연한 적의로 가득한 웃음소리. 그것은 얼간이들의 전매특허인, 패거리지어 몰려다니는 소년들이 흔히 보이는 그런 것이다.

"어이, 라이언?" 그들 중 하나가 도발적으로 묻는다. "네 '애인'이냐?"

라이언이 에이버리의 손을 놓는다.

"웬일이야, 스카일라?" 라이언이 말한다.

"입구에 차가 세워져 있던데. 사내자식들끼리 뭘 꿍꿍이냐?"

그때 에이버리는 스카일라와 다른 남자아이의 손에 들린 골프채를 본다. 그가 골프채를 보는 것을 알아본 스카일라가 빙글빙글 웃는다. 그러고는 바닥에서 병을 골라 라이언과 에이버리를 향해 골프채를 휘두른다. 라이언은 꼼짝도 하지 않지만 에이버리는 움찔한다.

스카일라가 어떤 아이인지 설명하지 않아도 될 것이다. 분명 진작부터 알고 있었을 것이다. 별것은 아니지만 말하자면, 그는 큰 조직의 힘없는 부하이다. 그렇다보니 지배력을 과시할 수 있는 상황에서는 가능한 한 많은 힘을 과시하려고 한다. 타인의 힘을 이용해 존재감을 높이려고 한다. 그것이 조금 효과가 있기는 하지만 만족스러울 정도는 아니다. 그것이 그를 조금이라도 더 현명하게 해주지 않는다. 그것이 그에게 미래를 보장해주지도 않는다. 섹스나 마약이 그렇듯이 순간적인 만족감만 채워줄 뿐이다. 사실 그는 라이언을 싫어하지 않는다. 다만 그를 지배할 기회를 노리는 것일 뿐이다. 그런 데다 관객까지 있다.

라이언은 그에게 거리를 두려고, 그들 전부와 거리를 두려고 한다. 그들이 항상 수적으로 많기도 하지만 그들을 한번 상대하기 시작하면 매일 그들을 상대해야 하기 때문이고, 그럭저럭 피해 다니다 보면 그들에게서 완전히 벗어나는 날이 올 것이다. 아니, 그것은 그가 자신에게 타이르는 말이고…… 우리가 언제나 우리 자신에게 하던 말이었다. 말려들지 말라. 악화시키지 말라. 걸어가라. 달리지 말라. 겁쟁이가 되지 말라. 겁먹은 모습을 보이지 말라. 걸어가라.

에이버리가 없었으면 그는 아마 이렇게 했을 것이다. 그들에게 게임을 즐기라고 말하고는 코스를 양보하려는 듯이 걸어갔을 것이다. 하지만 지금은 그런 식으로 슬쩍 빠져나가는 것이 불가능하다. 스카일라로선 에이버리가 지켜보는 앞에서 죽기 살기로 달려 드는 것이 더 재밌다.

스카일라가 나른 병을 조준하여 골프채를 휘두르자 이번에는 충격으로 병이 깨지며 유리 파편이 사방으로 튀어 오른다. 나머지 아이들이 재밌어 죽는다.

에이버리는 자기도 모르게 움츠러든다.

"대체 원하는 게 뭐야?" 라이언이 뱉듯이 말한다.

"세게 나오시네!" 스카일라가 비꼬아 말한다. 그러고는 라이언 의 얼굴에 골프채를 던진다.

아니, 라이언의 얼굴에 골프채를 던지는 척해서 속이는 데 성공 한다고 말해야 맞을 것이다. 그는 마지막 순간에 골프채를 놓지 않았지만 일격을 당한 라이언의 팔은 이미 위로 올라가 방어 자세 를 취한 뒤이다.

에이버리는 굴욕감으로 라이언의 얼굴이 일그러지는 것을 본 다. 나머지 아이들이 자지러지게 웃고, 에이버리의 마음은 라이언 에게 다가가 위로하듯이 등을 쓰다듬으며 괜찮다고 말해주고 싶 다. 하지만 그러면 어떤 반응이 나올지, 그래도 정말 되는 것인지 확신이 서지 않아 그렇게 하지 못한다.

라이언의 굴욕감이 지금 이 순간만이 아니라 스카일라와 같은 부류의 아이들에게 당한 괴롭힘이 누적된 데서 비롯되었다는 것 을 에이버리는 모른다. 그들은 라이언의 생활 전반에 무단으로 침입해서 가까스로 쌓아올린 안전이나 위로에 침을 뱉고 짓밟고 부수었다. 진짜 폭력이란 이런 것이다. 말로 비웃고 둘러싸서 밀치는 것이 아니라 아주 오래도록 검질기게 들러붙어 녹초로 만드는 것이다.

우리는 우리 자신도 인정하기 어려운 무엇이라는 이유로 조롱당하고 고통당하고 죽임을 당했다. 우리들 상당수는 '게이'라는 말을 모욕적인 표현으로, 혐오스런 표현으로 받아들였다. 우리들 상당수는 '호모자식(faggot)'이라 불리고 나서야 그것이 무슨 뜻인지 알게 되었다. 우리들 전부가 다 그런 것은 아니었지만, 우리들 중에는 약점을 아무도 모르는 곳에 깊이깊이 숨긴 이들이 있었다. 우리들 중에는 행적을 감추려고 스스로 왕따가 된 이들도 있었고, 우리가 무엇이라는 사실을 죽도록 싫어해서 다른 사람들과 있을 때는 우리를 공격한 이들도 있었다. 우리들 중에 많은 사람이 우리보다도 더 어리석고 야비한 사람이나, 더 어리석은 사람이나, 더 야비한 사람에게 괴롭힘을 받아야 했다. 단지 그들의 수가 더 많다는 이유로, 단지 그들의 목청이 더 크다는 이유로, 단지 그들의 아버지가 누구라거나 어떤 집단에 소속되어 있다는 이유로, 그들은 우리를 걷어찰 배짱이 두둑한데 우리는 맞서 싸울 방어수단이 없다는 이유로 말이다.

우리에게도 무엇이라는 글자가 찍히기 전의 날들이 있었다. 라이언에게도 어린이 야구단에서 스카일라와 경기를 하던 시절이 있었다. 심지어 그들의 어머니는 카풀 친구였다. 하지만 그런 역사도 이런 자리에선 아무런 쓸모가 없다.

"너희들 만지작거리고 노는 데 우리가 방해됐어?" 스카일라가 혐오하듯이 비꼬아 말한다. "이런, 우리가 좋은 구경거리를 놓친 거야?" 이제는 가까이, 너무 가까이 있다. 골프채로 에이버리를 콕콕 찔러대며 라이언 쪽으로 민다. "방해하지 않을 테니까 어디 한번 재주껏 해봐."

에이버리는 남자애들의 시선을 느끼며 그들이 무엇을 보는지 궁금해한다.

"빨리!" 남자애 하나가 버럭 고함을 지른다. "해!"

라이언은 온몸이 분노에 휩싸이는 것을 느끼지만 분노를 행동으로 풀어내지 못한다. 스카일라는 골프채로 그를 콕콕 찔러대며 저속한 키스 소리를 낸다. 너무 많이 나갔다. 라이언은 골프채를 움켜잡고는 스카일라의 손에서 빼앗으려고 잡아당긴다. 스카일라는 골프채를 빼앗기지 않으려 끌어당기지 않고 오히려 밀어 라이언을 놀라게 한다. 균형을 잃은 라이언이 뒤로 벌러덩 넘어지면서 에이버리와 부딪친다. 그러는 사이 스카일라가 골프채를 당겨 손쉽게 라이언의 손에서 골프채를 빼낸다.

모든 눈길이, 에이버리의 눈길마저 땅바닥에 나자빠진 라이언에게 쏠린다. 나머지 아이들이 신이 나서 욕설을 퍼붓는다. 하지만 스카일라는 잠자코 있다. 만족감이 그를 대신해 말하게 놔둔다. 이제 라이언이 어떻게 하든지 상관없이 싸움은 스카일라의 승리이다.

"애인을 새로 구해야겠다." 그가 에이버리에게 말한다. "얘는 맛이 갔어."

"닥쳐." 에이버리가 말한다. 한없이 궁색하고 어리석게 느껴진다. 분명 그것보다는 더 좋은 말을 해야 하지만 순간적으로 떠오른 말은 그게 다였다.

"아니지." 스카일라가 말한다. "너나 닥쳐."

라이언이 털고 일어난다. 스카일라가 뒤로 물러나며 라이언의 운동화를 겨냥해 유리조각으로 퍼팅을 한다.

"그만 가자." 에이버리가 말한다.

"뭐? 벌써?" 스카일라가 놀라는 척한다. "구경거리도 안 보여줬잖아!"

에이버리는 라이언의 눈을 보며 마음을 읽으려고 하지만 도무지 읽히지가 않는다. 지금 무슨 생각을 하는지, 이제 어떡할 것인지 도무지 알 수가 없다. 에이버리만이 그런 것이 아니다. 그 자리의 나머지 아이들도 모르기는 마찬가지다. 서로 겨루고 있는 라이언과 스카일라만이 알 뿐이다.

"나 갈래." 에이버리가 말한다. 이 자리를 벗어날 수만 있으면 비난을 들어도 무시를 당해도 상관없다.

"그래, 가자." 라이언이 말한다. 에이버리에게 말하지만 스카일라에게서 눈을 떼지 않는다. "오늘 만나서 엄청 반가웠다."

"그래, 호모자식아. 우리도 만나서 무진장 반가웠다." 스카일라가 대꾸한다.

라이언과 에이버리가 걸어간다. 그들이 걸어가는 방향으로 스카일라 일행이 깡통과 병조각을 날린다. 라이언은 뛰지 않으려고 한다. 그는 성큼성큼 걸어가고 에이버리가 보폭을 맞춘다. 그들 주위로 유리와 알루미늄 깡통이 날아와 그들을 때린다. 아이들이 신나서 괴성을 지른다. 그들은 어슬렁어슬렁 쫓아오다가 결국 6번 홀에서 가버린다. 라이언은 이런 사실에 한없이 감사하는 자신에게 자괴감을 느낀다.

출입문 틈새로 무사히 기어 나와 그들이 미치지 않는 곳에 오자마자 에이버리의 안에 쌓이고 있던 말들이 코르크 마개처럼 터진다. "무서워 죽는 줄 알았어." 그가 말한다. "하지만 우린 무사하잖아. 다친 데도 하나도 없고. 쟤들은 질 나쁜 애들이야. 우리가 괜찮다는 게 중요해. 그냥 잊어버리자. 이제 와서 걱정해도 소용없어. 괜찮은 거지? 그렇지?"

"미안한데." 라이언이 말한다. "잠시만 조용히 있자."

라이언은 되도록 상냥하게 말하려고, 에이버리에게 아무런 유감이 없음을 분명히 하려고 하지만, 에이버리는 약간 혼나는 기분이 든다.

에이버리의 차가 빠져나가지 못하도록 스카일라의 차가 막고 있다. 게다가 트럭이라서 에이버리가 들이받아서 밀어내기도 어려웠다. 에이버리는 20번이나 회전을 하여 차를 인도로 빼야 했다. 그것을 지켜보는 동안 라이언의 속이 부글부글 끓는다.

"됐다." 에이버리가 말한다.

"되긴 뭐가 돼." 라이언이 잘라 말한다.

에이버리가 조작을 끝내고 주차장을 나온다.

"이제 뭐할 거야?" 그가 묻는다.

라이언은 방금 전의 사건에서 벗어나야 한다는 것을, 벗어나 에이버리와 함께한 낮으로 돌아가야 한다는 것을 안다. 하지만 분노가 진정되지 않는다. 에이버리만 없으면 당장 집으로 달려가 골프채를 들고 다시 갔을 것이다. 그리고 그들이 방심하는 틈을 노려 죽도록 패주었을 것이다. 아니, 적어도 자신에게 그렇게라도 말하고 싶은 것이다. 이런 시나리오는 실제로 일어나지 않을 때 더욱더 그럴싸해 보이는 법이다.

"라이언?"

라이언은 에이버리의 말을 듣지 못해 그에게 어디로 갈지 알려줘야 한다는 것을 잊고 있다. 시계를 보고 얼리샤에게 15분쯤 후에 가겠다고 한 약속을 떠올린다.

"우회전." 그가 말한다.

에이버리는 궁금한 것이 더 많지만 눌러 참는다. '할 말이 있으면 하고, 털어버려.' 라이언에게 말하고 싶다.

하지만 라이언은 아직 그런 상태가 아니다. 아직은 큰 소리로 외칠 수도 내려놓을 수도 없다.

쿠퍼는 맥도널드에서 요깃거리를 사고는 돈이 얼마 남지 않은 것을 깨닫는다. 신경이 쓰여야 할 것인데 신경 쓰지 않는다.

대신 구석자리 탁자에 앉아 쿼터 파운더(Quater Pounder) 햄버거를 먹는다. 사람들이 웃고 떠들며 그를 밀치고 지나가도 어딘지 모를 허공만 멍하니 바라보며, 특색 없는 환경만큼이나 특색 없는 생각에 잠긴다. 6분 동안 햄버거를 먹고, 다시 30분을 우두커니 앉아 있다. 마음속에 이런저런 생각을 떠올리며, 달리 말할 사람이 없어 자신에게 말을 한다.

죽음은 힘겹고, 죽음을 마주하는 것은 고통스럽다. 하지만 아무도 걱정해주는 사람이 없다는 감정은 더욱더 고통스럽다. 세상에 친구가 없는 것만큼 황량한 인간 조건은 없을 것이다. 우리들 중에는 사랑하는 사람들에게 둘러싸여 생을 마친 이들이 있었다. 우리들 중에는 사랑하는 사람이 너무 멀리 있거나 잠깐 눈을 붙이러 갔다가 제때에 오지 못한 이들도 있었다. 하지만 우리들 중에는 사랑하는 사람이 아무도 없는 심정이, 사랑해주는 사람이 아무도 없는 심정이 어떤지 너희에게 알려줄 수 있는 이들이 있다. 자기 자신만을 위한 삶을 사는 것은 지극히 어려운 일이다. 너희를 봐주는 친근한 얼굴 하나 없이 하루하루를 마주하는 깃은 지극히 어려운 일이다. 그러면 심장이 쓸모없는 근육덩어리로 변한다.

세상에 인연이 적으면 적을수록 그만큼 세상을 떠나기도 쉬운 법이다.

우리는 해리와 크레이그에게로 돌아가야 한다. 저기 서 있는 그들을 지켜봐야 한다. 날이 차츰 더워지고, 그래선지 그들의 몸이 더 많은 열기를 뿜어내는 듯이 보인다. 해리의 등을 잡은 크레이그의 손을 보니 기적처럼 살갗의 촉감이 살아난다. 그리운 것. 가슴을 만지면 아래서 고동치던 심장. 등을 만지면 느껴지던 척추. 목에 닿던 숨결. 몸을 뺄 때의 오싹함. 화로와 같던 포옹.

27시간 5분은 키스를 하기에 긴 시간이다. 27시간 6분도 마찬가지다. 해리와 크레이그는 그들 주변에서 일어나는 일을 모두 안다. 얼굴의 바다가 끊임없이 변하고 끊임없이 갱신된다. 음악이 노래에서 노래로 이어진다. 마이컬이 자칭 치어리더가 되었고 지지자들이 너무 조용해지면 그들의 기운을 돋운다. 축구연습이 끝난 후에 반대하는 목소리가 커지긴 했지만 모두가 선수는 아니고 일부 선수들이 있다. 이윽고 반대자들도 지루해진다. 두 소년의 키스는 볼거리가 별로 없다. 너희는 진득이 보고 있어야 한다.

타리크는 수면부족으로 정신이 몽롱하다. 정신을 똑바로 차려서 차근차근 생각하려고 월트 휘트먼의 시를 주절대기 시작한다.

이 소리를 들은 스미타가 주절주절 따라하고, 이 소리를 들은 마이컬이 시 구절을 응원가로 삼는다.

우리 두 남자 꼭 붙잡고!

서로를 절대 놓지 않고!

힘은 만끽하고!

팔꿈치는 쭉 펴고!

손가락은 꼭 잡고!

팔짱은 꽉 끼고 당당하게!

먹고!

마시고!

자고!

사랑하고 !

해리와 크레이그가 서로를 붙잡는다. 그들은 각자의 마음속으로, 각자의 방식으로 묻는다. '너는 얼마나 오래 붙잡고 있을 수 있어?'

우리가 대답하고 싶다. '오래오래.' 그들은 젊어서 모른다. 다른 사람의 몸이 내 몸처럼 느껴지는 것은 자연스런 일이다. 그런 일치감을, 그런 친밀감을 느끼는 것은 자연스런 일이다. 우리가 끊임없이 재생되는 존재이기는 하지만 언제나 동일한 근사치를 유지한다.

우리는 그들에게 말해주고 싶다. '그의 몸을 붙잡아. 그건 네 몸을 붙잡는 거야.'

해리가 기침을 한다. 크레이그는 기침을 삼킨다. 주저하는 기색도 없이.

비디오 게임을 하는 피터 옆에 닐이 앉는다. 피터는 비디오 게임을 하지만 옆에 앉은 닐이 자꾸 신경이 쓰인다.

피터는 뭐라고 말해야 좋을지 몰라 몸을 기울인다. 몇 인치에 불과하지만 닐과 어깨가 맞닿는다. 이제 그렇게 쉽게, 그들이 함께한다.

에이버리는 라이언의 친구들을 만나서 반가운 한편, 어찌해야 할지 갈피를 못 잡는다. 라이언이 그들을 소개해주지 않아서 그런 것이 아니라, 소개해준 뒤에 대화에 열중하지 못해서 그런 것이다. 그의 마음이 아직도 미니 골프장을 맴돌고 있다. 아직도 분노를 주체하지 못해 마음을 끓이고 있다.

라이언의 절친한 친구 얼리샤가 뭔가 이상한 낌새를 눈치챈다. 에이버리는 그녀에게 말하고 싶다. '나 때문이 아니야. 맹세코 나 때문이 아니야.' 그녀도 그것을 알아챈 것이 분명하다. 라이언이 자랄 때의 재미난 이야기를 들려주며 에이버리가 어색해하지 않도록 각별히 신경을 쓰기 때문이다. 사실 카페 탁자에 둘러앉은 친구 넷) 가운데 한 친구인 데즈(Dez)가 노골적으로 에이버리를 탐색하며 에이버리의 셔츠 밑에 무엇이 있는지 알아내려는 듯이 보인다.

마침내 라이언이 그날의 사건을, 자질구레한 것은 빼고 대강의 골자를 추려서 이야기한다. 에이버리는 안도의 한숨을 쉬면서 이것으로 라이언이 사건에서 헤어날 것이라고, 떨쳐버릴 것이라고 생각한다. 분명한 것은 모든 친구들이 공감해서 스카일라 일당을 '나쁜 자식들'과 밀접한 무수한 말들로 불렀다는 것이다.

하지만 그것으론 라이언이 사건을 이야기로 바꾸기에 충분하지가 않다. 결국 그가 말한다. "본때를 보여줬어야 했어. 자동차를 박살내든가, 무단침입으로 경찰에 신고하든가. 뭐든. 아직 안 늦었어."

"아직 안 늦었다니, 그건 무슨 말이야?" 그가 그럴 수 있다고 에이버리가 느끼지 않도록 얼리샤가 묻는다.

"그 자식이 어디 사는지 몰라서 그러는 게 아니야."

얼리샤가 고개를 끄덕이고 나서 말한다. "라이언, 화가 나는 건 알겠는데. 일단 좀 진정해."

"넌 쉽게 말할 수 있어. 그 자리에 없었잖아. 그렇지?" 이 말을 하면서 라이언이 에이버리를 바라본다.

라이언이 무엇을 묻고 있는지 에이버리는 진의를 헤아리지 못한다. 질문은 얼리샤가 그 자리에 있었는지 없었는지에 대해 묻는 것처럼 보이지만, 그들은 모두 그 답을 알고 있다. 라이언은 그에게 뭔가를 더 많이 바란다.

"너희와 함께 있는 게 훨씬 더 좋아." 그렇게 말해서 에이버리는 라이언을 제외한 모든 친구들에게 점수를 얻는다.

라이언으로서는 이 말이 에이버리에게, 얼리샤에게, 그들 모두와 분노를 나누지 못해서 얼마나 불만스러울지 우리는 안다. 이런 감정을 우리가 모르면 누가 알겠는가. 우리에게도 분노에 잠겨 지낸 시절이 있었고, 분노는 우리가 만든 것이 아니라 우리를 둘러싸고 조여오는 외부의 무언가가 만든 것처럼 느꼈다. 오랜 세월 동안 분노를 부정하고, 울분을 부정하고 나서야 분노가 우리를 부추기도록, 분노를 이용해 폭력을 정당하도록 놔두었으며, 외적인 것이라면서 그것을 받아들여 안에서 밖으로 되쏘았다는 것을 인정하는 일이 큰 힘을 주었다.

분노의 어떤 측면은 이렇게 인정하고 이렇게 이용하는 것이다. 하지만 다른 측면은 (우리가 유난히 힘들어하고 이따금은 가장 어려워하는 것이기도 하다.) 조준의 문제이다. 다시 말해 때론 분노의 힘이 너무 세서 진짜로 울분을 터트려야 할 사람에게만, 진짜로 분노해야 할 사람에게만 분노를 터트려야 하는데 아무 데로나 발사한다는 것이다. 라이언은 스카일라를 향한 증오심에 집착한 나머지 증오심이 흘러넘쳐서 무차별적으로 발사되는 것을 깨닫지도 못한다.

얼리샤는 에이버리에게 머리를 언제부터 분홍색으로 물들였는지 묻고는 메리골드의 생활에 대해 더 많은 질문을 한다. 사실 그녀는 에이버리가 화장실에 가주거나 전화를 하러 밖에 나가주면 라이언과 따로 남아 오늘이 무엇을 하기로 한 날인지, 그의 삶에 들어온 이 소년을 소개하게 친구들을 모아달라고 부탁할 때 얼마나 들떠 있었는지를 상기시켜줄 수 있기를 바란다. 하지만 에이버리가 자리를 떠나지 않아 라이언은 절친한 친구의 충고를 들을 기회를 얻지 못한다.

"이제 뭐할 거야?" 자연스레 대화가 끝나갈 즈음에 그녀가 묻는다.

"글쎄." 라이언이 대답한다. 하지만 아직도 '복수'라는 두 글자가 새겨져 있는 것이 그녀에게 또렷이 보인다.

피터가 그런 식으로 어깨를 기대고 무엇을 하려는지, 무슨 말을 하려는지 닐은 안다. 그래서 물리치지 않는다. 하지만 무슨 일이 있었는지 아직도 피터에게 말하지 않고, 말하지 않는 이유가 아직도 궁금하다.

쿠퍼는 맥도널드를 나와서 세상으로 돌아간다. 밤이 되기를 기다린다.

크레이그는 인파 속에서 가속을 찾지만 그들은 아무 데도 보이지 않는다.

해리는 들어오는 문자와 이메일, 모든 게시글에 집중하려고 한다. 전화기를 들어 올릴 힘도 없지만 댓글을 되도록 많이 달아서 글에 열중하려고, 시간을 잊어보려고 한다.

해리 아버지는 아들을 바라보면서 안에서 벅차오르는 무언가를 느낀다. 그의 아버지라면 지금 보는 광경을, 지금 느끼는 감정을 결코 이해하지 못할 것이다. 그의 아버지라면 이 상황에 대해 할 말이 적잖을 것이다. 하지만 해리 아버지가 아들을 여러모로 자랑스러워하듯이 그의 아버지는 손자를 여러모로 자랑스러워하지 않았다. 그가 느끼는 감정은 자부심이라는 말로는 다 표현하기 어렵다. 그가 생각한다. '존재의 모든 의미가 여기에 있다.' 바로 눈앞에. 내 자식.

라미레스 씨와 나란히 서서, 톰은 우리와 함께하지 못하는 것을 아쉬워한다.
'우리 여기 있어.' 우리가 그에게 말한다.
우리 여기 있어.

"뭐하고 싶어?" 에이버리의 차에 타고 나서 라이언이 묻는다.

'돌아가고 싶어, 2시간 전으로.' 에이버리가 생각한다.

크레이그는 타리크의 표정을 살피고 나서, 타리크의 손에 들린 자신의 전화기를 본다. 지난 몇 시간 동안 크레이그는 해리가 문자를 보내도록, 이해하기 어려운 수천 명의 시청자에게 감사인사를 보내도록 했다. 하지만 타리크의 표정으로 봐서는 이것은 그것이 아닌 것 같다. 이것은 뭔가 다른 것이다.

타리크가 전화기를 건넨다. 동생 케빈이 문자를 보냈다.

'우리 드라이브 간다. 행운을 빌어.'

그것이 전부다. 그것이 끝이다.

식구들이 안 온다.

식구들이-안-온다.

어젯밤에 아버지가 내린 결정이 분명하다. 아버지가 아니고선 그럴 수 없다.

그들이 떠났다. 끝날 때까진 안 돌아올 것이다.

크레이그는 안에서부터 살갗이 찢겨져 나가는 것을 느낀다. 지켜보는 이 모든 사람들이, 무슨 일인지 아는 이 모든 사람들이 결코 일어나지 않을 모든 것을 아는 것 같다. 다시 만나는 것은 없다. 응원 같은 것도 없다. 아무것도 없다.

그들을 생각하지도 않았는데 눈물이 떨어진다. 그건 몸이 하는 일들 중에서 가장 그럴싸하다. 슬플 때 몸이 후다닥 눈부터 씻어 내려고 하는 것은 그럴싸하다.

타리크는 크레이그의 등을 쓰다듬으며 그를 위로하려고 한다. 해리는 아직 무슨 일인지 모르지만 뭔가를 예감한다. 크레이그는 해리에게 문자를 보여주라고 타리크에게 손짓을 한다. 해리는 두려운 사실을 확인한다. 이제 스미타와 라미레스 부인도 다가와 무슨 문제인지를 확인한다.

군중들이 더 큰 소리로 응원하면서 두 소년의 이름을 외쳐 부른다. 수백의 목소리가 크레이그의 부모님이 지어준 이름을 외쳐 부른다. 그것이 전부 부질없는 소리로 들린다.

문득 타리크에게 뭔가가 떠오른다. 그도 자신을 제지하지 못한다. 레이철에게 컴퓨터를 보라고, 동영상을 보라고 말하고서 인파를 헤치며 뛰어간다. 해리와 크레이그 곁을 떠나는 것은 이번이 처음이고, 쉬는 것도 이번이 처음이다. 그런 힘이 어디서 나오는지 그도 모르지만, 일단 빼곡한 사람들 사이를 벗어나자 마을을 지나는 금메달리스트처럼 힘차게 달린다. 숨이 차오르면서 이전 상처들이 전부 금방이라도 벌어질 것 같지만 그것을 통해 힘을 얻고, 자신을 채찍질하며 크레이그의 동네까지, 크레이그네 진입로까지, 크레이그네 현관까지 쉬지 않고 달린다. 그러고는 문을 세차게 두드리면서, 그들에게 나오라고 고함치고, 거기 있는 것 안 다고 아우성치고, 함께 가자고, 이것은 어리석은 짓이 아니라고,

잘못이 아니라고 애원한다. "가족이 있어야지." 그가 그들에게 말한다. "가족이 있어야 한다고." 두드리는 손이 지치고 고함치는 폐가 지칠 때까지 몇 번이고 되풀이한다.

집에서 삐걱대는 소리가 났다가 잠잠해진다. 마치 타리크에게 단념하라고 말하듯이. 햇살이 구름 아래 깜빡인다. 동조하는 사람이 아무도 없다 보니 아무런 대답이 없다.

타리크는 울지 않는다. 더는 집도 귀찮게 하지 않는다. 우리 상당수가 그랬지만, 그는 잘못을 바로잡고 싶었다. 그가 실패했다는 것은 얼토당토않은 말이다. 이 일이 끝나고 모두가 흥분한 속에서, 어쩌면 크레이그에게 이런 시도를 했다고, 이렇게 했다고 말하는 것을 깜빡할지도 모른다.

우리는 그에게 멋진 시도였다고 말한다. 학교로 돌아가는 길에 동행이 있다는 것을 느끼기를 바라며 우리는 그의 곁을 나란히 걸으려고 한다.

더는 그들을 기다리지 않게 된 지금, 크레이그는 그들을 간절히 기다렸다는 것을 깨닫는다. 또한 그들이 없어도 슬픔에 빠져 죽지 않을 것을 알고는 놀란다.

해리는 크레이그 곁에 자기가 있다는 것을 알려주려고 한다. 힘껏 애를 쓴다. 키스로써 새로 말하지 않아도 아는데도 그는 말하려고 한다. 크레이그는 그것을 알아듣는다. 크레이그가 해리의 등에 손가락으로 뭔가를 그린다. 해리가 처음에는 그것이 대문자 'P' 아니면 소문자 'e'라고 생각한다. 하지만 같은 모양이 두 번 반복된다. 'heart.'

해리가 느낌표로 대답한다.

"넌 혼자가 아니야." 크레이그의 입술에 입술을 맞대고 말한다.

"뭐?" 크레이그가 묻는다.

"넌 혼자가 아니야." 해리가 다시 말한다.

이번에는 크레이그가 그 말을 알아듣는다.

닐은 피터의 곁에서 일어나 컴퓨터로 다가간다. 화면 속에선 두 소년이 키스를 하고 있다. 닐은 몸을 숙이고는 그들의 생각을 엿보려고 한다. 동영상을 전체 화면으로 키워도 그들의 모습만 더 흐릿하게 보일 뿐이다.

"우리도 가보자." 그가 불쑥 말한다. "너희 엄마가 태워다주지 않을까?"

"지나가면서 그 자식들이 아직 있는지 확인만 하려고 그래." 라이언이 말한다.

에이버리는 거절하고 싶다. 하지만 거절하지 않고 라이언이 시키는 대로 묵묵히 좌회전을 하고 우회전을 한다.

다시 그곳…… 버려진 미니 골프장에 도착한다.

트럭은 가고 없다.

라이언이 실망하는지 안도하는지 에이버리로서는 알 도리가 없다. 어쩌면 둘 다일 수도 있다.

"걔들이 어디 있을지 알아." 그가 에이버리에게 옆으로 빠져 좌회전하라고 말한다.

에이버리의 차는 교차로 2개를 지난다. 세 번째 교차로에서 빨간불이라 멈춰 선다. 라이언이 다시 좌회전하라고 말하자 에이버리는 자포자기하지 않고 라이언에게 마지막 기회를 주기로 마음먹는다.

에이버리가 우측 차선으로 붙어 우회전을 하자 라이언이 어리둥절해한다. 에이버리가 한 법률사무소 주차장에 차를 대자 더더욱 어리둥절해한다.

"뭐하는 거야?" 라이언이 에이버리에게 묻는다.

에이버리가 대답한다. "네가 망치고 있잖아. 이제 그만 좀 해. 다 망치기 전에."

쿠퍼는 고속도로로 차를 몬다. 살던 고장을 영영 떠나고 있다. 다시 생각해볼 것도 없다. 작별인사를 해야 할 사람도 없다.

앞으로 2시간 남았다.

촬영팀이 많아지면서 시위하는 사람도 많아지고, 그런 만큼 열기도 늘어나고 소음도 커진다.

카페인의 추가적인 주입에도 불구하고, 크레이그는 자리에 앉고 싶은 것 못지않게 몹시 졸리다. 마음이 부정적인 의문에 빠져들지 않게 하려고 하지만 이즈음에 그런 의문을 떨쳐내지 못한다. 말하지 않았고 인정받지도 못하는 이것을 하는 이유들이 중요하게 생각되지 않는다. 가족의 관계가 돈독해질 줄 알았나? 그들이 자랑스러워할 줄 알았나? 스미타의 말이 틀렸나? 해리가 돌아와 다시 사귀게 될 줄 알았나? 타리크가 당한 일은 어때? 이렇게 하면 왠지 그 일을 바로잡고, 앞으로 그런 일이 일어나지 않을 줄 알았어? 도리어 촬영팀이 공중파를 통해 반대편의 증오심을 판매할 빌미를 제공하여 상황을 악화시킨 것은 아니고?

'왜 이걸 하는데?' 그가 자신에게 물으며 선택지를 지워나가지만 남은 것이 답이라는 확신이 안 선다. 우리가 알려줄 수도 있지만 답은 스스로 찾아야 한다. 우리는 답을 알지만, 그를 대신해 절망에 맞서는 것은 불가능하다. 그는 자신이 지켜야 한다.

너무 덥다. 해리는 물을 달라는 신호를 보내 너무 많다 싶을 만큼 (사실 반병밖에 안 되었다.) 물을 마셨다. 소변이 참기 어려울 만큼 마렵다. 하지만 이 많은 사람들이 앞에서, 그들이 보고 있는 앞에서 소변을 본다는 것은 상상하기도 어렵다. 그것은 일종의 공공 장소 소태증상이다. 소변을 참는다. 고통스럽다.

이제 경찰이 거리를 차단한다. 경찰력이 전부 동원되었지만 사실 그다지 많은 편은 아니다. 유입되는 사람의 신원을 전부 조회하는 것은 불가능하다. 어떤 얼간이라도 총기를 반입하는 것이 가능하다. 키스를 저지하고 싶은 사람은 누구라도 가능하다.

이즈음에 이곳으로 오는 사람들은 대부분이 피터 어머니의 차에서 내리는 두 사람과 비슷하다. 시위하러 오는 사람도 적지 않지만, 유입되는 사람들의 대부분이 키스에 연대감을 느껴서 오는 것이다. 그들이 하고 싶은 말을 크레이그와 해리가 행위로 말하고 있다. 그래서 어쩌다 보니 버스에 올라 있고 자동차에 앉아 있다. 어쩌다 보니 밀번 기차역에 있는데, 친절한 노파가 그들에게 학교로 가는 길을 알려주면서 더 가까운 거리의 중학교와 혼동하지 말라고 당부한다. 2시간도 남지 않아서 온통 흥분으로 시끌벅적할 때 그곳에 피터와 닐이 도착한다. 그들은 그 모든 사람들을 보면서, 있을지 모를 반대자들의 위협으로부터 해리와 크레이그를 보호하기 위한 친구들의 벽을 보면서 놀라움을 감추지 못한다. 군중들 속에서 해리와 크레이그는 'A'자 모양의 굽은 2개의 몸처럼 보인다. 그들은 넓게 퍼져 있는 축하 인파의 고정된 중심이자 밀집한 동심원의 첫 번째 중심축이다.

피터와 닐은 상황을 살피려고 가장자리에 멈춰 선다. 아니, 피터가 멈춰 선 이유는 다른 사람이 어디에 있는지 확인하고 거기에 아는 사람이 있는지 확인하려는 것이다. 닐이 멈춰 선 이유는 피터를 관찰하려고……, 피터를 관찰하며 원하는 것이 무엇인지 자신에게 물으려는 것이다. 그는 피터를 사랑한다는 것을 알고, 그것이 어떤 의미인지 확신이 서지 않는 것도 안다. 이 세상에서 피터 말고 키스를 하거나, 섹스를 하거나, 대화를 나누거나, 삶을 공유하고 싶은 사람은 아무도 없다. 그는 궁금하다. 그런데 어째서 어딘가 한구석이 빈 것 같을까? 어째서 1년이 지난 지금도 그것이 채워지지 않는 것일까?

우리가 대답해줄 수 있다. 지금 그것을 채워가는 중이라고. 지금 저 어려운 진실을, 그것은 결코 완전히 채워지지 않으며 완전히 채워졌다고 느껴지지도 않는다는 진실을 찾아가는 중이라고. 이런 것은, 세상에 영원한 것은 없다거나 세상에 완전한 것은 없다거나 하는 것처럼, 대개 한 번은 배워야만 한다. 한창 첫사랑의 진통을 겪는 와중에 이런 진실을 배우게 되면 동력을 상실하고 약속이 하찮게 보일 수도 있다. 하지만 올바르게 배우면 다르게 대처할 수 있다. 지난 1년 동안 닐은 사랑이 그릇에 붓는 물과 같아서 사랑이 오래가면 그만큼 그릇에 담기는 물이 많아지고, 결국은 가득 차게 된다고 생각했다. 사실 시간이 흐르면 그릇도 커진다. 너희는 자란다. 삶도 넓어진다. 따라서 자신이 상대의 사랑만으로 채워질 것이라고 기대해서는 안 된다. 언제까지나 다른 것을 위한 공간이 있을 것이다. 그 공간은 다른 것으로 채워지는 만큼 줄어든다. 물이 공기보다 더 쉽게 보이더라도 공기의 고마움을 알아야 한다.

우리라고 이 모든 것을 한 번에 배운 것이 아니다. 우리들 중에는 그것을 배우지 못했거나 그것을 배웠지만 사정이 안 좋아 잊은 이들도 있었다. 하지만 우리에게는 이런 때…… 가령 음반을 건너뛰어야 할 때가 있었다면, 너희에게는 곡을 아예 바꾸거나 전에 비해 조금 흠이 있기는 하지만 끝까지 듣거나 이 둘 중에서 하나를 고를 기회가 있다.

"이 사람들 좀 봐. 이것 좀 보라고!" 피터가 닐에게 말한다.

닐은 그를 보면서 머리는 좋지만 사회성 꽝인 덩치 큰 얼뜨기를 본다. 그를 보면서 엄마가 태워다주고 태우러오는 누군가를 본다. 그를 보면서 그의 미래는 아닐지라도 현재는 분명히 보인다.

닐이 피터에게 아침에 집에서 있었던 일에 대해 말하면, 피터는 당황하고 나서 닐이 이제야 말한 것 때문에 상처받기까지 대략 40초쯤 걸릴 것이다. 닐은 이렇게 보여도 사과하지 않을 것이다. 다시 5분이 지나지 않아 사건의 전말을 알고 싶지 않아서 관심도 갖지 않을 것이며, 그런 사실 후에도 닐과 함께 남아 응원하기를 바랄 것이다. 그가 닐을 품에 안을 것이고, 닐도 품에 안길 것이고, 그로써 각자의 그릇에 사랑이 더 많이 흘러들어갈 것이고, 각자의 그릇이 조금 더 커질 것이다.

"망치고 있다니?" 라이언이 묻는다. 첫마디를 시작할 때는 에이버리가 하는 말의 의미를 모르지만 물음표를 찍을 즈음에는 알아차린다. 그래서 에이버리가 대답하기 전에 먼저 말한다. "이런, 미안해."

"시간을 돌려줘." 에이버리가 말한다.

라이언이 변명하듯이 대답한다. "내가 뺏은 게 아니잖아."

그의 말을 듣자마자 우리는 그가 결정을 해야 한다고, 그것도 중요한 결정을 해야 한다는 것을 안다. 여기서 그릇된 결정을 하면 평생 계속해서 그럴 가능성이 높다. 우리 중에서 분노로 말미암아 죽은 이들은 그 패턴을 이해할 것이다. 라이언이 이런 선택을 해야 하는 것은 억울하지 않다. 그가 빼앗은 것이 아니라는 말은 틀린 데가 없다. 하지만 이제 그것을 돌려주는 것은 그에게 달려 있다. 다만 그러려면 분노를 지나쳐가야 할 것이다.

에이버리는 이 상황에 걸어야 할 것이 많다는 것을 모른다. 라이언이 계속 이런 식이면 킨들링에 그리 오래 머물지 못할 것이라는 사실은 그가 안다. 섭섭해도 어쩔 수 없다는 것도 안다.

"제발." 라이언에게 애원하고 온 우주에 간청한다.

라이언은 조수석의 머리받침에 뒷머리를 털썩 기댄다. 그러고는 고개를 돌려 에이버리의 눈을 바라본다.

"미안해." 그가 말한다. "정말 미안해. 난 정말 바보야."

"아니야. 돌아올 수 없는 다리를 건넌 것도 아니잖아."

라이언이 고개를 젓는다. "그래. 하지만 하마터면 우리가 다리를 건널 뻔했잖아." 주머니에서 전화기가 울리자 전화기를 꺼낸다. 그가 화면을 보고는 싱긋 웃는다. 그리고는 얼리샤가 보낸 문자를 보여준다.

'네가 엉망으로 만들고 있잖아. 야, 멍청한 짓 하지 마라.'

"네가 마음에 드나봐." 라이언이 말한다.

"나도 마음에 들어." 에이버리가 말한다. "친구들 전부 다."

"데즈도?"

"80프로쯤은."

라이언이 고개를 끄덕인다. "그래, 맞아. 그런데 2분 전까지 난 몇 프로였어?"

"40프로? 37프로?"

"그러면 내가 어떡해야 다시 90프로로 돌아갈 수 있어?"

'뭐하고 싶어?'

'글쎄……, 그런 넌 뭐하고 싶어?'

에이버리가 대답할 차례다.

"강에 배 타러 가자. 강에 다시 가보고 싶어." 그가 말한다.

라이언이 그 일을 잊었다거나 한 것은 아니다. 용서한 것도 분

멍코 아니다. 하지만 그 사실을 상기했다. 앞으로 1년만 더 참으면 된다는 것을. 스카일라 일당은 이 고장을 떠나지 않을 것이다. 하지만 라이언은 떠날 것이다. 그것은 분홍 머리 소년과 슬쩍 자리를 비켜주는 것만큼 간단한 일이다.

해리는 더 이상 참지 못한다. 도저히 참을 수가 없다. 그를 대신해 몸이 그 자리에서, 다른 사람들이 보는 앞에서 소변을 보기로 결정한다. 한번 나오기 시작하면 멈추기는 쉽지 않다. 두렵게도 속옷이 젖고 바지 앞자락이 젖는 것이 느껴진다.

크레이그는 해리가 긴장하는 것을 느끼지만 왜인지 이유를 모른다. 그렇게 서서는 둘 중의 누구도 아래를 볼 수가 없다. 해리가 크레이그의 등에 '미안!'이라고 또박또박 적는다. 크레이그가 물음표로 묻는다. 해리는 '오'라고 답하고, 크레이그가 싫은 내색도 없이 코를 킁킁거리며 웃는다.

스미타는 알지만 다른 사람은 아무도 모른다. 그녀가 안다는 것을 해리가 눈치채지 못하게 선풍기로 다가가 바람이 바지로 불도록 선풍기 방향을 조정한다.

앞으로 1시간. 그들이 1시간이 남기를 바란 대로 1시간 남았다.

해가 저물며 한낮의 온기를 가져간다. 현지 뉴스 방송국들이 그들의 소식을 전국 뉴스로 전송할 것이다. 오늘 밤 심야토론에서 두 소년의 키스를 주제로 토론을 벌일 예정이다. 라디오 배전반에 불이 들어올 것이다. 폭스 뉴스(Fox News)가 두 소년의 키스를 인정하지 않고 비난할 것이다. 크레이그 아버지가 어디에선가 텔레비전과 라디오가 꺼졌는지, 컴퓨터의 인터넷 접속이 끊겼는지 확인할 것이다.

그는 다른 아들들이 보지 않기를 원한다.

해리는 물과 에너지 음료를 더 이상 마시지 않는다. 그래선지 현기증이 난다. 믿기지 않겠지만, 자기가 어디 있는지 모를 때도 있다. 그는 잠들지 않으려고 가슴을 때린다.

쿠퍼는 큰 강을 가로질러 반대편의 큰 도시로 연결된 큰 다리로 다가온다. 우리가 자랄 적에 이 장면은 새 삶을 시작하는 오프닝 크레디트(opening credit)로 늘 마음속에 그리던 것이었다. 우리들 중에 대도시에서 나고 자란 이들도 이 장면을 상상했다. 직접 차를 몰고 오건, 노란 택시 뒷자리에 앉아서 오건 도시는 자체로 무한히 펼쳐진 경이로움이었고, 끝 간 데까지 화살처럼 뾰족하게 솟아오른 마천루의 창문마다 어서 오라며 반짝였다. 도시가 우리들 대다수에게 호락호락하게 나오지 않아도 저 오프닝 크레디트의 전율 덕분에 우리는 힘든 시간을 이겨내고 우리를 별로 믿어주지 않는 도시에 대한 믿음을 잃지 않았다. 우리는 죽어가면서도 도시에 첫 발을 내딛던 순간을 떠올리곤 했고, 도시로 떠나는 자신의 모습을 마음속에 그려보던 자신을 떠올리곤 했고, 또한 기억과 꿈이 두 가지가 하나의 현실로 뒤섞여 어느 것이 꿈인지 어느 것이 기억인지 몰랐고, 그런 탓에 우리에게는 먼 옛날이야기 같지만, 그래도 가볼 만한 시간이었다.

도시로 다가오는 쿠퍼를 보면서 우리는 약간의 흥분을 느끼며 도피하던 순간의 기억들이, 결승선을 통과한 줄 알았더니 그 뒤에도 수없이 많은 결승선을 통과해야 한다는 것을 알게 된 기억들이 저절로 떠오른다.

전조등 행렬에 쿠퍼의 차가 보인다. 저 모든 차들. 저 모든 순례자들. 그런데 쿠퍼의 차가 행렬을 벗어난다. 방향등이 바뀐다. 유료차선을 벗어나 가까운 도로로 내려간다. 바로 다리 아래, 아래에서 위로 솟아오른 도로의 이음새 바로 아래에 차를 대고 시동을 끈다. 그러고는 차에서 내린다.

그는 아무렇지도 않게 불법 주차를 한다. 바로 옆에 '24시간 주차금지'라고 적혀 있다. 차문을 잠그지 않고 그대로 닫는다. 그리고 뒤도 안 돌아보고 다리로 걸어간다. 차안을 들여다보니 조수석에 지갑과 전화 충전기, 영수증과 동전이 놓여 있다. 모두 그대로 놓아두고 전화기만 가져갔다.

처음에는 무심코 생각했다. '문도 안 잠근 차에 지갑을 놔두면 안 되는데.'

우리는 물러선다. 물러서야 한다. 도시에 대한 추억이나 감상은 집어치워야 한다. 생각을 모아야 한다. 이제까지는 그가 다른 방향으로 간다고 생각할 여지가 있었다. 하지만 지금은 한 방향밖에 없다.

우리는 그를 부르고, 그를 쫓아가며 고함친다. 아무런 소리도 나오지 않지만 목청껏 아우성을 친다. 우리를 모아서 벙어리 합창단을 만들지만 벙긋거리는 입을 보면 괴롭기만 하다. 앞을 막아서 보지만 그가 우리를 그대로 통과해 지나간다. 자동차를 두드리고 경적을 울리려고 해보지만 아무것도 뜻대로 되지 않는다.

차들이 지나간다. 그들에게 그는 그저 평범한 10대 소년일 뿐이다. 산책을 나온 모양이군. 다리를 건너가는군. 그가 강물에 뭔가를 던진다. 그들은 그것이 전화기인 줄 모른다.

우리가 잡아보려 하지만 잡히지 않는다.

그가 양손으로 난간을 잡는다. 그러지 마. 난간을 잡고 있으면서 잡은 줄도 모른다. 그가 다리 가운데를 향해 걸어간다. 거기까지 가는데 2분쯤 걸릴 것이다. 아마 3분쯤. 서두르지 않는다. 멀리 아래서 일렁이는 검은 강물을 바라본다.

침대에서 울고 있을 엄마의 모습은 보이지 않는다.

아버지가 아무리 뭐라고 해도 그녀는 전화기를 놓지 않는다.

우리가 그에게 울부짖는다. 그에게 애원한다, 그에게 간청한다. 그에게 호통을 친다. 그에게 설명한다. 우리의 삶은 짧았지만 우리라면 그 삶을 더욱 짧게 만들지 않을 거야. 때로는 너무 늦게 깨닫기도 해. 너 자신을 믿지 못해서 그래. 넌 아니라지만 그래서 그래. 네가 이기적이라서가 아니야. 다른 사람을 위해 살아갈 순 없는 거야. 네가 원하는 대로 살아야지 남들이 원하는 대로 살아갈 순 없는 거야. 부모를 위해 살아갈 순 없는 거야. 친구를 위해 살아갈 수도 없는 거야. 그들을 위해 살아야 할 책임이 없어. 남을 위해 살아야 할 책임은 없지만 네 삶은 네가 책임져야 해.

'하지만 난 끝났어.' 그는 말하고 싶을 것이다. '난 이미 죽었어.'

'아냐.' 우리가 주장한다. '아니야. 그렇지 않아.' 살아 있지만 미래가 죽은 심정이 어떨지 우리가 안다. 하지만 너는 반대다. 미래의 너는 아직 살아 있다. 아직 알지도 못하는 그, 아직 만나지도 못한 그, 미래의 너를 책임져야 한다. 죽기 직전까지 네가 사는 세월만큼 미래의 너도 그 세월을 산다.

우리의 눈에는 저 미래의 네가 보인다. 네 눈에는 안 보이겠지만 우리 눈에는 보인다. 그는 오롯이 현재의 네 영혼만이 아니라 우리 모두의 영혼과 우리 모두의 가능성과 우리 모두의 죽음이 더해져 이루어진다. 그는 우리의 부정의 부정이다.

'넌 쓸모없지 않아. 네 목숨은 쓰고 버리는 일회용품이 아니야.' 우리가 쿠퍼에게 외친다.

'다 쓸데없는 짓 같지. 세상에 네 자리는 없을 것 같지. 언제까지나 이 고통스런 마음에서 헤어나지 못할 것 같지. 이보다 더한 마음은 없을 것 같지. 네가 옳다고 확신하지. 지금 이 순간에, 네 삶에서 가장 중요한 순간에 넌 죽어 마땅하다고 확신하지. 다른 선택지는 없어 보이지. 그만 눈을 떠라.'

우리가 울부짖는다.

'우리 이야기 좀 들어줘. 쓸데없는 이야기 같더라도 들어봐. 우리는 혈변을 누고, 병변으로 살가죽이 갈라지고 해졌어. 목구멍에 손톱 밑에 곰팡이가 자랐어. 보고 말하고 삼키는 능력을 잃었어. 기침을 하면 온몸이 조각나 튀어나왔고, 피가 용암으로 변하는 것 같았어. 근육을 쓰지 못해 육신은 살가죽에 덮인 뼈 무덤 같았어. 쪼그라들어 왜소해진 모습은 알아보기도 어려웠어. 사랑하는 이들이 죽어가는 우리를 지켜봐야 했어. 간호사가 도관을 가는 것을 친구들이 지켜봐야 했고, 우리를 관에 넣어 땅에 묻은 기억을 떨쳐내려고 애써야 했어. 다시는 엄마에게 입을 맞추지 못하게 되었어. 다시는 아버지를 만나지 못하게 되었어. 다시는 폐를 가득 채우는 공기를 느끼지 못하게 되었어. 다시는 우리의 목소리를 듣지 못하게 되었어. 다시는 눈이나 모래를 만지지 못하게 되었고 다시는 대화를 하지 못하게 되었어. 우리가 빼앗긴 것, 그것이 그리워. 그 모든 것이 한없이 그리워. 지금은 모르겠지. 전부 다 있으니까.'

쿠퍼가 다리 한가운데 당도한다. 차들이 쉴 새 없이 물결치듯

지나간다. 뭐냐면, 트럭이 지나갈 때 난간의 흔들림과 공기의 움직임이 느껴진다. 그가 이렇게 느낀다. 스스로 마음의 문을 닫아걸어서 그렇지 그는 아직 세상에 있다.

마지막 1분.

마지막 30초.

우리의 끝은 이토록 정확하지 않았다.

차라리 모른 척하고 싶다. 어째서 우리는 모른 척하면 안 되는가? 꿈꾸고 사랑하고 섹스를 한 죄밖에 없는데…… 어째서 우리가 이런 형벌을 받아야 하는가? 어째서 세상은 여태껏 이 문제를 해결하지 못했는가? 어째서 쿠퍼가 난간을 올라가는 것을 우리가 봐야 하는가? 어째서 열두 살짜리 아이가 머리에 총을 대고 방아쇠를 당기는 것을 우리가 봐야 하는가? 어째서 열네 살짜리 아이가 차고에서 스스로 목을 매고 2시간 후에 할머니에게 발견되는 것을 우리가 봐야 하는가? 어째서 열아홉 살짜리 아이가 인적 드문 고속도로에 몸을 던져 죽은 채 버려진 것을 우리가 봐야 하는가? 어째서 열세 살짜리 아이가 배 속 가득히 약을 삼키고 나서 머리에 비닐봉지를 뒤집어쓰는 것을 우리가 봐야 하는가? 어째서 그 아이가 토하고 질식하는 것을 우리가 봐야 하는가?

어째서 우리는 자꾸 되풀이해서 죽어야 하는가?

쿠퍼는 허공으로 몸을 들어 올린다. 우리들 수천 명이 모여 안 된다고 아우성치고 멈추라고 외치고 울부짖지만, 우리 몸으로 그

242

물을 짜서 강물 위에 펼치고는 그를 받으려 한들, 우리가 알고 있다시피, 한시도 잊은 적이 없다시피 우리가 아무리 촘촘한 그물을 짜도 아무리 용을 써대도 떨어지는 그를 잡지 못할 것이다.

우리는 자꾸 되풀이해서 죽는다.

자꾸 되풀이해서.

쿠퍼가 난간을 뛰어올라 옆으로 떨어진다. 그가 무슨 일인지 알아차리기 전에, 우리가 무슨 일인지 알아차리기 전에 지상으로 돌아와 땅바닥에 나뒹군다. 울부짖어도 소용없다. 뭔가를 본 자동차가 급정거하는 바람에 뒤차가 앞차와 충돌할 뻔했다. 쿠퍼가 다시 올라가려고 발버둥을 치지만 그의 몸에 올라탄 남자가 움직이지 말라고, 가만히 있으라고, 꼼짝하지 말라고 말한다. 쿠퍼가 자신을 잡고 놓아주지 않는 남자를 알아차린다. 그들이 동시에 서로를 마주한다. 쿠퍼가 제복과 배지를 본다. 교통경찰. 경찰이 쿠퍼를 보며 놀란다. "맙소사, 어린애잖아."

사람들이 달려와 경찰에게 무슨 일이냐고, 도와줄 것은 없냐고 묻는다. 쿠퍼는 동요하면서 모든 감정이 한꺼번에 복받쳐 오른다. 한동안 멈춰선 분노와 슬픔과 수치심. 제대로 해보지도 못한 자기혐오. 그 언저리 어딘가에서 들리는 작은 안도의 목소리.

경찰이 차에서 발견한 지갑을 꺼낸다. 쿠퍼를 붙잡고 옆의 여자 관계자에게 지갑을 건네며 소년의 이름을 알려달라고 부탁한다. 여자가 이름을 알려주고, 경찰이 쿠퍼를 누르던 힘을 줄이며 그를 돌려서 소년의 눈을 본다.

"넌 어떨지 모르겠다만." 경찰이 말한다. "오늘 운수 좋은 날인 줄 알아라, 쿠퍼."

머리에 총을 겨눈 열두 살 아이는 돌아오지 못한다. 스스로 목을 맨 열네 살 아이는 돌아오지 못한다. 인적 드문 고속도로에 몸을 던져 죽은 열아홉 살 아이는 돌아오지 못한다. 위장 가득히 약을 삼킨 열세 살 아이는 돌아오지 못한다. 우리들도 돌아가지 못한다.

하지만 쿠퍼는 돌아왔다.

차로 1시간 남짓 걸리는 곳에서 크레이그와 해리는 마지막 시간을 향해 가고, 닐과 피터는 사람들 속에서 그들을 지켜본다.

크레이그는 이상하게 정신이 맑아지며 살아나는 것을 느낀다. 온몸이 저리고 마음은 주체하기 어렵지만, 공기에서 땀과 오줌 냄새가 나지만, 31시간을 견디고 32시간 12분 10초가 되기 전에 쓰러지는 것은 있을 수 없는 일이다. 게다가 군중을 마음으로 받아들이며 응원하는 지지자들과 몰려든 카메라에 손마저 흔든다.

하지만 해리는 금방이라도 쓰러질 것 같다. 1분을 더 견뎌야 한다는 생각을 견디기 어렵다. 상황은 좀 다르지만 이 심정이 어떤지 우리는 안다. 우리의 몸이 기대를 저버렸을 때 호흡의 간격이 수세기만큼 길게 느껴지곤 했다. 그런 가운데 잠은 눈 깜짝할 새 달아나고 몸은 잠들기 전보다도 더 녹초가 되었다.

그는 쉬지 않고 다리를 흔들고 움직였다. 그들이 계획한 대로 자잘한 운동을 했지만 뜻대로 되지 않았다. 이 모든 사람들을 실망시킨다는 것은, 어머니와 아버지를, 무엇보다도 크레이그를 실망시킨다는 것은 상상하기도 싫다. 하지만 이 상태로 56분을 더 견뎌야 한다는 것도 상상하기 싫다. 그는 크레이그에게 이 사실을 전할 방법을 강구한다. 그에게 용서를 구하고 포기할 방법을 강구한다. 그는 휴식이 필요하다. 대책이 필요하다.

그가 절망감에서 벗어나려고 크레이그를 양팔로 감싸 바싹 당겨 안는다. 크레이그도 똑같이 한다. 우선 가볍게 포옹을 한다. 그러고는 지그시 누른다. 점점 세게, 있는 힘껏.

그러고 나니 힘이 난다. 그가 아직 서 있다. 아직 버티고 있다. 아직 놓지 않고 있다. 그들이 서로를 놓지 않고 있다. 그들은 서로를 더욱 강하게 만들고 있다. 마라톤 주자가 막바지 구간에서 전력 질주하듯이 탈진에도 불구하고 끝까지 가봐야 한다.

뒤쪽의 사람들이 응원의 함성을 지른다. 앞쪽의 사람들은 다른 반응을 보인다. 타리크는 고통스러워하는 친구들을 보며, 몸부림치는 친구들을 보며 금방이라도 눈물을 터트릴 것 같다. 해리의 아버지와 어머니가 해리의 안전을 지켜야 한다는 본능과 고통을 덜어주어야 한다는 본능을 떨쳐내야 한다. 스미타는 그들이 만약 실패할 경우 무슨 일이 벌어질지, 그들이 그것을 어떻게 감당할지를 걱정한다. 물론 사람들은 이렇게 오래 버틴 것도 놀랍다고 말할 것이다. 그래도 실패라는 사실은 변하지 않는다.

해리가 크레이그의 등에 글자로 말하지 않아도 크레이그는 남은 시간 동안 그를 놓아서는 안 된다는 것을 안다. 지금의 사정이 그랬다. 그래서 크레이그는 그를 끌어안고 있다. 그러면서 보고 듣고 느끼는 모든 것을 느끼려고 한다. 이만큼 좋은 일은 다시없을 것 같아 그는 잊고 싶지 않다. 해리에 대한 사랑에서 따져보면 앞으로 그와 해리에게 이만큼 좋은 일은 없을 것이다. 그들이 이 순간을 함께했기 때문에 다시 시작해보고 싶은 것이 당연할 것이다. 크레이그로서는 정말 다시 시도해보고 싶고, 이 강렬한 감동을 그들의 현실 생활에 이어갈 방법이 있는지 알고 싶다. 하지만 그들이 헤어져도 여전히 서로에게 중요한 사람으로 남을 터이고 그것이 무엇보다 중요하다고 해리가 한 말을 기억하고 있다. 그때 크레이그가 그 말을 들으려고도 하지 않았고, 지금도 다시 듣고 싶지 않을 것이다. 하지만 그 또한 그 말이 사실인 줄 안다.

그러다 보니, 그가 왜 자신이 이런 미친 짓을 하는지 이유에 대한 질문으로 되돌아간다. 방송보도를 통해 이야기가 전국으로 퍼져나갈 것이고, 덕분에 두 남자가 키스를 해도 사람들이 전보다 덜 두려워하는지 모르고, 누구와 키스를 하고 누구와 섹스를 하건, 어떤 꿈을 꾸고 어떤 사랑을 하건 만인이 평등하게 태어난다는 생각을 조금 더 기꺼운 마음으로 받아들였으면 좋겠다. 그래서 이런 미친 짓을 하고 있는 것이다.

하지만 그것은 개인적인 이유가 아니다. 그렇다면 개인적인 이유는 무엇일까? 해리와의 관계를 되돌리려는 것이 아니라면? 가족에게 그가 누군지를 밝히고 그들의 응원을 받으려는 것이 아니라면?

방정식에서 이들을 전부 제하고 나니 자기 자신만이 오롯이 변수로 남는다. 그제야 크레이그는 깨닫는다. 그는 자신을 위해 키스를 하고 있다. 명예를 위해서가 아니라, 인기를 위해서가 아니라, 칭찬을 받기 위해서가 아니라 살아 있다고 느끼기 때문에 하는 것이다.

우리는 살아 있다고 느끼기보다는 되는대로 따르며 수많은 나날과 시간과 분을 고마운 줄 모르고 살고 있다. 하지만 지금처럼 살아 있다는 것이 수정처럼 맑고 명백해서 부정할 수 없는 순간이 있다. 그것이야말로 슬픔의 바다에서 구해줄 궁극적인 구명대이고 영원한 구원의 은총이다.

"마흔둘! 서른넷! 스물여섯!" 지지자들이 분 단위로 숫자를 외쳐 부른다. 숫자가 온기처럼 주위로 스며들지만 해리는 입술이 크레이그의 입술에서 떨어지지 않도록 키스에 정신을 집중한다. 만약에 크레이그가 그를 놓으면 바닥에 주저앉을 것이다.

"스물 둘! 열아홉!"

조지 워싱턴 다리 한쪽에 사동차기 멈춰서고 쿠퍼의 부모가 차에서 우르르 달려 나온다. 아들이 경비초소 안의 교통경찰 옆에 잠자코 앉아 있다. 물론 그럴 리야 없겠지만 그들이 이 순간만큼 아들을 사랑한 적이 없었다.

"열일곱! 열여섯!"

라라라, 라라라, 파란 머리 소년과 분홍 머리 소년이 잔잔한 강물 위에서 노를 저으며 이야기꽃으로 세레나데를 부른다.

이제 강은 그들의 장소가 될 것이다. 그들은 여기로 계속해서 돌아올 것이다.

"열셋! 열둘!"

우리가 너희들 곁에 있어줄 수만 있으면 좋으련만. 우리에게는 우리가 본받을 롤 모델이 많지 않았다. 지독히도 고통스런 상황에서 벗어날 길을 알려줄 사람이 아무도 없어서 오스카 와일드의 어리석은 사랑이야기와 월트 휘트먼의 잘 다듬어진 시구의 갈망을 우리 것으로 삼았다.

우리는 너희의 롤 모델이었을 것이다. 우리가 너희에게 미술과 음악과 자신감과 쉼터와 더 나은 세상을 알려주었을 것이다. 살아남은 사람은 살아가면서 이런 역할을 했다. 하지만 우리는 너희들 곁에 있지 못했다. 우리는 여기에서 너희가 롤 모델이 되는 것을 지켜보았다.

"열! 아홉!"

닐과 피터는 다른 사람들을 따라서 숫자를 외쳐 부른다. 손을 잡고서 세상을 변화시킬 불멸의 위업이 달성되는 순간을 보는 기분을 느낀다. 그런 감정, 그런 기분은 지켜보는 모든 사람들 안에, 그 자리에 있는 모든 사람들 안에 언제까지나 살아 있을 것이다. 세상은 그렇게 바뀔 것이다.

"여덟! 일곱! 여섯!"

타리크는 컴퓨터에서 현재 이 장면을 지켜보는 사람의 수가 50만 명에 이른 것을 확인하고는 고개를 들어 현장을 바라본다.

"다섯! 넷!"

'우리는 할 수 있어.' 해리가 생각한다.

"셋! 둘!"

'난 살아 있어!' 크레이그가 생각한다.

"하나!"

우리는 너희를 지켜보기만 할 뿐 간섭하지 못한다. 너희가 원하든 원하지 않든, 의도하든 의도하지 않든, 알든 모르든, 너희가 너희 몫의 삶을 살듯이 우리는 우리 몫의 삶을 살았다.

그러니 현명하게 선택해서 행동하기를 바란다.

사람들이 페이스북을 하지 않는 날이 올 것이다. (어쩌면 이 책을 읽고 있을 즈음일지도 모르겠다.) 너희가 좋아하는 10대 TV쇼의 스타들이 예순 살이 되는 날이 올 것이다. 너희와 절친한 이성애 친구와 동등한 양도할 수 없는 권리를 얻는 날이 올 것이다. (그날이 너희가 좋아하는 TV쇼 스타들이 60대가 되기 전에 올지도 모르겠다.) 게이 댄스파티가 따로 열리지 않는 날이 올 것이다. 너희보다 나이 어린 사람을 보면서, 너희가 그 나이에 알던 것보다 그나 그녀가 더 많이 안다고 느끼는 날이 올 것이다. 너희가 잊힐세라 걱정되는 날이 올 것이다. 복음서가 다시 쓰이는 날이 올 것이다.

너희가 카드를 바르게 사용하면 다음 세대가 너희 세대보다 더 많은 것을 누릴 것이다.

쿠퍼는 살아서 미래의 쿠퍼를 만날 것이다.
너희들도 모두 살아서 미래의 너희를 만날 것이다.

우리는 친구의 죽음도 보았지만 친구의 삶도 본다. 수많은 친구들이 살아서 길고 굵은 삶을 살고 있고, 우리는 그런 삶을 위한 축배를 들고는 한다. 그들이 우리의 삶을 이어간다.

뜻하지 않은 죽음이 있다. 결과적인 죽음이 있다.
그 한복판에 삶이 놓여 있다.

우리는 먼지로 와서 먼지로 가지 않는다. 우리는 먼지보다 많은 것을 일군다.

우리가 너희에게 바라는 것은 오직 하나다. 먼지보다 많은 것을 일궈라.

작가 후기

2010년 9월 18일, 대학생 매티 데일리(Matty Daley)와 바비 캔시엘로(Bobby Cancielo)는 32시간, 30분, 45초라는(이 책의 등장인물보다 긴 시간이다.)《기네스북》의 키스 세계기록보다 긴 시간 동안 키스를 했다. 나는 그들의 도전에 감명받은 사람의 하나에 불과하다. 이 책의 등장인물들은 매티나 바비와 관계가 없지만 줄거리는 그들의 도전에서 영향을 받았다. 나에게 경험을 말해주어 변함없는 감동을 선물한 매티에게 감사의 인사를 전한다.

매티와 바비가 키스하고 나흘 뒤인 2010년 9월 22일, 대학생 타일러 클레멘티(Tyler Clementi)가 조지 워싱턴 다리에서 투신해 유명을 달리했다. 그는 매티와 바비가 다니는 대학에서 30여 분 떨어진 거리의 대학에 다녔다. 나란히 일어난 두 사건이 이 소설에 영향을 끼친 것은 분명하지만 타일러 클레멘티와 관련한 사건은 이 책에 묘사되지 않았음을 밝혀둔다. 그것은 그의 이야기이지 내가 주제넘게 나설 이야기가 아니기 때문이다.

2008년 어느 날, 마이클 카트(Michael Cart)가 새로 준비하는 작품집의 일부를 맡아달라는 원고청탁을 했다. 그는 당시 LGBT의 삶에 관한 글을 집필할 작가를 모으고 있었고, 나는 원고청탁을 수락하자마자(마이클 카트의 부탁이라면 무슨 글이든 썼을 터라 그것은 너무나 뻔한 결론이었다.) 나에게 맡겨진 글의 어려움을 깨달았다. 결국에는 나보다 앞 세대의 게이가 뒤 세대의 게이를 지켜보는 이야기를 구상했다. 내가 속한 게이 '세대'는 기간이 매우 짧다. 그러니까 에이즈가 확산되고 인터넷이 대중화되던 5~6년 사이에 나는 성인이 되었고, 전자를 앞선 세대로 규정하고 후자를 뒤선 세대로 규정했다. 이 책에서 도입부 몇 페이지는《평범한 것이 진정 아름답다*How Beautiful the Ordinary*》라는 제목의 작품집에 수록된 이야기로 시작한다. 마이클이 원고청탁을 안 했으면 이 소설은 세상에 나오지 못했을 것이다. 수년간 그가 내 글을 전폭적으로 지지해준 것에 너해서, 이제 그에게 감사해야 할 이유가 하나 더 생긴 셈이다.

1990년대, 내가 대학 재학 중일 때 삼촌 바비가 말기 에이즈로 죽어가고 있었다. 그 후로 스무 해가 지나서 나는 절친한 친구들과 브로드웨이에 설 수 있었고, 멋지게 차려입고 미소를 머금은 남자가 세그웨이(Segway)를 타고 바람처럼 지나가면 친한 친구 하나가 말할 것이다. "저기, 바비 아저씨다!" 바비는 이미 그의 이야기 몇 편을 썼다. 구글에서 검색하면 그는 바비가 아니라 로버트 리바이선(Robert Levithan)이라고 불릴 것이다. 분명 머지않은 장래에 더 많은 책을 쓸 것이다. 나는 그 책을 읽게 될 날을 고대하고 있다.

2010년 11월 12일, 절친한 친구 빌리 메럴(Billy Merrell)이 콜롬비아특별시(the District of Columbia)에서 동거 중인 남편 니코 메디나(Nico Medina)와 합법적인 결혼식을 올렸다. 결혼식을 마치고 피로연 삼아 우리는 스미스소니언(Smithsonian)으로 역사상 최초의 동성애자와 동성애를 묘사한 그림 전시회 '숨바꼭질(HIDE/SEEK)'을 관람하러 갔다. 전시된 그림 중에는 데이비드 호크니(David Hockney)의 <우리 두 남자 서로를 의지하여(We Two Boys Together Clinging)>가 전시되어 있었다. 그림 옆의 플래카드에서 밝힌 대로 제목은 월트 휘트먼의 시에서 빌려온 것이었다. 그림을 보자마자 매티와 바비의 키스가 떠올랐고, 그 생각이 머릿속을 맴돌다가 나중에는 제목을 '우리 두 남자 키스하며(We Two Boys Kissing)'로 기억하게 되었고, 이 책의 제목은 그런 과정을 통해 영감을 얻었다. 휘트먼에 관한 잘못된 기억이 호크니, 결혼식 날, 32시간의 키스로까지 걸러졌다. 나는 아이디어를 어디서 얻었냐는 질문을 자주 받는데 이것이 제법 그럴싸한 대답이 되어줄 것이다.

2012년 이 책을 집필하면서 전에는 하지 않던 일을 했다. 원고가 모이는 대로 누군가에게 낭독을 시킨 것이다. 그 누군가가 바로 조엘 파벨스키(Joel Pavelski)였고, 낭독회는 뉴욕시의 수많은 공공장소에서 개최되어 태평양을 앞에 두고는 막을 내렸다. 부탁을 흔쾌히 수락해준 조엘에게 감사한다. 아울러 이 책이 원고 상태였을 때 이런저런 뜻깊은 조언을 해준 닉 엘리오풀로스(Nick Eliopulos)와 데이비드 배럿 그레이버(David Barrett Graver), 결말에 대한 조언이 절실했던 어느 날 저녁식사 자리에 동석해준 멜리나 마르케타(Melina Marchetta)와 리바 브레이(Libba Bray)에게도 감사한다.

내 편집자가 낸시 힝컬(Nancy Hinkel)이라는 사실은 그의 속옷에 그려진 귀여운 소년보다 더 기뻐서 펄쩍거릴 좋은 이유인데, 스티핀 메릿(Stephin Merritt)이 알고 있듯이 그것은 많은 것을 말해준다. 아울러 이 지면을 빌려 지난 10여 년간 돌봐준 랜덤하우스 출판사의 모든 직원과 로렌 도너번(Lauren Donovan), 이저벨 워런 린치(Isabel Warren-Lynch), 스티븐 브라운(Stephen Brown), 에이드리엔

와인트라웁(Adrienne Waintraub), 트레이시 러너(Tracy Lerner), 리사 네이덜(Lisa Nadel)에게 (일일이 열거하자면 끝도 없을 테지만) 감사 인사를 전한다. 아울러 WMEE 출판사의 전 직원과 빌 클레그(Bill Clegg), 앨리시아 고든(Alicia Gordon), 숀 돌런(Shaun Dolan)의 노고에 감사를 드린다.

10년 전이라면 이 책을 쓰지 못했을 터이다. 나는 이 책을 통해 작가로서 성장했기를 무척이나 바라지만 그렇지 않다는 것을 안다. 작가로서의 성장은 내가 만나고 대화한 분들 덕분이다. 마찬가지로 중요하게는 내가 독자로서 탐독한 모든 책들, 특히 청소년소설 덕분이다. 운 좋게도 나는 한 작가단체의 회원이고, 그들은 지속적으로 내가 쓰고 싶은 글을, 그것이 아무리 어려워도 쓸 수 있도록 영감을 주었다. 내 동료는 내 롤 모델이고, 내 롤 모델은 비범한 내 동료들이다.

늘 그렇듯이 부모님과 가족, 친구들, 독자 여러분께 감사를 드린다.

끝으로, 만나지 못한 모든 롤 모델 분들께 감사를 드린다.

마음을 숨기는 기술

마음을
숨기는
기술

아무것도 함부로 보이지 말라!
이제 승부는 시작되었다!

플레처 부 지음 | 하은지 옮김

세상을 이기는 나만의 포커페이스!
때로 진실은 가면 속에 묻어두자.
오늘만큼은 이겨야 아름답기 때문이다.

책이있는마을

세상을 이기는
나만의 포커페이스로
무장하라

혹시 누군가 당신의 마음을 꿰뚫어보는 게 무서운가?
아니다. 오히려 그보다는 그들이 당신의 생각을 읽고
자신의 마음을 더욱 깊숙이 숨긴다는 것을 더
무서워해야 한다. 이 책은 저자가 정보기관에서 특수
요원으로 활동하면서 체득한, 인간 본성에 대한
독창적인 견해를 바탕으로 기술한 책이다. 살다 보면
자신의 속내를 숨겨 무슨 꿍꿍이속인지 알 수 없도록
위장해야 할 때가 많다. 독자들은 저자가 제시하는 9
단계 훈련법을 통해 '마음을 숨기는 기술'을 터득할 수
있을 것이다.

플레처 부 지음 | 하은지 옮김 | 인간관계 | 320쪽
15,800원

"왜 그런 생각이 들었을까?"

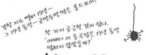

혹시 상상력의 빈곤을 느낀다면?

《왜 그런 생각이 들었을까?》의 아무 쪽이나 펼쳐보라. 카툰을 그리는 저자는 아무리 재미없는 영화도 그 속에는 작가의 의도가 있기 때문에 다 의미가 있다고 말한다. 이 책은 인간의 감성을 잘 다루고, 우리가 쉽게 접근할 수 있는 영화에서 그 답을 찾는다. 영화를 보고 느꼈던 작은 질문들을 누구나 쉽게 접하고 창의적인 생각 훈련을 해볼 수 있도록 그림과 글로 표현하였다.

최윤규 지음 | 자기계발 | 236쪽 | 14,000원

투 보이스 키싱
TWO BOYS KISSING